JN307617

「くそ、エロい身体しやがって……加減もなんもできねえじゃんかよ」
「あん、あん、やあ……しないでっ」

（本文より抜粋）

DARIA BUNKO

不埒なモンタージュ

崎谷はるひ

illustration※タカツキノボル

イラストレーション❋タカツキノボル

CONTENTS

この作品はフィクションです。

実在の人物・団体・事件などに一切関係ありません。

不埒なモンタージュ

東京《とうきょう》に住んでいる高校生は皆遊んでいる、というのは、あくまでマスコミから発生し、派手に膨《ふく》れあがった、偏《かたよ》りのあるイメージだと真野未直《まのみすぐ》は思う。

事実として、未直はたしかに東京生まれの東京育ちだけれど、ろくに遊んだことなどない。二十三区の端《はし》っこ、他県との境ぎりぎりあたりに存在する暢気《のんき》な住宅街で暮らす少年少女にとっては、やっぱり都心部はどこか特別な都会だ。

むろん、地方都市在住者に比べれば、地の利を活《い》かせる部分はあるし、夜の街への中学デビューどころか小学デビューの華々しい連中も、いることはいる。

ヤンキー、チーマー、ギャング、女子ならレディースからギャルサーと、いろんな言い方が生まれて消えたけれど、やっぱり昔ながらの『不良』がいちばんわかりやすい。

そしてその不良が中年になり、かっこよく歳をとれば『ちょいワル』などと言われるだろうけれども――足を踏《ふ》み外《はず》せばただのやくざだ。

でもそういうやくざ屋さんは、まだわかりやすいからいいんじゃないだろうか。見た感じ怖いし、オーラが違うから、遠目で見つけた瞬間走って逃げればいいだけだ。

むしろいちばん手に負《お》えないのは、一般市民的善良さを夜になっていきなりかなぐり捨てる、ストレス社会の被害者なんじゃないだろうか――と、腕を掴《つか》んで揺さぶられながら、未直は現実逃避《とうひ》もはなはだしく考える。

「なにもったいつけてるんだ。アフターこみで、三万だよ？　相場《そうば》よりあげてやってるじゃないか」

「相場とか、言ってる意味が、わかりませんっ」

鼻息も荒く、しつこく迫《せま》ってくるサラリーマンの男性は、たぶん未直の父親と同じ程度の年齢じゃないだろうか。顔立ちは気弱そうに思えるのに、新宿《しんじゅく》の夜という魔力がそうさせるのか、それとも、初夏《しょか》とは名ばかりの、ひどくねっとりした蒸し暑い夜のせいなのか。尋常《じんじょう》でなく、目が血走っている男はひどく強気に腕を掴んで離さない。

ちょっと道を訊《き》いただけだったのに、なんでこんな目に遭《あ》ってるんだろう。未直は怯《おび》えきったまま震えて、意味がわからないとかぶりを振ってみせた。だが相手には通じない。

「それに紹介料は会社に別で払ってるんだよ？　ここまで来ておいて拒否権ないんだから。その程度のこと、わきまえてるだろう」

「だから、おれ、そういうんじゃないですってばっ！　誤解です！」

未直は貧弱ぎりぎりというきゃしゃさで、身長も一七〇センチにあと数ミリ足りない。相手もそれほど体格がいいわけではないが、未直に比べれば充分大柄《おおがら》だった。そのせいなのか、相手がよほど気合いを入れているのか、必死にあらがっているのに逃げられない。

「またとぼけて。いるんだよね、慣れない子だとそうやって怖《お》じ気《け》づくのが。客がチェンジするならともかく、派遣ボーイが断れるわけないだろう？　電話でも念押しされたんだ、逃がさないよ」

にやにや笑いながら、半袖《はんそで》の制服から伸びた腕をさすられる。粘《ねば》ついた手つきにぞっとして、未直は悲鳴じみた声をあげた。

「知らないです！　ボーイってなんのことですか⁉」

彼の言っている意味の半分もわからず、宇宙人の言語のようにも思えた。未直はただただ怯えてかぶりを振ったけれど、自分が売春をする青年と勘違いされたことだけは理解できて、必死に腕を振り回し、やはりこんな場所にひとりで来るんじゃなかったとほぞを噛《か》んだ。

（やくざ屋さんより、ふつうのひとのほうが怖いなんて）

これならば、本当に見た目でわかるタイプのほうがマシだった。

事実、この間は視覚で危険を察知できたのにと、未直は半泣きで思った。

あれは一週間前の夜。はじめて来た新宿の街がよくわからなくて、うろうろしていたとき、ひどく大柄で黒いシャツに黒いスーツを着た、強面《こわもて》のお兄さんがいた。

その怖そうな男の周囲には、スカジャンやパンチパーマという『いかにも』なひとたちが群れていた。通りすがり、なるべく目をあわせないようにしてはいたけれど、真ん中にいた黒スーツが彼らの頭にげんこつを落としているのは見えてしまった。

絡《から》まれないようにしなきゃ、と怯えながら、道の端を目立たぬように歩いていたつもりなのに、なぜか未直は「おい」と声をかけられたのだ。

——ガキが、こんなとこでなにしてんだ。さっさと帰れ。

風貌《ふうぼう》に似合いの、低く重たい声だった。びくっと未直は震えあがり、脱兎《だっと》のごとく走って逃げた。怖くて泣きそうだったけれど、それでもまあ、無事は無事だった——と思う。

先週はあの怖いひとに邪魔されて、二丁目までたどり着けなかった。そしてあの睨《にら》むような目線と、静かだが恫喝《どうかつ》するような声に震えあがり、もう一度と決心するまで一週間もかかってしまったのだ。

（今日こそはって、思ったのに）

未直は自覚もしているが、さほど度胸があるほうでもない。こんな繁華街《はんかがい》に夜半にいること自体校則違反でもあるし、なにより慣れない場所は怖くて、夜遊びなんてしたこともない。

それでも、どうしても行かなければならないと思ったのだ。いまの自分にはこうすることがどうしても必要で、だからやっとつけた覚悟を無駄にしたくなかった。

道を訊《たず》ねるのに、できるだけひとのよさそうな、見た感じ学校の先生ふうの男性を選んだのは、先週のような怖い目に遭いたくなかったからなのに。

（やっぱり、都会は怖いようっ）

怯えた未直の大きな目が潤《うる》んで、夜のネオンにきらきらと光った。揺さぶられたせいで乱れたシャツの襟元《えりもと》からは、青ざめた肌がちらりと覗《のぞ》く。ルージュを引かなくてもきれいに血の色を透《す》かす薄い唇《くちびる》は、あまりの出来事に震えわななく。

小さなころから、女の子みたいとよく言われた小作りな顔立ちに浮かぶ、まぎれもない恐怖の色。そんな未直の表情にむしろ満足したように、男はにんまりと笑ってみせる。

「その制服、創徳《そうとく》学院のやつだろう？　待ち合わせの目印じゃないか」

「違う、これは本物の制服ですっ」

「だから制服は本物だろ？　そうお願いしたんだから」

未直の通う高校は、都内でもわりと有名な私立進学校だ。数年前に制服デザインを一新したため、マニアの間でわりと人気の高いものだと小耳に挟《はさ》んだことがあった。

「高かったんだよ制服の料金までコミで」

「だから、そういう意味じゃなくって！」

まったく話の通じない相手に、恐怖心がわき起こる。やっぱりこんな場所に制服を着てきたのが間違いなのだろうか。けれど、家に戻って着替えてから来るような気持ちの余裕はなく、また服を持ってくるような知恵も、夜遊びに慣れない未直にはまったくなかったのだ。

「あのね、あんまり聞きわけないと、怖いひと呼んじゃうよ？」

いくら人違いだと言っても、焦《じ》らすなと目を血走らせたおじさんは鼻息を荒くするばかりだ。ぱっと見た目は穏和《おんわ》そうで、いいひとっぽく思えたのに、とんだ失敗だった。

「聞きわけとかじゃないっ、ほんとに、ちがっ……痛い！」

ずっと掴まれている腕が痛くて未直は声をあげるが、道行くひとらは誰も助けてくれない。

そして、見た目中肉中背《ちゅうにくちゅうぜい》のおじさんは、ずるずると未直を引きずって行こうとする。

「やだ、ほんとに違うんです！　助けて、いやだっ」

悲鳴をあげると、さすがに道行く数人が振り返った。そちらに向かって涙目のままさらに訴《うった》えようとすると、背後からいきなり口をふさがれる。

（えっ⁉）

「いつまでぐずってんだ、ああ⁉　ウリ専《せん》小僧のくせして、あんまりつけあがんなよ！」

ひとのよさそうな表情をかなぐりすて、男はいきなり怒鳴《どな》った。とたん、周囲からわらわらといかにも柄の悪そうな連中が湧《わ》いてきて、未直の身体はあっという間に囲まれてしまう。

そのうちのスカジャンを着た男が、あとじさりする未直の腕を掴んで恫喝してきた。

「おっと。逃げんなよ。おまえが常習犯なのはわかってんだからな」

「じょっ、常習犯？　なに……」

「とぼけんな。制服指定の常連は毎回被害にあってんだ。おとなしそうな顔して、枕探《まくらさが》しとはやるじゃねえか。やらずぼったくりじゃこっちの顔がたたねえんだよ！」

「ひ……っ」

怒鳴られ、びくっと震えた未直はもう声も出なくなった。基本的におとなしく、静かに暮らしてきた未直はこんな荒っぽい連中とは言葉を交《か》わしたこともない。

（なに、なんで、こんなことになってるの）

ただガタガタと震えるしかできなくなり、涙が溢《あふ》れてきた。おまけに男が大声で怒鳴りちらした内容のせいか、周囲は誰も助けてくれる様子がない。なんだ、風俗とやくざのもめごとか、そんな顔を向ける大人たちは、関わりたくないようにそそくさと去ってしまう。

「やっとおとなしくなったな。まあいい、事務所でちょっと話するぞ。おまえの店に電話しろ」

意味のわからないことを言って、携帯電話を握《にぎ》らされた。早くかけろと言われても、そんな店に勤めたことなどありはしない。

「店って、なんの、ことですかっ！」

震えあがりながら、意味がわからなくて問いかけただけだったのに、その瞬間強く頬《ほお》を張られる。ショックすぎて悲鳴もあげられず、未直は呆然《ぼうぜん》と目を瞠《みは》った。

「いい度胸だな、てめえ。俺らがおとなしいうちにさっさとしろ！」

襟元を掴んで怒鳴りつけてくる男に、最初未直を捕まえていた中年男性がため息をつく。

「ちょっとちょっと。顔は殴《なぐ》らないでくれよ、もったいないじゃないか」

「変態は黙《だま》ってろ！　どうせあんたがホテルにしけこんだら、ビンタ程度じゃすまねえだろ」

「だから、するなって言ってるじゃないか。傷物《きずもの》には、お金、払わないよ？」

妙に冷静にため息をついた男の言葉に、スカジャンの男が舌打ちして唾《つば》を吐いた。どうやらなにか、見えない力関係でもあるようだが、混乱著《いちじる》しい未直には慮《おもんぱか》る余裕などない。

目の前にいる連中の会話の意味がわからなかった。なにがどうなってるんだと未直はただただ、腫《は》れて熱い頬を押さえて震えることしかできない。

（なんで、こんなことになってんの？）

ただ自分は、ちょっとあることをたしかめてみたかっただけだ。きちんと、『そのこと』を知っている誰かに聞いてみたかっただけだ。

でも土地鑑《とちかん》のさっぱりない自分はいかにもな夜の街を何度もうろつくしかできなかった。あげく毎回追い払われたり絡まれたりしながら、目的の店にたどり着くこともできない。どころか、いかにもなやくざの連中に、どこかへ連れていかれそうになっている。

（怖い。殺されちゃうのかな）

口をふさがれることはないけれど、もう声も出ない。事態を理解できないまま、真っ青になってうなだれた未直の腕がひときわ強く引っぱられ、よろけながら歩き出そうとしたときだ。

「おい。ちょっと待て」

びんとその場に響き渡る、重低音が彼らの脚《あし》を止めた。周囲の咎《とが》める目や野次馬には威嚇《いかく》の視線を投げていた連中が、なぜかそのひとことでびくりと固まる。

「おまえら、なんだか不似合いなお子様連れてんじゃねえか。なにやってんだ？」

唸《うな》るような声の主を確認して、未直は「あっ」と小さく声をあげた。

現れたのは、先週の夜未直を『早く帰れ』と追い返した、あの男だ。びっくりするほどに背が高く、すらりとしているから一見《いっけん》は細身に見えるけれども、真っ黒なスーツのうえからも、その身体《からだ》が鍛《きた》えられているとひと目でわかる。きつくしかめられた顔はひどく怖そうで、先週も周囲の悪そうなひとたちにぺこぺこされていた。

「ああ、こりゃ、三田村《みたむら》さん、どうもどうも」

未直を殴った男が、急に愛想笑いを浮かべた。媚《こ》びるようなそれに対して、三田村と呼ばれた男は眉《まゆ》を軽くひそめるのみで、じろりと男たちを睥睨《へいげい》する。

「高校生連れてどこ行く気だ？　最近未成年はやべえだろうが」

「えっいや、こいつこんなナリですけどね、高校生じゃないんですよ。うちの系列の派遣社員でして」

「ちがっ」

へらへらとする男の言葉に、未直はあわててかぶりを振ってみせた。その傷ついた口元をじっと見たあと、三田村はずいと手のひらを突き出す。

「身分証明書。見せてみろ」

「え、身分証明書?」

「学生なら、生徒手帳かなんかあんだろ。早くしろ、ほら」

苛立《いらだ》ったような声に、未直はびくびくしながらポケットから生徒手帳をとりだした。そして

無言のままそれを受けとった三田村は、深々とため息をつく。

「どこの誰が未成年じゃねえんだ。見ろこれ。高校三年生って書いてあんじゃねえか。それとも、最近の出張イメクラはこんなもんまでご丁寧《ていねい》にオプションつけんのか？」

手帳に記載《きさい》されている写真と生年月日を、男たちに向かって突きつける。校章の形に割り印《いん》までついたそれは、たかが風俗関係の店が小物として作成するには手がこみすぎているだろうと彼は指摘した。

とたん、スカジャンの男はさあっと青ざめ、スーツの男性はぽかんと口を開けた。

「そんな、じゃあ、まさか本当に」

「ひとちがいですっ！　何度も言ったじゃないですか！」

涙目で叫《さけ》んだ未直の声に、男らはあわあわとうろたえだした。三田村は呆《あき》れかえったように眉をひそめて、手帳を未直に返しながら、困惑顔の男らに言った。

「未遂ってことで見逃してやる。さっさと行け」

「あ、で、でも……」

スカジャンの男たちはすごい勢いでうなずいたが、中年のスーツ男は一瞬だけ未直に未練《みれん》たらしい顔を向けてきた。びくっと未直が震えると、三田村は不機嫌きわまりない表情になる。

「おい。それともなにか。おまえ勘違いだってわかってて、連れこむつもりだったか？」

「え、いやそんなつもりは」

怯えたような愛想笑いが、男の言葉が嘘《うそ》だと証明してしまう。とたん、三田村は目をつりあげ、スカジャンの男を殴ると同時に怒鳴りつけた。

「恩田《おんだ》、てめえケツ持ちすんなら、こんなわけわかんねえオヤジ使って、あほな真似《まね》してんじゃねえぞ！　あぁ!?」

「すんません！」

「シマ違いの俺が、てめえらのシノギについていちいち口出すほど暇《ひま》じゃねえがな、狩り食いたくなけりゃ、頭使え！　つうか、俺は寝てねえんだ、手間かけさせんなっ」

襟首を掴んで数回揺さぶったあと、突き飛ばすようにして三田村は手を離す。さきほど、未直にはあれほど高圧的に出たスカジャン男――恩田が、鼻血を流しながら何度も何度も頭を下げる。

「ガキ殴ったのは、いまの俺のでチャラだろ。勉強代ってことにしてやる。さっさとそのホモオヤジ連れて失せろ」

「すんません！　申し訳ない！」

這々《ほうほう》の体《てい》で逃げる男らをひと睨みで追い散らしたあと、三田村は硬直して震えている未直に向かってきつい目を向けてきた。

「それとクソガキ。どこの誰かわかんねえけどな、そんなナリで商売する気か」

「えっ……や、やっ、ちがっ」

「いいから、ちょっと来い！　ガキがうろちょろすっと、俺らの迷惑なんだよっ」

ものすごい顔で怒鳴った三田村は、ひどく冷たい目をしていた。そのことで、彼は未直が売春する気でいたと思いこんでいると、知らされた。

「違うっ、おれ、そんなんじゃないっ！」

「てめえな、いまさら言い訳を——」

「ほんとだもん！　道に迷ったから、さっきのおじさんに訊いたらいきなり、……っ」

言いかけて、ぶわっと涙が出た。さっきは怖くて、ものすごく怖くて、殴られても腕を掴まれても逆に泣くこともできないでいたのだ。

「おい、じゃあ、ほんとにただのひと違いか」

眉をひそめた三田村に何度もうなずいてみせ、未直は震えながら言った。

「売春なんて、そんなつもりじゃない！　お、おれただ、道わかんなくなって、中通《なかどお》りはどこかって、訊きたいだけだったのに」

「中通り？　あんなとこになんの用事だ」

「二丁目、行ってみたかっただけ」

「あ？　なんだそりゃ。てめえみたいなガキがなんで二丁目なんざ行くんだよ。冷やかしで行くにゃ、洒落《しゃれ》になんねえぞ」

睨みつけるような顔が、怖くて怖くてしかたなかった。さっき殴られた頬がいまさらずきずずき痛み出して、哀《かな》しくてつらくなってくる。

「ひ、冷やかしじゃないよ。ただ、行ってみたかったのに、それだけだったのに」

そもそもここがどこで、この男が誰で、なぜ自分がこんな目に遭っているのかも未直にはわからないのに、そんな怖い顔しないでほしい。言いながら怯え続けた感情がぷつんと弾《はじ》けて、未直は悲鳴じみた声をあげた。

「もう、新宿怖いっ、わけわかんないよお！」

「お、おいっ」

うわあああん、と声をあげて泣き出すと、ぽかんと口を開けていた男は、はっとなって周囲を見まわす。派手に騒《さわ》いだせいで、まわりのひとびとはいかにもうさんくさげにふたりを見くらべ、男は焦《あせ》ったように未直の腕を取る。

「わ、わかった。わかったから泣くな。ったく、ちょっとこっちに来い！」

「いやだーっ、殺される！」

「ばか！　助けてやったのにどういう言いぐさだおまえは！　人聞き悪いこと言うな！」

いいから来いと叫んで、男はびいびいと泣く未直を抱《かか》えるようにして、その場を去った。

男が未直を連れこんだのは、怪《あや》しげな事務所でもホテルでもなく、寂《さび》れた喫茶店だった。

安っぽい雰囲気の店内には半分寝ているようなくたびれた中年男性や、ノートパソコンのキーボードを叩《たた》いている疲れた顔の男など、他人に無関心そうな連中しかいない。

無愛想な男は、三田村明義《あきよし》、と名乗った。未直が大泣きに泣いたあとには、とくに乱暴な態度を取るわけでもなく——基本的に口も態度も荒いのは、もとからららしいとわかったので、未直も必要以上に怯えはしなかった。

店に入ってもずっと泣いていたので、未直の前には明義が勝手に頼んだメロンソーダがある。手つかずのままグラスに汗をかいているそれをじっと眺《なが》め、未直は涙を拭《ぬぐ》った。

ぐすぐすと鼻を鳴らした未直に、意外に穏《おだ》やかな声で明義は話しかけてきた。

「で、なんでまた、二丁目なんて来ようと思ったんだ」

「売ろうなんて思ってないよ。でも、自分のことたしかめたかったんだ」

泣きすぎて取り繕《つくろ》う気にもなれないままぽつりとこぼすと、直球な問いかけをされた。

「おまえ、ホモなのか」

その問いが、なんの好奇心も揶揄《やゆ》もない、ただ訊きたいから訊いた、という響きだったせいだろうか。未直も気負《きお》うことなく答えられた。

「わかんない。でも、そうかもしんない」

「ええ曖昧《あいまい》な返事だな。それとも、曖昧にしときたいのか？」

明義は苦笑するけれど、まるで未直の気持ちを見透かすかのような目をしていると思った。

　はっきりと自分のセクシャリティを決めてしまうのが怖い。そう考えていたのは事実だから、答えられずにうつむいてしまう。そんな未直を持てあましたように、煮つまってまずそうなコーヒーを啜《すす》り、明義はため息混じりに言った。

「まあ、ナンパされてえなら制服着てくるのは有りだろうなあ。あそこらへんの連中は、そういうのが大好きらしいから」

「ナンパとかまでは、考えてなかったです」

「じゃあ、なにしに来たんだよ」

　もごもごと口ごもると、明義が、目力《めぢから》のあるそれでうながしてくる。

「ただ、誰か相談するひと、ほしくて――」

「知りあいも誰もいねえのにか？」

　相談とはなんだと目顔《めがお》でさらに問われ、いまさら隠すのも変で、未直はぽつりぽつりと自分のことを語り出した。

「おれ、だいぶ前だけど、女の子に告白されたんです」

「へえ。いいじゃねえか」

「よくないです。すごく、困ったんです」

　きっかけは、隣のクラスの女子からつきあってくれと言われたことだった。よく知らない子だったというだけではなく、未直はひどく混乱したのだ。

それまでも、女の子に対してなんとなくの違和感を覚えていたけれど、呼び出され、つきあってほしいと言われた瞬間に覚えたものは、自分でも思った以上の拒絶感だった。

「なんかされたわけでも、なんでもないのに。好きだって言われてすごい怖くなって」

あのひどい拒絶感を思い出してぶるっと震えた未直に、明義は問いかけてくる。

「ふったのか？　ちゃんと」

「一応、ごめんって。彼女とか、そういうの作る気になれないって。おれ、そのころ三年にあがったばっかで、一応受験生になったし、余裕ないって、嘘ついて。なのに話が知れ渡ってて、まわりには、つきあうのかとかすごい騒がれて、困って」

「なんかやなことでも言われたのかよ」

それならましだった、と未直はかぶりを振った。

「告《こく》ってくれた子は『ふられたんだからやめてよね』って笑って、話おさめてくれたんだけど。おれ、なんかすごくつらくなったんです」

周囲が冷やかすほどに、未直は困惑した。ふった相手の子がいい子であればあるほど、自分が怖くなった。いままでぼんやり覚えていただけのことを、どうしてもたしかめたいと思ったのは、それがきっかけだったかもしれない。

「誰にこんなこと喋《しゃべ》ればいいんだかも、わかんなかったし。誰か、話聞いてくれるだけでもよかったんだ」

こんなことは、学校の友人になんか言えなかった。ここなら仲間がいるかもしれないから、誰かともだちが欲しかった。

（おれ、すげえみっともない）

こんなどうしようもない話を、出会ったばかりの男にめそめそ泣きながらつっかえつっかえ、打ち明けてるのが妙な気がしたけど、もういまさらだった。

しばらく未直の話を無言で聞いていた明義は、「うーん」と唸った。そして困ったような笑いを浮かべ、胸元から取りだしたよれた煙草を指で伸ばす。

「おまえそれ、恋愛経験なくてびびっただけじゃねえのかよ。あんだろ、一時的に、女のこと意識しすぎて怖くなったり、っての」

ばかにされるか、それともさっきのオジサンじゃなくてこの男に売り飛ばされるのか、とびくびくしていた未直に、彼は意外なくらいまじめな声でそう言った。真剣に自分の話を聞いてくれていることに驚きつつ、未直はかぶりを振ってみせる。

「違うよ……だって、おれ、かっこいい男のひと見るとどきどきするもん」

「どきどきねえ。久しく聞かねえ言葉だな」

呟《つぶや》いた明義は、火のつかない煙草を唇に挟んで上下させ、なにかを考えている。

じっと未直がそれを見ていると「ああ」と声をあげ、目顔でライターを示してみせた。

「いいか。煙草」

「吸っていいです。だいじょうぶ」

「おう。じゃあ遠慮なく」

目を伏《ふ》せて煙草に火をつける明義は、落ち着いて見ると印象よりずっと端整《たんせい》な顔をしていると気づいた。精悍《せいかん》な印象の頬、高い鼻梁《びりょう》に落ちる睫毛《まつげ》の影は案外と濃い。髪型はやや長めのそれを撫《な》でつけているけれど、少し崩《くず》れた前髪にはどきりとするような艶《つや》があった。

(よく見ると、かっこいいんだ。このひと)

あまりに目つきが鋭《するど》く、不機嫌そうな顔をしているため、彼の顔が色男と呼ばれる部類なのだと気づくものは少ないかもしれない。

なんだか変な男だと思った。怖そうだし乱暴で、いきなりやくざっぽい男性を殴りつけるくせに、未直みたいな子どもに喫煙《きつえん》の許可をとったりする。

明義は見た目より怖い人間ではないのだろうか。じっさい助けてもらったし——と考え、未直ははっとした。

「あ、あの、さっき。助けてくれてありがとうございました。変なこと言ってごめんなさい」

「ああ？　あー、まあな。テンパってたんだろ、しょうがねえ」

気のない声で答え、うまそうに煙草を吹かした明義は、しげしげと未直を眺める。

「ていうか、もうちょっと初心者向けの店とかあんだからよ。そっち行けや、今度から」

「行こうと……思ったんだけど。インターネットで、いろいろ検索したし」

一応の下調べくらい、未直だってしたのだ。いきなりディープな店になど行く度胸もないし、怖い目に遭いたくもなかった。

「ネットだあ？　おまえ、そんな信憑性《しんぴょうせい》のないもん信じるなよ」

とたん、勢いよく煙を吐き出すと明義がいやそうな顔をしたので、未直はあわてて手を振った。

「えと、あの、変なサイトじゃないよ！　ゲイのひとの、コラムみたいなの」

自宅にインターネット環境がない未直がネットサーフィンできる限界は、ネットカフェか学校の図書室にあるPCだ。見つけたのは、セクシャリティについて、至《いた》ってまじめに語られているところだった。むろん、いずれもアダルトサーバーへのアクセスは制限がかかっている。

そこで見つけた情報コーナーに、自分のような初心者でも怖くない、女性もOKな交流所のようになっているカフェがあると書かれていて、一度でいいから行ってみたかった。

「店の名前も、調べたんだ。『C』って知ってますか？」

「あ？　ああ、まあ、たしかにあそこはお行儀《ぎょうぎ》はいいだろうが」

だがうまくたどり着けずにもたもたしていたら　どんどん変な場所に来てしまった。そして、初心者用のカフェがあるという中通りに向かう道を尋《たず》ねようとしたら、あのスーツ男はいきなり腕を掴んで『待っていたよ』とまくしたてたのだ。

「んな、目当てがあるなら、もっと地図とか調べてくりゃいいだろ」

それで絡まれてれば世話がないとでも言いたげに、あきれ顔をした明義へ、未直は鼻をすすりながら、やや拗《す》ねた口調になった。

「だっておれ、ものすごい方向音痴《おんち》なんです」

「はあ?」

「おんなじようなビルばっかりで、標識よくわかんないし……そのうち暗くなっちゃって、ますます道もわかんなくなっちゃったんだもんっ」

いばって言うことでもないが、事実なのだ。未直はたとえば道を歩いていて、気まぐれに通り沿《ぞ》いの店に入ってそこから出たとたん、自分の進行方向がどっちだったかもわからなくなる、重度の方向音痴だ。おかげで小さなころから迷子になってばかりだったと言うと、いよいよ目の前の男は呆れた顔になる。

「そんなんでよくまあ、来たこともねえ場所に来たな。無駄にチャレンジ精神だけはある」

「む、無駄って、ひどいよっ」

「ああ、わかったわかった。泣くな」

怖かったのに、とまた未直が涙ぐむと、困り顔のまま大きい手で頭をぽんぽん撫でた明義は、ハンカチを貸してくれた。遠慮したけれど、顔に押しつけるようにされて「もう濡《ぬ》れた、使え」と言われてはしかたがない。

(なんかいいにおいする)

開襟《かいきん》シャツの胸元はだらしなくゆるめているくせに、ハンカチは清潔で皺《しわ》もなくきれいだった。プレスされているわけではないけれど、少し辛《から》いような男性用香水と煙草のにおいが混じったそれが薫《かお》って、思わずどきっとする。

未直がいちばん弱いのが、こういう大人の男を思わせるものだ。煙草やフレグランス、高校生には不似合いなそれらに、なぜかいちいち胸が騒ぐ。

そういえば、自分がどこか変なのかと自覚しはじめたのは、高校二年のころ臨時教員できていたまだ若い教師にときめいてからだ。すぐに塾講になると辞《や》めてしまったけれど、背が高くてかっこいいひとだった。

ほかにも——幼いころから幾人《いくにん》か、未直が憧《あこが》れるのは、そういう大人の男ばかりだ。けれど、いま目の前にいる明義は、それよりもっと重厚で、もっとかっこいい気がする。

(え、うわ。なに？　なんか急に、苦しい)

にわかにどきどきしはじめて、未直はあわてたように言葉をつないだ。

「あ、あの……さっきのおじさんは、なんなんですか？」

ゆったりと煙草を吸っていた彼は、未直の問いかけに、ふっといやそうな顔を浮かべた。

「おおかた、あのオヤジはおとりっつうか、撒《ま》き餌《え》みたいなもんだ。呼び出した出張のガキが逃げるとこ、恩田がとっつかまえて、ダブルでマージン取ろうって腹だろう」

「えと、逃げるってなんで？　そりゃ、いいことじゃないけど、お仕事、でしょう？」

それは怒られてもしかたないのでは。未直の疑問に、明義はひどくいやそうな顔をした。

「ちょっと見覚えあるが、あいつはたぶん、風俗店じゃブラックリストがまわってる野郎だ。顔や名前が店や店員にもまわってる。そりゃ顔見たら回れ右したくなんだろうよ」

「ブラックリストって、どうして」

「おまえと取り違えた、つってただろ。制服好きで初物食《はつもの》いのサドだな。おおかた、禁止されてるプレイでも、強要すんだろ。デートだけの契約なのにホテルに連れこんで、ＡＦだのＳＭだの無理やりやるだとか、暴力ふるうとか」

苦い顔をした明義の言葉は半分くらい理解できなかったが、未直はそういえばと思う。

――どうせあんたがホテルにしけこんだら、ビンタ程度じゃすまねえだろ。

恩田とかいう男が吐き捨てるように「変態め」と罵《ののし》っていたのはつまり、そういうことだろうか。いまさらながらぞっとして、未直は薄い肩を震わせた。

「男買う風俗ってのは大抵ウラだからな、自衛のためにいろいろ対策取ってることもあるが、逆にザルな部分もある」

「そうなんですか」

違法すれすれの商売についてさらりと触《ふ》れるあたり、やはりこの男もそちらの筋《すじ》なのかなと思う。未直がなかば怯え、なかば感心して聞いていると、ぐっと明義は怖い顔をした。

「だからな。てめえの性癖《せいへき》たしかめたいって青春の悩みはわかったが、来るなら昼にしろ。日曜の。それだったら観光客だっていろいろいるし、道にも迷いにくい。ついでに、ネットで見られる環境があんなら、なんかのイベントのときだとか、そういうのを調べろ」

「イベント……パーティーとかですか？」

「イベントって言っても間違うんじゃねえぞ。ゲイナイトとかじゃない、そういう連中が一般人にアピールするための、年齢制限なしの交流イベントとか、だ」

そういうハレのイベントなら、ただの物見遊山《ものみゆさん》の連中も来るし、ひとも多いため危険性は少ない。合コンみたいな催《もよお》しの、ソフトなのもインフォメーションされるかもしれないと明義は説明し、そんなのがあるのか、と感心しながら、未直は素直にうなずいた。

「携帯でもネットでも、新宿のイベントで検索かけて探してみろ。ちゃんと、公式なサイトに登録されてるやつならやばくないし、できればＵＲＬフィルタかかってるパソがいい」

「だいじょうぶ、そういうところでしか、ネット見てないです」

不健全なサイトを弾くタイプのものであれば、いかがわしいものには引っかからないだろうと言われ、未直はこくこくうなずく。

教えてもらったことを忘れないうちにと思い、携帯を取り出すとメモに打ちこんだ。

「なんだ。紙にメモ取るわけじゃねえのか」

「このほうが、早いから」

「いまどきはなんでも携帯だな。俺なんかメールもうぜえよ」

感心したように言う明義がおかしかった。そしてしみじみ、見た目にそぐわず親切な男だと思った未直は、無意識に微笑《ほほえ》みを浮かべる。

「ありがとうございます。いろいろ、すみません。おれ、なんか、すごく楽になった」

「ん？」

「ホモとか聞いたらきっとみんな、おれのこと、きらいになるんじゃないかなって……気持ち悪いって、頭の病気だって、軽蔑するんじゃないかなって、思ってたから。でも三田村さん、すごく親切で、嬉しかった」

笑って言おうと思ったのに、声が震える。そして、未直のへたくそな作り笑いを見破るまなざしの持ち主は、低く静かな声でさらに問いかけてきた。

「誰かに、なんか言われたか」

「え……」

「気持ち悪いだとか病気だとか、ただ漠然《ばくぜん》と怖がってるわりには妙に具体的だ」

どうして、と未直が硬直すると、明義は煙草をもみ消し、新しいそれに火をつける。

「どうも、さっきの話程度で必死になって、いきなり二丁目ってのが腑《ふ》に落ちねえんだよ」

じっと見つめてくるまなざしは鋭く、その真っ黒な目に未直は怖くなった。

「おまえは夜遊びの知識もなさそうだ。俺みたいな初対面の男相手に、親切だとか喜ぶ程度には無防備だしな。ついでに、その制服着てるってことは、あの坊ちゃん高校の生徒だろ。それでこんな時間までふらふらしてて、携帯も電源が入ってる。なのにどうして親から連絡のひとつもない？　よっぽどの放任か？」

絡まれて、あれこれと話しているうちに、時刻はすでに深夜にさしかかっていた。おまけにさきほど、末直がメモを取っていた携帯を見られている。

「それ、は」

問う明義に、末直はうつむいた。どうしてこの男はいちいち鋭いのだろうかと不思議になる。

（なんで、わかっちゃうんだろう）

さきほど話した、女子から告白されたのは、きっかけの一部ではある。けれど――本当はもっと切実なできごとが、あったのだ。

たしかに明義の指摘どおり、末直はこの性癖について罵られた。家にも、帰りたくない理由があるし、連絡が来ないのも問題の根を同じくしている。けれどさすがにそれを口にする勇気はなくて、背筋にひんやりとしたものを覚えつつ、沈黙を保《たも》った。

「どうなんだ」

「ん……まあ、ちょっと、ね」

再度の問いには、曖昧な笑みだけを返した。答えたくないという意思表示を見てとったのか、彼はそれ以上追及はせず、小さくため息をついて話を変えた。

「まあそれはともかく。おまえ、さっきはあんなわかりやすいオヤジに捕まっただけ、まだいいかもしれねえぞ」

「え？」

「あれがちょっと見目《みめ》のいい男で、ナンパされてうっかりついてったら、マワされて打たれて沈《しず》められる、なんてこともないわけじゃないからな」

隠語《いんご》だらけでよくわからないけれど、とにかく怖いことなのだとわかって未直は青ざめる。

「し、沈めるって、殺されるの？」

「あー、じゃねえよ。それこそ誤解じゃなく、客取らされるってことだ」

ヒモやタチの悪いホストなどが自分に貢《みつ》ぐ女の金がなくなったとき、風俗にたたき売ったりするのを、業界用語で『沈める』というのだそうだ。ちなみに打つのはいわゆる覚醒剤。

「だいたい、先週も言っただろうが。ガキが来るところじゃねえって」

「えっ、お、覚えてたんですか」

「なんか思いつめた顔してたからな。そういうのは鼻が利《き》く」

未直は驚いた。たしかに彼は印象深いひとだったけれど、相手は未直のことを頭の悪いコドモのひとり——つまり彼にとっては視界にも入らない風景のひとつとしてしか、思っていないだろうと決めつけていたのだ。

(覚えててくれたんだ)

とくとくと心臓が速く脈打つ。かあっと頬が熱くなって、なんでこんなに嬉しいのだろうかと考えた瞬間、手のなかに握りしめていた彼のハンカチをすごく意識した。

（うわ）

指先が細かく震えて、苦しくなる。じっと、諭《さと》すようにこちらを見つめる目のなかに吸いこまれてしまいそうだ。そしてその動揺と息苦しさに、ずっと求め続けていた答えがここにあったのだと気づいた。

未直がじわじわと顔を赤らめるのに気づく様子はなく、明義は鹿爪《しかつめ》らしく言い含《ふく》める。

「だから言うんだ、自分がどこに行けばいいかわからねえガキは、こんな雑多《ざった》なとこに来るな」

説得する彼の言葉にうなずいて、けれど未直はもう一度かぶりを振った。肯定《こうてい》と否定を同時にしたようなそれに、明義は「なんだ」と眉をひそめた。

「に、二丁目にはもう行かない。行かなくて、よくなった」

「あ？　そうなのか」

未直が震える声を発すると、明義は目を瞠る。拍子《ひょうし》抜けしたような表情を浮かべると、彼が身に纏《まと》う怖そうな雰囲気を一変させるのにも胸が騒ぎ、未直は急《せ》いたような気分で声を発した。

「うん、でも、……でもおれ、またここに来たい」

「なんだそりゃ」

意味がわからない、と明義は眉をひそめた。どういうことだと問うまなざしを見つめて、未直はずっとどきどきしている胸を押さえて、言った。

「だって、おれ……三田村さんのこと、好きになっちゃったから」

「はあ⁉」

目を丸くした明義の口から、ぽろりと煙草が落ちた。ものすごく驚いた、という顔の彼が、なんだか急にかわいく見えて、未直はくすっと笑ってしまう。

「おまえ、なにトチ狂ってんだ。好きもなにも、会ったばっかだろ」

未直の告白を受けたあと、明義はテーブルに落ちて燻《くすぶ》る煙草も忘れて新しいそれに火をつけた。じっと視線で指摘すると、苦いものを噛んだような顔で吸いさしを灰皿に押しつける。

(動揺したのかなあ)

平然として見えるが、そうでもないのだろうか。小さな失敗を羞《は》じるように口を尖《とが》らせた顔は、大人の男なのにやっぱりかわいいと思ってしまった。

「うん、でも、すごい好きだなって思ったよ」

笑いながら言ったせいで、冗談だと思われたのだろう。はっと鼻で笑った明義が鋭く煙草の煙を吐き出す。

「あほか。大人からかうのもたいがいにしろ。いいか、とにかくこんな物騒《ぶっそう》なところには二度と来るな」

ふだんの未直ならば、臆《おく》して口も開けないような、強い語調だった。だがこのとき、未直はなにも怯むことなく、はっきりとした口調で彼に向けて声を発していた。

「じゃあ、どこ行けば会えますか」

「あー？」

「ここじゃないならどこに行けば、三田村さんに会える？」

真剣に問うと、明義は心底困ったように顔を歪《ゆが》める。そのあと猛然と煙草を吹かし、顔のまわりを真っ白にしたあとに、苦りきった声でこう訊いてきた。

「まさかと思うけど本気か」

「うん。また会ってほしい。ここらへんにお勤めですか？　だったら、待ってるから」

「ざけんな、おまえはひとの話聞いてたのか！　さっさと帰れっ」

ドスの利いた声で一喝《いっかつ》して、明義は立ちあがってしまう。さっと伝票を取った彼はレジに数枚の紙幣《しへい》をつきだし、釣りもいらないと歩き出してしまうから、未直はあわてて追いかけた。

「待って、待ってケーバン教えてっ」

「教えねえよ。仕事用のしか持ってねえ」

長い脚で歩く明義の歩みは速く、未直は小走りになる。本当にこの広い背中を見失ったら二度と会えない、そんな気がして必死になるが、相手は振り返ってもくれない。

「じゃあ、メールだけでいいから、お願いします！」

「ひとの話聞けっつってんだろ！　ガキの恋愛ごっこにつきあう暇ねえんだよ！」

追いかけて、逸《はや》るのは細い脚だけじゃない。ひとあし踏みこみ、追いつこうとするたびに明義に向かって心が叫ぶ。

好きだ、好きだ、このひとしかいない。いまここで逃がしてしまったら、自分はきっと死ぬまで後悔する。理屈ではなく、ただ確信だけを胸に未直は腕を伸ばした。

「ごっこじゃないよ、マジだもん！」

スーツの背中にしがみついて、未直は声を張りあげた。悲鳴に似たそれはかなり大きく、道行くひとたちがなにごとかと視線を投げてくる。

「本気だよ、おれ、本気で会いたいって言ってるんだ！　べつに、どうこうしてくれって言ってないから、会って、お願い！」

涙目になって訴えると、ようやく明義が振り返った。心底いやそうな顔を向けられ、かなり傷ついたけれども、未直はぎゅっと握ったスーツの布地を離さなかった。

「あのな。おまえはちょっと親切にされて舞いあがってるだけだ。明日になって落ち着いたら、ばか言ったと思うだろうよ」

「思わないよっ」

そんなありきたりの言葉で納得できるなら、こんなにつらくない。ぶんぶんとかぶりを振って、未直はお願いだと言った。

「本気だから、お願いだから。おれ、三田村さんのこと好きになっちゃったから、もっと知りあいになりたい！」

恋人になりたいなんて図々《ずうずう》しいことは言えなかった。ただもう少しこの、不思議な男のひとととつながっていたい。真摯《しんし》に告げたお願いは、やはり呆れた笑いに叩き落とされる。

「よっぽど惚《ほ》れっぽいのかおまえは」

「違う！　そんなんじゃないっ」

「違うことねえだろ、今日会ったばっかで、ほんの小一時間話した程度で、おまえが俺のなに知ってる？　のぼせたガキにつきあう暇ねえっつってんだろが！　いいか、もう俺につきまとうなよ！」

「や、やだっ」

凄《すご》むような顔で睨まれて、じわっと涙ぐむほど怖いけれど、未直は引かなかった。もともと気も強いほうではないし、怖いことは苦手だ。けれど、本当に目の前の彼を逃がしたくなければ、この程度のことで怯んではいけないのだと強く思った。

だから震える声で、本当だよと繰り返し、未直は歪んだ顔のまま訴える。

「おれ、ほんとにはじめて、好きなひとできたんだ。ほ、惚れっぽくなんか、ないよ。本気だから、信じて」

「おい」

ぼんやりした想像じゃなく、同性への恐怖を含んだほのかな欲求や好奇心ではなく、切実なくらい恋をしたのだと未直は自覚した。

「お願いです。迷惑、かけないから、携帯だけ、お願い……」

ここで突き放されたら、泣いてしまう。そう思って目ですがったのに、顔を歪めた明義は舌打ちをひとつして、未直の腕を振り払ってしまう。

「知ったことか。さっさと帰れ」

そのまま背を向けて足早に去っていくから、未直はどうしていいかわからなくなった。

(やだ、行っちゃう)

そんなのはいやなのに、どうして、どうして——。

(やっぱり、だめなのかな、迷惑だったのかな)

はじめて好きになったのに、ふられたのかなと思ったら哀しくなった。

だが、ふと未直が涙を拭って周囲を見渡すと、そこには地下鉄の入り口がある。

「あ……」

つきまとうな、なんて言ったくせに、明義はちゃんと未直が帰れるようにしてくれた。怒った顔をするくせにやさしくて、潰《つい》えかけた希望がふわっと胸のなかで膨らんでいく。

やっぱりだめだ。ここであっさりあきらめるには、明義は未直のなかに根を張りすぎた。

たとえ気持ちを返してもらえなくても、迷惑でも、くじけたくない。

「待ってるから！　明日、またここにいるから！　あの喫茶店で、待ってる！」

考えるよりさきに、声が出ていた。ついでにぽろっと涙も溢れて、制服の袖でごしごしこすりながら「来てくれるまでずっと待ってる！」と振り返らない背中に叫ぶ。

明義は一度も反応してくれなくて、それでも犬を追い払うような手が、早く帰れと言ったことだけはわかった。

「……待ってる、から」

明日になっても好きだから。口のなかだけで呟いた未直は、ネオンに明るい新宿の街で、大きな背中が見えなくなるまでその場に立ちつくしていた。

＊　＊　＊

グラスのなかの氷が、ころんと音をたてた。炭酸が抜けて水っぽくなったコーラはあまりうまくもないが、そもそもこの清涼飲料水を満たしたグラス自体、すり傷で曇《くも》ってあまり衛生的にも見えない。

昔ながらのチェーン展開で、どこの街にも一軒はあるこの店は、昨今流行《はや》りのおしゃれなカフェふうのそれとはほど遠い。薄汚れた白いテーブルと質の悪いソファがセットになっていて、たむろするのはなぜかくたびれた中年男性が多く、やる気のないウェイトレスはよれた制服を纏い、壁にだらっともたれている。

（店にも、お客さんのタイプとか傾向ってあるのかなあ）

制服姿の未直は当然、異様なほど浮いている。けれど、目的があるのだから気にすることもないだろう。コーラを啜りながら、時間潰《つぶ》し用の文庫本を開いた。人気ドラマ原作のベストセラー文庫は、ミステリータッチの青春群像劇だ。主人公の男が、アウトサイダーなのにどこかおひとよしでかっこつけきれなくて、けれどそれこそが魅力になっている。

（いいなあ。ちょっと三田村さんみたい）

未直は基本的に、昔からいい子だと言われてきたせいか、ちょっとだけこういう不良っぽい雰囲気に憧れるところもある。ただし物語のなかだけの話で、現実に怖いお兄さんたちとは口をきくのもご勘弁《かんべん》だ。新宿にはじめて来た日の夜も、道行くひとたちのなかに人相の悪いひとがいれば本当に怖くて、かなり震えあがった。

明義は、この小説のなかのヒーローのような雰囲気があると思う。ぶっきらぼうで怖そうで、でも本質的にはひとがよくてやさしい。勝手な夢を見るなと怒られそうだけれど、未直から見える彼はそういうひとだ。そしてたぶん、その推察《すいさつ》は間違っていないと思う。

いままで名前も知らなかった男のひとに、出会ったその日に、好きだと言った。おとなしく、どちらかと言えば積極的でもない未直にしては、天変地異《てんぺんちい》かというような大胆《だいたん》な発言だったけれど、少しも後悔はしなかった。

なぜなら、いつでも怒った顔をするくせに、彼がとてもやさしいことは知っているからだ。

「なにやってんだ、おまえ」

未直がのんびりとコーラを二杯おかわりし、買ったばかりの文庫本を八割方《がた》読み切ったところで、彼が現れた。

「あっ、三田村さん、こんばんは」

「こんばんはじゃねえだろ！　いいかげんにしろっつってんだ、毎日毎日毎日！」

怒り心頭《しんとう》、という勢いで怒鳴りつける明義を前に、文庫本を閉じた未直はにこにこと笑っている。その反応にもうんざりしたように、どかっと明義は目の前に腰を下ろして凄んでみせた。

「おまえな、俺は怒ってんだぞ。なにへらへらしてんだ！」

「え？　今日は昨日より早く来てくれたから。早く顔見られて嬉しいから」

「だっ……あのなあっ」

懲《こ》りない未直に、もはやいう言葉も尽《つ》きたのか、明義はぱくぱくと口を開閉《かいへい》させるだけだ。

「俺も暇じゃねえんだ。ガキの冗談につきあう気はないっつってんだろうが！」

「冗談じゃないもん。本気です」

初対面の日と比べものにならないくらい怖い顔で言われても、未直はくじけない。未直を見捨てきれない明義のことを、もう知ってしまったからだ。

（なんだかんだ言うけど、いいひとだよね）

会えるまでここにいるからと、あの危ない街で待っていると言ったあの日の翌日、未直は、いちかばちかで明義と別れた、地下鉄の駅の近くの寂れた喫茶店へとおもむいた。

そして、知ったことかと言い捨てたくせに、やっぱり明義はこの店に来て、未直に帰れと言った。以来、このやりとりはすでに、まるまる十日は繰り返されている。

「もう来るなっつっただろうが！　ひとの話聞け！」

「おれ、わかりましたって言ってないもん」

昨日の帰り際《ぎわ》のみならず、彼は毎日何度も「いいか、二度と来るな」と念押しをしたけれど、未直はぜったいにうなずかなかった。胸を張って告《つ》げると、明義は疲れた顔で髪を掻《か》きむしる。

「なんなんだ、このクソガキャ」

げんなりとした顔で怒鳴り声にも覇気《はき》がない明義と、叱《しか》られても頬をゆるませっぱなしの未直の対比は日に日にひどくなり、いまではすっかり店の名物となり果てていた。

未直のしつこさに当初、明義はそれはもう怒りまくった。いいかげんにしろ、ふざけるなと言われ、ふざけてないもん、好きになっちゃったもんと言い張った。

――明日また、いるからね。携帯教えてくれるまで粘るからねっ。

――んの、クソガキ……。知るか、もう誰にでもやられっちまえ！

そう怒鳴って去ったくせに、律儀《りちぎ》に明義はやっぱり翌日もきちんと未直を迎えに来て、あげく帰らないと言い張ったら、自分の車で家の近くまで送ってくれた。

見捨てればいっそ楽だとわかっているくせに、いやな顔をするくせに、どうしようもなく親切で面倒見のいい明義はある意味残酷《ざんこく》だ。

やさしくして、毎日未直を好きにさせて、迷惑だなんて言うのはずるい。だから未直はどんなに怒鳴られても、ちっともめげる気がしない。

「おまえ、ほんとに勘弁しろよ」

「勘弁してほしかったらケーバンかメルアド教えてください」

何十回も口にしたそれを、またしつこく繰り返すと、明義はテーブルをどんと叩いた。

「携帯電話の番号と言え！　わけのわからん略語を話すな！」

もはやそれくらいしか突っこみどころが見つからないらしい。というよりあまりのことに、もはやどこから突っこめばいいのかわからないのだろう。そして未直はくじけない。

「訂正します！　携帯電話の番号とメールアドレスを教えてくださいっ」

正直言えば、未直もここまで踏ん張る自分が少し不思議だ。基本的に人見知りだし、どちらかといえばおとなしい性格なのに、彼に関しては自分でも首をかしげるくらい、アグレッシブになってしまう。

「いいかげんにしろ、迷惑だっつってんのがわかんねえのか!?」

真剣な顔で怒鳴られ、ぐっと痛さをこらえたまま、未直は言い返した。

「わかってるけどやめないもん！」

「なに!?」

「迷惑なのわかってるけどっ。ここでおれ、やめたらほんとに終わりだもんっ」

たぶん、あきらめたら本当に終わりだとわかっているからだ。そして未直は自分の初恋を、あきらめる気はさらさらないのだ。たとえ迷惑な顔をされても、報《むく》われなくても、好きだと言い張ることだけはやめたくない。

「べつに、つきあってくれとか言ってない。メールなら、邪魔にならないよね？　返事、くれなくてもいいから」

それだけでいいんだ、と告げる声が鼻にかかりそうで、未直はあわててうつむいた。

「おれ、三田村さんのこと、知らないひとのままにしたくない。だから、……だから教えてくれれば、おとなしく、するよ」

強気にねだりながら本当は毎日、言葉をかわすたびに手は震えている。がくがくするそれをぎゅっと握りしめたまま、頑固に粘る未直の姿に、明義は深々とため息をついた。

億劫《おっくう》そうなそれに、未直はびくっと震える。

本当は、睨まれるたびにくじけそうだ。きらわれたのかなと思うと泣き叫びたいくらいつらい。けれどもういまさら、彼のなかで未直が頭の悪い変な子どもだという認定が覆《くつがえ》らないこともわかっているから、捨て身でがんばるしかできない。

「おまえ、ほんっとに携帯とメール教えたら、ここには来ないいんだな？」

「え……」

「約束できっか。できるんなら、教えてやる」

十日目にして明義のみせた譲歩《じょうほ》に、未直はぽかんとなってしまった。心底いやそうな顔をした明義は「だからな」と言って未直の頭を大きな手でがっつり掴む。

「この店にはもう入るな。ガキが入るようなところじゃないんだ」

「え、だって、喫茶店、じゃん……？」

最初に明義がつれてきたくせに、なにがだめなのか。首をかしげて問いかけると、彼は苦い顔のまま小声で言った。

「俺が一緒のときならいい。けどな、この手のサ店はたまに、やばいやつらがいる」

「やばいって？」

きょとんとしたまま問いかけると、さらに小さな囁《ささや》く声で、彼は口早に言う。

「あんま言いたかねえから黙ってたけどな。ろくにひとがいない、この手の店は、取引に使われることがある。うっかりそんなもん見ちまったり関わった日には、人生終わるぞ」

なんの取引かまでは訊くなと告げるのは、明義の鋭い目だ。端整な顔が至近距離にあることに、赤くなっていた未直は、さあっと顔色をなくす。

「とっぱなで連れこんだのは、それこそおまえの話が場合によっちゃやばそうなもんになるかと思ったからだ。そうじゃなきゃ、制服のガキが出入りするとこじゃねえんだ、わかったか」

道理《どうり》でしつこく迎えに来るはずだ。ある意味では未直の行動は明義を呼びつけるには大成功ではあったが、あまり褒《ほ》められた行動ではなかったし、危なっかしいことこのうえない。

「わかった、ごめんなさい」

「もの知らずはこれだから怖《こえ》えんだよ」

げんなりした声に、未直はしゅんとなる。だがそのうつむいた小さな頭を軽く小突《こづ》かれ、顔をあげると、明義は目の前になにかを突きつけてきた。

「これが番号とメール。赤外線通信とかやりかたわかんねえから、勝手にしろ」

明義の手のなかにある携帯は、まるでオモチャのように小さく見える。ぽかんとしながら顔と携帯を見比べたあと、未直はぱあっと頬を上気《じょうき》させた。

「え、えっ。教えてくれるんですか」

「いらねえならべつに、いいけど」

「いる！　いるから！」

意地悪く引っこめようとするから、未直はあわててその大きな手を両手で掴んだ。だが、ごつごつと硬《かた》い感触にさらに赤くなり、ぱっと手を引っこめる。その純情なリアクションに、明義は噴《ふ》きだした。

「なにやってんだ。変なやつだな、おまえ」

「どうせ変です」

真っ赤になった未直の手に、明義は携帯を渡してくれた。お行儀よく、表示されたアドレスとナンバー以外は見ることもなく、未直は自分のそれに登録する。

ありがとうございました、と深々と頭をさげ、未直がうやうやしくそれを返すと、明義は笑いを引きずったままの微妙な顔で言った。

「言っておくけどな。忙しいから用もなしでかけてくんなよ」

「うん、しない。でも、メール送るのはいい？　返事とか、とくに、いらないし」

「もう勝手にしろ。ここに来なきゃどうでもいい」

念押しをされた未直はうなずきつつ、いま知ったばかりの明義の携帯へと、自分のアドレスとナンバーの入ったメールを送信した。

「これ、おれの。登録しといてくれれば、勝手にメールするから、あとは着信拒否にしてもいいよ」

迷惑は承知の話だから、それくらいされてもかまわない。遠慮のつもりで告げた言葉は、しかし明義のお気に召《め》さなかったようだ。

「ほんとにばかなのか、おまえは？」

むっと顔をしかめたあと、おもむろに彼は未直の頭をごんと殴った。突然のそれはけっこう痛くて、未直は両手で頭を押さえる。

「痛いよ！　なんでぶつんだよ！」

「俺はそういう陰険《いんけん》な真似はしねえんだよ。ばかにすんなっつうの」

明義はまた呆れたようなため息をつき、未直をじろりと睨みつけた。

「いいか。おまえが用事もねえのに電話かけねえって約束すんなら、それを信じる。ついでに言えば、勝手にしていいっつったんだからメールも読むだけ読んでやる」

心底面倒そうにしているくせに、苛立った顔も隠さないまま明義はきっぱりと言いきった。

未直はぶたれた頭を押さえたまま、違うところが痛むのを感じる。

「方便《ほうべん》だけで適当なこと言うくらいなら、最初から教えねえんだよ。おまえも卑屈《ひくつ》なこと言うな、気分悪い」

「うん。……ありがとう」

ごめんなさい、と頭を下げながら、またこのひとに救われたなあと思った。

約束を破る大人や、ずるい大人はたくさんいる。この場をごまかすために嘘のナンバーを教えることだってできるのに、明義はそれをしない。

まだなにも知らないと言っていい相手だけれど、この男だけはたぶん、未直が信じていいのだと直感で思う。明義に気持ちを預《あず》けて、裏切られることだけはない。

「だからすぐべそべそすんな。いらつくんだよ。俺が泣かせたみたいだろうが！」

「あはは、これ嬉し泣き」

「変なガキだよ、まったく」

根《こん》負けしたと天を仰《あお》いで、ぐったりした顔も隠さず明義は煙草をくわえた。

けれどやっぱり、未直にいいかと問うまでは、火をつけたりはしなかった。

＊　＊　＊

ちろりん、と着信音が鳴って、テーブルのうえの携帯電話がぶるぶると震えた。

「あ、メール来たっ」

そわそわとそれを取りあげた未直がいるのは、家の近所のファミリーレストランだ。もうとっくに日はくれて、周囲は家族連れが夕食を取るために集《つど》い、にぎやかなことになっている。

未直はその一角にひとりで陣取《じんど》り、テキストを拡げて勉強していたのだけれども、さきほど送ったメールの返事が気になって、ろくに手がつかなかった。

『勉強進んだか。あんまり遅くないうちに帰れよ』

短いひとことでも、明義がくれたものなら嬉しい。にやにやしながらしばらくその文面を眺め、未直はまたメールを書いた。

『勉強はあんまり進んでない。数学むずかしいよ』

なるべくこちらも短くするのは、忙しい明義に長文を読ませるのは気が引けるからだ。それに、あんまり長く書いたら、また彼を困らせることを言ってしまうから。

メールは一日最大五通までと決めているので、今日の分はこれでおしまいだ。だから末尾《まつび》に未直はこうつけ足《た》した。

『返事ありがとう。明義さん、だいすき』

顔文字のキスマークやハートマークを入れたいところだったけれど、それをやったら前に明義がものすごく嫌そうに「勘弁しろ」と言ったから、勘弁してあげることにした。

その代わり、下の名前で呼ぶことを許してくれとおねだりして、渋々《しぶしぶ》了承されたのだ。

「……えへへ」

送信ボタンを押したあと、思わずひとり笑ってしまい、やってきたウェイトレスに変な顔をされてあわてて引き締《し》める。けれど彼女が去ったあとには、また未直は笑ってしまう。

こうして好きだとメールを送るといつも、告白した直後の明義の、ぽかんとした顔をつい、思い出してしまうからだ。

(やさしいよな。なんだかんだ言っても)

約束だからおとなしくする。その代わり未直からのメールを出すのは許してほしいとお願いして、アドレスをもらった日は有頂天《うちょうてん》だった。

未直のめげないアプローチに、明義は呆れるばかりで、最初はぜんぜん相手にもしてもらえなかった。メールも一方的に送るばかりだったのだけれど、ぼちぼち返事が来るようになったのはたしか、未直が送ったメールが百通を越えるころだ。

『返事はしてやるから、用のないメールは日に一桁《ひとけた》までにしてくれ』

ほとんどストーキングのように送りつけまくった未直の執念《しゅうねん》に負けたのか、疲れた顔が目に見えるようなメールで明義はメル友昇格《しょうかく》をOKしてくれた。それだけでも嬉しくて、このメールが来た日は眠れなかったくらいだ。

前の携帯では保存件数に限界があったので、わざわざブラウザ対応の最新携帯に買い換《か》え、明義からのそれはすべてきちんと保存をかけているくらい、彼のメールは未直の宝物だ。

（しあわせ）

鬱陶《うっとう》しいと言いながら明義は、未直のメールに毎日返事をくれた。ただし仲良しこよしの子どもの真似などできないから、雑談にはつきあえないとも言われた。

仕事に忙しい大人の男が、高校生のくだらないメールに返答するのがどれくらい面倒なことなのか、未直だってわかっている。だから未直は返事が返しやすいようにと、一生懸命質問を送った。

——歳はいくつで、どこに住んでますか。恋人はいますか。身長はいくつ？　好きな食べものは？　好みの音楽は、趣味はなに？

くだらない、と一刀両断《いっとうりょうだん》されてもかまわなかった。それなのに、案外律儀な明義は、それらの質問に答えてくれた。

——三十五歳で、新宿住《ず》まい。恋人はいない、身長は185センチ。食べものは食えるならなんでも、音楽はとくに聴かない、趣味は仕事。

ちょっとずつ増える明義のデータがあるだけで、未直は毎日有頂天だ。けれど、それ以上立ち入ったことは問うわけにいかず、またそんなお見合いの釣書《つりがき》じみた質問などすぐに尽きてしまった。

あまり詮索《せんさく》してうざがられるのはいやなので、ある程度のことを問いかけたあとからは、今日学校であったことと、『好き』のひとことだけを最後に綴って送り続けている。

そして、未直のそのひとことが、その日のメールの終わりを告げる。待ってもきっとこれに返事は来ない。明日また未直がなに食わぬそぶりで『おはよう』のメールを入れるまで、明義は絶対応《こた》えてこない。

これが未直の『好き』に対する彼なりの答えなのだと知っているから、傷つかない。——傷つかないようにしようと、決めている。

明義からの返事が来ないかと、年がら年中メールをチェックしている自分の姿はちょっと気持ちが悪いくらいだ。そんなしつこさを気味悪がられて、もうやめだなどと言われたくないから、必死になって未直は気持ちをセーブしている。

「帰らないと、だめかな……」

そろそろ、制服姿の高校生がファミレスで粘るには厳しい時間になってきた。すでに常連と化している未直だが、それだけに店員らのちらちらとした視線が鬱陶しい。

カモフラージュのための勉強道具を片づけ、精算を済ませて店を出る。足取りは重く、ここから十数分と少しさきの我が家《や》を思い出すだけで、ずんと身体が沈むようだ。

しかし、しょせんは近所。どれだけのろのろ歩いても、結局は家に辿《たど》りついてしまう。

新興《しんこう》住宅地の一角にある自宅は、未直の高校進学を見越して購入した、比較的新しいものだ。

合鍵を使い、無言で開いた玄関に、まだ灯《あか》りはある。居間のほうからはテレビの音も聞こえるけれど、ドアが開いた気配に気づいても誰も出てこない。

「ただいま」

無駄と知りつつ、小さな声を発するけれど、返事はない。

そのくせ、未直のいる玄関に向けて、びりびりと神経が尖っているのが知れた。

6LDKの一戸《いっこ》建て、父親がこだわって人気の建築デザイナーに依頼し、建てさせたそれは、いずれ兄が結婚するであろうことを見越して部屋数も多いが、間取りも広く取られている。

そのせいか、靴を脱ぐ音が広い玄関に反響し、よけいに静けさを感じさせた。

かつては、こんな静かな疎外感《そがいかん》を味わったことはなかった。末っ子の未直は家族にだいぶ甘やかされていて、帰りが少し遅くなれば心配そうに電話もされたし、ただいまを告げると母が必ず出迎えてくれた。

（しょうがないや。これが現実だから）

顔を伏せ、悄然《しょうぜん》とした足取りで階段をのぼりだした未直は、踊り場にぬっと現れた黒い影に身体を硬直させた。

「兄さん……」

びくりと震えて呼ぶと、兄の直隆《なおたか》は露骨《ろこつ》に眉をひそめた。そしてふいと未直から顔を背《そむ》け、身体の脇《わき》をすり抜けていく。まるで未直など、その場にいもしないかのような態度に胸が苦しくなり、なおもうつむいて足音さえ殺して部屋に戻った。

「また、無視かあ」

重い沈黙に、息苦しさを覚えるのはいつものことだ。こうして未直は、家の中で存在しないものとして扱《あつか》われる。いったいいつまでこうしていればいいのだろう、と途方《とほう》に暮れつつ、出ていく勇気もないままだ。

ドアを閉めて、未直はしばらくぼんやりと部屋のなかに立ちつくした。十二畳《じょう》もある自分の部屋をはじめてもらったときには嬉しかったけれども、部屋の建材《けんざい》にあわせた質のいい家具や勉強机もなにもかも、いまの未直には妙によそよそしく映る。

（そんなに、悪いことしたのかなあ）

くすんと洟《はな》をすすって、けれどきっと、未直が軽率《けいそつ》だったのだと哀しくなりながら思った。ひとと違うことを、場合によってはさげすみの目で見られてしまう性癖を、深く考えもせず——家族ならばわかってくれると信じきって打ち明けて、拒絶されることなど、あの瞬間まで想像もしていなかったのだから。

——未直は変態だったのか。家族をだましてたのか。

だましたわけでも、嘘をついたわけでもない。むしろ正直でいたかったのに、裏切ったと決めつけた声があまりに、痛かった。

一度しゃがみこんだら二度と立てない気がして、ただただ部屋の真ん中に突っ立っている自分がひどく滑稽《こっけい》な気がした。

そんな未直を動かしたのは、鞄《かばん》に入れた携帯から聞こえる、メールの着信音だった。

「……っあ、えっ？」

明義専用に設定してある着信音に気づいて、未直は金縛《かなしば》り状態から抜け出す。大あわてで鞄をまさぐり携帯を取り出すと、やはり彼からの返信だった。

どうしたんだろう、と思いながらメールを開くと、そこには簡潔《かんけつ》な一文があった。

『明日の夜から忙しくなる。メールはよこすな』

心を躍《おど》らせたのは一瞬、メールを拒否する文面に未直は沈みこんだ。けれどそのあと『二週間後には通じるようになる』とあったのが嬉しい。

（二週間か、長いな）

けっこうな間連絡を取れないのはせつないが、こういうところが明義はやさしいのだと思う。いちいちこんなことを告げる義務などないのに、未直が不安にならないように教えてくれる。兄に冷たく無視されたあとだけに、ささやかな気遣《きづか》いがひどく染《し》みた。そして、じっと携帯を握りしめるうちに、どうしても声が聞きたくなってくる。

（だめだよ、怒られるよ。用事ないのにかけてくるなって言われたし）

必死になってそう思うけれど、せつなく苦しい胸が耐《た》えきれそうにない。ほんの少し見せられたやさしさにすがりそうになる自分をこらえきれず、未直は震える指で携帯を操作し、はじめて明義のナンバーを呼び出した。無意識のまま正座したのは、緊張しているせいだろう。

(三回だけにしよう。三回だけコールして、出なかったらすぐ切ろう)

なんだかいつも忙しそうな明義をわずらわせたくない。けれどどうしてもつながっていたくて、思いきって通話ボタンを押す。心臓が破裂しそうだと思いながら耳にしたコール音、胸のなかでイチ、ニ、と数えてサンをカウントする前に、ぷつっと通話のつながる音がした。

『なんだ。メールの件か』

「——!」

もしもし、もないままいきなり問われて、未直は飛びあがった。ぱくぱくと口を開閉して、声が出ないままかあっと顔が赤くなる。

(こえ、が)

うっかりしていた。電話で話すと耳にダイレクトに明義の声が入ってくる。まるで耳元で囁かれてでもいるようで、ものすごい勢いで心臓が早鐘《はやがね》を打ちはじめた。

ああ、やっぱり自分は彼が好きなのだ。あまりの顕著《けんちょ》な反応に我ながら呆然としていると、電話の向こうから怪訝《けげん》そうな声がした。

『おい、未直じゃねえのか?　いたずらか』

「あっ、ち、ちがうっ！　おれ、ですっ！　い、いま、いまお忙しいですかっ」

警戒するように低くなった声にあわてて告げると、声が裏返った。『なにテンパってんだ』と呆れたように笑われて、噛みまくった未直はさらに赤くなる。

『ちっとくらいなら話せる。どうした』

「あ、あああああの、メール、見たから。メール、送ったら、まずいですか」

『電波の届かねえとこにしばらくいるからな。なんだよ、わざわざそれで電話してきたのか』

用もないだろうと言わんばかりの態度だが、明義はなぜか電話をすぐに切りあげようとはしなかった。そのことが嬉しくて、ばくばくする心臓とのぼせあがる頭を必死になだめつつ、未直はどうにか言葉をつなぐ。

「い、いま、おうちですか？」

『いや。帰る途中だ』

耳をすますと、明義の声のうしろから車の走る音や、街中に溢れる雑多な物音が聞こえてくる。もしかして車のなかなのだろうか。足止めしてしまっているなら、早く切らないといけないと思って、未直はぐっと息をつまらせた。

この電話を切って、またしんと沈黙の重圧が苦しい部屋のなかでひと晩すごすことを考えると、それだけで苦しくなる。息が乱れて、つんと痛み出した鼻をこらえていると、電話の向こうから『おい？』と声がかけられた。

『おまえ、どうした。なんか息荒れてねえか』

具合でも悪いのかと問う明義は、本当にひとがいいなと思う。見た目はあんなに怖いし柄も悪いくせに、未直の変化にすぐ気づいてくれる。鋭くて、やさしいひと。好きになってよかったなと思いながら、滲《にじ》んだ目元をこすった。

「あ、……のね。お、おれね。いまちょっと、変、でね」

つっかえずに言いたかったのに、ものすごく甘えた声が出たことに自分で驚いてどもってしまった。かっこわるいなあ、と恥ずかしくなりつつ、洟をすすりながら電話しているいま以上に見苦しいことがあるのだろうかと未直は思う。

「で、電話するなって言われたのにごめんなさい。声、聞きたくなったから」

そしてまず、謝らなきゃいけないんだと気づいて口早に告げた。きっと明義はあきれている。ここでため息をつかれたり、鬱陶しがっている気配が伝わってきたらぼろぼろになりそうだな、と思って胸をざわつかせていると、予想とは違う言葉が返ってきた。

『泣いてんのか』

「え、う、ううん、ちが」

電話越しの明義の声は、びっくりするくらいにやさしく響いた。そしていつも怒鳴ったり怒ったりしているあの男は、けっこうな甘い美声《びせい》だったのだと気づかされる。

「泣いてないよ、ただ、そういうんじゃなくて」

『涙びいびい言わせて。なにが違うだ。どうかしたか』

声だけになると、ふだんのしかめっ面《つら》が見えないせいか、明義はどこまでもやさしい気がした。口調は相変わらずのぶっきらぼうさなのに、折れそうな未直の心をふわっと包む。

「あ……会いたい。いまからでも、いいんだけど、迷惑?」

『無理だろ。時間も時間だろうが』

考えるより早く口をついて出たそれには、そっけないひとことで返された。けれど電話を切るとも、迷惑とも言われなかったから、未直は必死に会話の糸口を探した。

「あ、あのさっ。そういえば仕事って、なに、してるの?」

だがそれは失敗だったらしい。電話の向こうではしばし困ったような沈黙が流れ、ひやっと胸が縮《ちぢ》こまる。

(ばか、なに訊いてんだっ!)

考えてみると、メールで質問攻めにしたときにも、この問いかけだけはしないように気をつけていた。もしも——もしもそこで、ナントカ組で仕事をしているなどという返事が来たら、否応《いやおう》なしに未直は引かざるを得ないとわかっていたからだ。

いくら未直がゲイで、家族からつまはじきにされていても、恥知らずに追いかける真似をしていても、本当の闇《やみ》の世界の人間と関わるような度胸はない。

しかし、逆をいえばなぜ明義はそれを言わないのだろうとも思っていた。ひとことそう言ってしまえば、追い払えるとわかっているだろうに、彼はどうも自分の素性《すじょう》についてはつまびらかにしようとしないのだ。

　同じ感情を返してくれるわけはないと思っていても、少なくとも明義は未直に同情だけはしてくれている。その細いつながりを切ってしまったら、ぐらぐらした未直がひどく危《あや》うくなることだけは、強面のくせに変にやさしい男は悟《さと》っているらしかった。

　だから期待が捨てられない。寂しくて寂しくて、明義に見捨てられたら立ち直れそうにないから、もう少しだけやさしくしてほしいと思っている。

『いまちょっとややこしいんだ。説明しねえと、だめか？』

　案の定《じょう》、明義の声が困惑を孕《はら》んでいて、未直はあわてながら首を振った。そして、明義には見えないことに気づくと、急いた口調で撤回《てっかい》する。

「ううん、ううんっ、いい！　言いたくないなら訊かない！　ご、ごめんなさい」

　こんな程度のことで、疎《うと》まれたくない。そう思っての言葉に、ふっと明義が笑った気配がする。喉《のど》の奥で転がすような笑い声は、はじめて聞いた。そしてずいぶんとやわらいだ口調で、明義は話題を変えてくる。

『メシ、食ったのか』

「う、うん。ファミレスで」

　答えると、なぜか沈黙が流れた。ややあって、明義はふっと小さく息をつく。

『おまえんち、新小岩《しんこいわ》のほうだったな』

「え、う、うん？」

なぜ突然そんなことを問うのだろうと首をかしげると、小さく唸るような声がしたあと明義は『どこのファミレスだ』と問いかけてきた。

「どこって……えーと蔵前橋《くらまえばし》通り」

『わかった。あと三十分したら、そのファミレスで待ってろ』

え、と思った瞬間には電話は切れていた。まさかと思いながらも、会いに来てくれるのだと気づいた未直はあわてて着替えをはじめる。

三十分したら、と明義は言ったけれども、そんなに待てるわけがない。たったいま戻ってきたばかりで出かけるのは気が引けたが、どうせ未直がなにをしていようと家族は気にもかけないに決まっている。

それに、明義がどういうつもりで来てくれるのかはまるでわからないけれど、とにかく顔を見ることができるのだ。

（嬉しい）

もう深いことはなにも考えまい。そう決めて、そそくさと着替えを済ませた未直は鍵を片手に家を飛び出した。

　さきほど制服姿で出ていったばかりの自分を、店員はどう見るだろうかと気になったが、夕方からの顔ぶれはいないようだった。ちょうどシフトが深夜に切り替わったのだろう。ほっとしつつ、カフェオレだけ頼み、未直が緊張を覚えつつ待っていると、しばらくしてからあの大柄な彼が顔を出した。あわてて立ちあがり、手を振ってみせると、明義はいつもの仏頂面《ぶっちょうづら》を少しだけゆるめる。

「なんだ。早いな」

「あ、あっ。明義さんも、早かった、ですね」

「道すいてたからな」

　またどもった、と顔が赤くなった。未直はそう滑舌《かつぜつ》が悪いほうでもないのに、どうしてか明義に対してはひどく口調が拙《つたな》くなる。初対面のときはそうでもなかったのに、好きだと自覚したせいで、めちゃくちゃあがっているのだろう。

　だが、未直がはっとしたのは、明義の頬のあたりに、ついたばかりの傷を見つけたからだ。

「それ、どうしたんですか」

「あ？　ああ、ちょっとな」

　長い腕をあげウェイトレスを呼び「コーヒー」とそっけなく言ったあと、まるで殴られたかのようなそれを大きな手のひらでさすり、あからさまなほど明義は話題をごまかした。追及するなと言っているのがわかり、未直はそれ以上を問えずに口をつぐむ。

（訊いちゃ、いけないのかな）

どかりと目の前に腰を下ろした明義は、煙草を取り出すなりまた目顔で未直に許可を求める。こくりとうなずくと火をつけて、未直をじっと見つめてくる。

「で、なんだ」

「えっ？」

視線の強さにどぎまぎしていると、唐突《とうとつ》に問われた。意味がわからずきょとんとしていると、煙草の灰を落としながら、焦れったそうに明義は口を開く。

「おいおい、会いたいつったのおまえだろうが。妙に切羽《せっぱ》詰まった声出してるから、なんかあるかと思ったんだろ」

「あ……それで、来てくれたんですか」

あっさりした返答に、つくづく、親切な男だなと感心してしまった。ぽかんとしていると、「なんだその顔は」と顔をしかめられ、未直はあわててかぶりを振る。

「いや、あの、明義さん、なんでそこまでつきあってくれるのかなあって」

正直言えば、明義にとって未直の存在が鬱陶しいばかりであるだろうという予測はついている。だが面倒そうな顔はするものの、メールをすれば返事をくれるし、なんの義理もないのにこうして夜に顔を見せてくれる。

「自分で言うのも、あれだけど。おれ、うざくないの？　メールとか、しつこいし」

「あ？　そりゃうぜえよ」

即答はさすがにショックで、ぐっと涙目になる未直に、明義は苦笑を浮かべる。言葉ほど剣呑《けんのん》ではない表情につい見惚れると、彼は煙草の煙ついでにため息を吐き出した。

「つーかな。俺にここまで好きだのなんだの言ってつきまとうやつがめずらしいんだよ」

「え？」

「それこそ自分で言うけどな。おまえみたいなガキには大抵《たいてい》、びびられて終わるんだ。接点もねえし」

言いながらおかしくなったのか、彼はふっと口元をゆるめる。はじめて見るようなやわらかい笑みに未直は真っ赤になって「ほらそれだ」と明義はさらに笑った。

「やたら赤くなったり無邪気だったりして、ガキくせえことこのうえない。正直、俺もおまえにどうしていいかわからねえよ。けど……」

そこで言葉を切ると、明義は笑いをほどいた。そして、未直の目をまっすぐ見て、心の奥まで覗きこむような強い光を見せつける。

「そんなガキのくせに、なんでもねえとか言い張るときだけ強情《ごうじょう》だ」

「それ、は」

「いまのいままで、おとなしく言うこときいて、俺に嫌われねえようにってやってんのは知ってた。だから、気になった。なんで電話よこしたんだ」

真剣な顔をする明義の澄《す》んだ目は、なにもかも見透かすように強かった。はじめて話した日にも、そういえばこうして問われたことを思い出す。

――誰かに、なんか言われたか。

ささいな言葉の端々《はしばし》で、未直の考えていることや悩みをあっさり言い当てる明義は、怖いけれどひどく安心する。いっそ全部預けてしまいたい気持ちになるけれど、それで彼は迷惑ではないのだろうか。

（甘えちゃってるんだよなあ）

それこそうざいと思われたくなくて、理由などなにもない――そう言ってしまおうかと一瞬迷った。けれど、もういまさらそんな取り繕う真似をして、どうなるのだろう。

少なくとも、こんな夜中に未直の話を聞くために、彼は車を飛ばして来てくれたのだ。たぶん、心配してくれている。そんな明義相手にかく恥《はじ》もないと思って、未直は曖昧な顔のまま呟くような声で言う。

「家族に、ばれてるんだ。おれの……その、性癖？　のこと」

「親か」

未直の答えなど予測していたのだろう、明義は驚いた様子もなく、あっさりと言った。

「うん。あと、兄さん」

彼がなにを言っても動じないでいることが、ひどくほっとする。未直はずっと抱えていた胸のつかえをおろしたような気になった。

「女子に告白されたあと、なんか変だなって思ったんだ。だから、兄さんに相談したんだけど。そこで、おまえは病気だって言われたんだ」

家はあんまり居心地がよくない。自分が女の子を好きになれないと知ってからまず相談した兄が親にばらしたので、未直は変態扱いされていて、ずっと無視されている。そう告げると、明義はひどくいやそうな顔をした。

「ちくられてハブか。なんだそりゃ」

「ん……でもべつに、虐待《ぎゃくたい》されてるわけじゃないし。口きいてもらえないだけ、だから」

学費も出してくれるし、小遣いもくれる。ごはんも食べさせてもらえるので、たぶんマシなんだろうと思う。それに未直は、本当に変態かもしれないと自分でも思うから、しかたないのだとあきらめの笑みを浮かべた。

「うち、兄さんは歳が離れてて。すごく、おれは兄さんが好きだったんだけど、あっちはコドモなんか相手したくないみたいだった。忙しいひとだったたし、あたりまえだけど」

思えば、大人の男に憧れた最初のきっかけは、兄への思慕《しぼ》だったかもしれない。

未直の兄はハンサムで、甘めの顔立ちだけは未直と似ているけれど、未直とは違って背が高く、すっきりした身体にスーツの似合う男だった。学生のころから優等生で、十五歳も離れた年齢のせいか、未直が物心つくころにはすでに大人のように見えていた。

「だから、早く大人になれば、兄さんに追いつけるって……大人の男のひとみたいにかっこよくなれるって思ってたんだ、ずっと。でもそれが、だんだん、違うふうになっていって」

ああいうふうになれたらいいと思っているうちに、いつしかその感情がおかしなほうにねじまがったのかもしれない。そう告げると、明義はぎょっとしたように目を瞠る。

「おい。おまえ、ひょっとして兄貴に惚れてんのか？」

「まさか！　それはないよ。でも、考えたらかなりブラコンだったかもしれないし、気づくきっかけのひとつだけど」

すごく兄弟仲がいいわけではなかったけれど、少なくとも未直は慕《した》っていた。小さなころから方向音痴だった未直を迎えに来るのは兄の役目で、そういうときにだけ手をつないでくれるのが嬉しい程度には、未直は兄を好きでいた。

そういう意味ではたしかに、頼もしい背の高い男のひとに頼りたい、そういう素地《そじ》は兄が作ったと言えなくはない。

「でも、いくらなんでもそういう感情は、ないよ」

未直が誤解だとあわててかぶりを振ると、どうしてか明義はほっとしたようだった。

「ならいい。けど、病気だの気持ち悪いだのは、兄貴が言ったのか」

肯定も否定もできないままうなだれると、彼は「顔をあげろ」と頬に手をかけ、ぐっと未直の顔を持ちあげる。

「兄貴が言ったんだな?」

「……うん」

そっけなくはあるが、それなりに兄弟仲は悪くなかった。けれど兄は、未直が「同性のほうが好きなのだろうか」と相談した瞬間、本当に形相《ぎょうそう》が変わったのだ。

「すごいなあ、って思ったよ。目の色が変わるとか、顔色が変わるとかって、ああいうことなんだなあって」

あはは、とうつろに笑うのは、言葉以上に、兄の汚いものでも見るような、嫌悪《けんお》にまみれた表情を忘れきれないからだ。そして、とても自分では口に出せないような罵声《ばせい》を、明義にとて言いたくはないほどにひどいそれを、未直にぶつけてきた。

けれど、それだけならばまだ、マシだった。

「おれ、ほんとにどうしていいか、わからなかったんだ。だから、どうしようって言った。そしたら、いろんなこと言われたんだけど……次の日、なんでか父さん、早く家に帰ってきてて」

まさかその日のうちに、親に言いつけられるとは思わなかった未直は愕然《がくぜん》とした。母親はずっと泣いているばかりで、父は真っ青な顔をして長いこと黙りこくったあと、言った。

——おまえは、いったいどうしてそんな、おかしなことを兄さんに言ったんだ? いま、父さんや直隆が仕事で大変な時期なのはわかっているだろう。なぜそんな悩ませることを言う。

——おかしなことを言い出して、反抗でもしているつもりなのか？　そんなにわたしたちに思うところがあったのか？

その瞬間、未直は自分が家族のなかで、とても迷惑な異分子《いぶんし》だと決定づけられたことを知った。大きな企業に勤める父と、政府ともつながりの深い銀行に勤める兄。いずれも社会的な立場や地位があまりにも人生の重きを占《し》めているのはわかるけれど、未直だってべつに、足を引っぱりたいなどと思っていたわけではない。

けれど兄や父は、そもそも未直の言い出したことを理解するどころか、よしんば変態の家族がいることが露呈《ろてい》し、スキャンダルの種になった場合、自分たちに迷惑がかかることをまず恐れたのだと知った。

——一時の気の迷いで、ばかなことを言って。少し頭を冷やしなさい。

彼らは現実として、未直が同性愛者であることについて、悩みさえしなかった。というよりも、真っ向から『そんなことがあるわけはない』と否定する言葉に、声もなかった。

そのくせ父は、未直が呆然と見つめる視線から逃げるように、顔を背けてばかりで——話を聞いてくれと手を伸ばした瞬間、汚物《おぶつ》にでも触れるようにそれを弾き飛ばしたのだ。

（どうして？　おれはただ、わかってもらいたかっただけなのに）

逃げるように去る父と、泣き崩れる母の前で、未直はただ呆然と立ちつくした。その耳元に、兄の冷ややかな声が突き刺さってくる。

――これが現実だ。おまえも早いところ、心の病気は治しなさい。

そしておそらく兄が、未直に言い放ったとおりの――悪意的な感情を持って、父や母に未直の性癖を暴《あば》く言動を取ったのだとわかった瞬間、ぱりんとなにかが壊れる音がした。

「もっと、考えないといけなかったんだよね。言うにしても、ただ不安だからとか、迷ってるからって口にしちゃいけなかったんだよ」

独白《どくはく》のように未直は言って、ひどく曖昧な、笑みの形に顔を歪める。

すると、痛々しい未直の表情に明義は顔をしかめ、ぺちぺちと頬を叩いてきた。

「兄貴、なにしてるやつだ」

「え、銀行につとめてる」

兄の勤め先の銀行は、頭に国名がつくやつだったけれど、さすがにそこまでは言えなかった。けれど明義は、それで充分とため息をついた。

「あー……おおかた、エリート一直線だろ。ホモフォビアってやつかもな」

「それ、なんですか」

「極度のホモ嫌いだ。嫌いってより、恐怖があるらしい。特権階級意識の強い人間に、案外多いって聞くけどな。俺としちゃ、むしろそっちが病気だろうと思うが」

けろりと言ってのける明義に、未直は今日何度目かわからない驚きを覚える。つくづくと博《はく》識《しき》な上に、思ってもみないことを言う男だ。

「病気って、どうして？　みんな、気持ち悪いんじゃないの？」

「みんなってのはどこの誰だ。少なくとも俺はおまえのことは気持ち悪くない。アホだとは思うが」

やさしいのかひどいのかよくわからないことを言われ、未直は眉をひそめた。けれど明義がひどく真剣な目でまっすぐ見つめてくるから、未直の心臓はまた破裂しそうになった。

「いいか。おまえは他人よりちっと面倒な個性を持ってるってだけだ」

「個性……？」

そんな言い方をされると思っていなくて、未直は目を丸くする。その目の奥に、明義の強い視線が突き刺さる。

「そういうやつは、臆病《おくびょう》で用心深く、それから賢《かしこ》くなれ。うかつにだまされたり、傷つかないようにしろ」

「でも、どうやって」

「堂々としろ。べつに兄貴のケツ狙《ねら》ったわけでもねえのに、罵られる筋合いはねえとでも言え。他人の恋愛沙汰《ざた》に口出すなってな」

そう言って、またあのにやっとした笑いを浮かべ、未直の小さな頭をぐしゃぐしゃと撫でる。その手つきがやさしすぎて、こらえようと思ったのにまた涙が出そうになった。

「それと、ひとを見下すやつってのはな、上からかまえてるつもりでいるから、なんにも見えてねえんだ」

未直の動揺には気づいているのかいないのか、頬に手を添《そ》えて目をそらせないようにしたまま、彼の力強い声がこう告げてくる。

「てめえの顎《あご》のたるみも、鼻毛がどれくらい伸びてるかも、自分じゃわかりゃしねえんだ。踏みつけられてる連中が、それを見て腹を抱えてるってこともな」

明義はにやりと笑う。男くさい、どこか皮肉っぽい表情に、未直はいつぞやの、ハンカチのにおいをたしかめたとき以上にどきどきした。

「鳥の目と犬の目は同じだ。地べたに転がるってことは、空を見下ろすことだろう。これも俯《ふ》瞰《かん》のひとつだろ」

「……うん」

観念的な物言いだったけれど、不思議なくらいすとんと明義の言葉が胸に落ちる。なにも羞じることはないと教えてくれる男の声に、未直はこくんとうなずいた。

「だったら、兄貴のことも、せいぜい下から見下ろしてやれ。睨まれたり蔑《さげす》まれたら、鼻毛の数でも数えてりゃいい」

「あはっ……」

笑って、けれどやっぱり涙が出た。すると明義はぺちっと未直の頬をはたき、その手を離してしまう。あたたかい大きな手が、じんわりとした甘い痛みをそこに残した。

兄の冷たい視線にさらされ、強《こわ》ばっていた頬がやわらかくほどけていく。その瞬間、未直はずきりと胸を貫《つらぬ》いた鋭いなにかに、息が止まった。

(おれ、このひとが、好きだ)

出会ってからずっと、自分は彼に恋をしたのだと感じていた。けれどそれはどこか、恋に恋をするような夢中さがあったのだろうと、この瞬間に気がついた。

好きだ好きだと言ってみたり、メールを送ってみたり——たぶん、恋愛をしていること自体を、少しだけ照れながらも楽しんでいたのだ。

「なんだよ?」

潤んだ目でじっと見つめていると、男らしい眉がひそめられる。苦みのある表情にもずきずきと胸が疼《うず》いて、未直は真っ赤になりながらあわててうつむいた。

はじめて会ったとき、助けてくれたし、かっこいいとも思った。だから惹《ひ》かれたことに理屈もなく、このひとが好きだなと思っていたし、それについて深く考えることもないままだった。

(どうしよう、なにこれ)

明義は、未直の兄と年齢がさほど変わらない。スーツの似合う大人の男性に惹かれるという意味で言えばたしかに当てはまるが、正直に言えば、未直がいままで憧れたひとたちとは真逆のタイプなのだ。

身に纏うスーツはいつもどこかよれているし、体格はいいけれどいささか暴力的な空気が強い。少し長めの髪も妙にワイルドで、身だしなみからスキもそつもない兄の直隆とは正反対の印象がある。

明義の鋭角的《えいかくてき》な顎のライン、首筋にかかる髪や切れ長の目が、におい立つような男らしい艶を纏っている。荒れた指は長くて強い、そんなことにいまさら気づき直して、あがっている。

（どうしよう。おれ、また好きになったんだ）

面倒だと言いながらも、メールの返事をちゃんとくれる。怖くてぶっきらぼうで、でも律儀で、やさしくてあったかい。未直みたいなばかな子どもを見捨てきれずに、忙しいのにこうして話を聞いてくれる。

そして、誰にも認めてもらえないと小さく縮こまっていた未直の心を、そのままでいいと救いあげ、堂々としていろと言ってくれる。

自分はとてもすてきなひとを好きになったのだと思うことができた、それが嬉しかった。同時に、もっと胸が苦しくなって、どうしようもなくせつない。

明義のすべてが、未直の心を捕らえて離さない。きっとこれからも、明義を知るたびに何度も好きになってしまう。新しく恋をし直すように、強烈なときめきと眩暈《めまい》が襲ってくる。

そんな強烈な感情に、未直はどこまで耐えられるだろう。

ひとり、想いつづけることに、どこまで。

「おれ……おれね。明義さん、大好きだよ」

「……アホ」

こみあげてくるものが耐えきれなくて、泣き笑いしながら言うと、明義はまた苦い顔になる。

それでも、呆れたようなため息ひとつで未直の言葉を否定しないでくれるだけで、充分だった。

こんな男、きっと探してもなかなかいない。それが思いこみではなく事実だからこそ、嬉しくて苦しい。

(ごめんね、もうちょっとだけ)

たぶんこの気持ちに彼が応えてくれることはないのだろう。それだけはわかっているけれど、いまの未直にはすがるよすがが必要だった。

同情につけこんで、面倒をかけているとわかっていても――切実に、明義が必要だった。

＊　＊　＊

明義が夜に訪ねてきてくれたあとからしばらく、未直は心理的には平穏《へいおん》な日々を送っていた。

数日間メールでの連絡が取れないことは寂しかったが、その直前にわざわざ顔を見せてくれたのが嬉しくて、あのときの会話を思い出せば、どうにか明義の不在に耐えられた。

家族とは相変わらず、口もきいていない。六月に入り、鬱々《うつうつ》とする梅雨《つゆ》にふさわしくふさいだ空気の漂《ただよ》う家は耐えがたく、未直が帰宅後にファミレスで時間を潰すのは相変わらずだった。

その間にもいままでのメールを読み返したり、彼のことを考えていれば時間はあっという間にすぎた。

けれど、そんな逃避ばかりでいられない現実もまた、目の前に迫ってきていた。

「真野、ちょっと」

ホームルーム終了後、帰宅しようとした未直は担任の呼び止める声に、『来たな』と身がまえた。

「はい、なんでしょうか」

「おまえ、三者面談の日程、まだ希望日出てないぞ。ちゃんと保護者の承認印もらってこい」

六月の中旬には進路相談のための三者面談があることになっていた。だが未直は、一ヶ月も前に提出を義務づけられたそれを、親に見せることもしていなかった。

「これ、どうしても親と一緒じゃないと、だめですか」

「そりゃ、親御さんだって都合はあるだろうが……受験についてもいろいろ、話しあわないといけないだろう。まあ、真野の成績なら、高望みしなければ問題はないだろうが」

担任はそこで言葉を切り、じっと未直の顔を見つめた。

「それともなにか、おうちで問題でもあるのか？」

「いえ……なにも、ないです」

胃の奥がしくしくと痛むような気分になりながら、未直はうつむいたまま「早めに伝えます」

とだけ告げてその場をあとにした。

（大学なんて、行けるわけないのにさ）

廊下に映る自分の影だけを睨みながら、未直は足早に歩く。家族会議とも言えない一方的な弾劾《だんがい》からこっち、未直は病原菌かのように扱われている。むしろあの場で、出て行けと言われなかったことが不思議だ。

いや、言う価値もない、というのが本当のところではないのだろうか。わざわざ自分たちが悪者になるよりも、未直のような変態は消えてしかるべきだときっと、彼らは考えているのに違いない。

（いやなことばっかり考えるなあ、おれ）

本当にこんな性格の悪い子どもでは、親が見捨ててもしかたないのだろう。そんなふうにつらつらと考えつつ、未直はいつものファミレスへと足を向けた。

ただ習慣になっているというだけではなく、ひとりになって、考える時間が欲しかった。

せめてこの書類にサインだけはもらうべきか、それともいっそのこと、なにも言わないまま『事情により欠席する』という欄《らん》のサインを勝手に書くほうがいいのか。

いずれにせよ、このままというわけに行かないのはわかっている。けれど、果たして声をかけたところで返ってくる声はあるのか。

（また無視されるんだったら、黙ってたほうがマシだよ）

逃げの思考に入っているのはわかっていても、どうすればいいのかさえわからない。ため息をつき、未直は夕暮れの道を歩く。引きずるような足取りの影は濃く、残照《ざんしょう》に焼ける背中が熱かった。

担任に注意をされてから三日が経《た》ち、未直は結局、三者面談の書類を家族に見せることはやめ、ギリギリの日程まで逃げ回ることにした。

意気地《いくじ》がないと言われても、結果を先延《の》ばしにしているだけとわかっていても、勝手にしろと放り出される事実を何度も思い知るよりは、自分で嘘のサインをしたほうがマシなのではないのだろうかとしか思えなかったのだ。

そうして卒業の日まで逃げ続け、そのあとのことはそのあとに考えたい。もういまは、つらいことを考える気力などないし、ましてや家族と対峙《たいじ》する勇気など持てない。

だが、そう物事は簡単にはいかないらしい。

うだうだとした気分を引きずったまま、いつもどおりにファミレスで時間を潰した未直が帰宅すると、兄が声をかけてきたのだ。

「未直。ちょっといいか」

「なに……」

　数ヶ月ぶりのそれにびくりとして、あとじさった未直に対し、自分とよく似た面差《おもざ》しの彼は深々とため息をつき、未直には思いも寄らないことを言った。

「学校から電話があったそうだ。おまえ、三者面談の件、母さんたちに言ってないそうだな」

　担任はやはり、未直の逃げになにか思うところがあったのだろう。まさかいきなり自宅に連絡するとはと焦りつつ、「それは……」と未直が口ごもると、兄は諭すようにこう言った。

「未直。ここしばらくのわたしや、父さんや母さんの態度のせいで、かたくなになったのはわかる。けど、こういうことはきちんとしなきゃいけないだろう」

　やわらいだ声に、うつむいていた顔をあげる。ひどく驚いた表情の未直に対し、直隆は「なんだその顔は」と苦笑した。

「話しあいの余地もないまま、一方的にいろいろ言って悪かった。けど……わたしたちも驚いてしまったんだ、それはわかるね?」

「う、ん」

「少し、そういうことから話しあわないといけないと思う。いままで、未直がずっといい子だったから、いきなりのことにどうしていいのかわからなかったんだ」

　兄の向けた歩み寄りの言葉を意外に思いつつも、本心では安堵《あんど》して、未直はうなずいた。

「ごめんなさい、おれも自分で、どうしていいのかわからなかったから」

「そうだね。そういうこともあるね」

行き違いはあったものの、たぶん時間をかければわかってもらえるはずだ。数ヶ月に及ぶお互いの断絶《だんぜつ》に疲れきっていた未直には、なによりも嬉しい言葉だった。

（よかった）

いままでの冷たい態度はきっと、家族を悩ませた代償《だいしょう》だったのだ。それでもこうしてきっちりと話をしてくれる兄は、やはり未直が小さいころ慕ったままの、賢い彼なのだろう。

「とにかく、三者面談はわたしが行こう」

「兄さんが？」

さらに驚いた未直に対して、直隆は苦い顔を浮かべた。

「ああ。母さんはまだ冷静に話せそうにないと言うからね。その日は土曜日だし、仕事のほうは休みを取ることにした」

それはそうかもしれない。母に拒絶されるのはつらいが、あの日以来未直の顔を見ることさえつらそうな母は、ごくたまに顔をあわせるとすぐに泣きそうな顔になるのだ。

「うん。わかった。お願いします」

頭を下げた未直に、直隆は少しほっとしたように息をつき、「そうだ」と続けた。

「それと、面談が終わったら、未直と一緒にいきたいところもあるんだ」

「え、どこに？」

「行けばわかるよ。じゃあ、あまり遅くならないうちに寝なさい」

わかった、とうなずいて未直は自室にこもろうとした。そしてふと、肝心《かんじん》のことを言い忘れていたと思って、兄を振り返る。

「兄さん。おれ……大学に行ってもいいのかな」

「あたりまえだろう？　そのつもりでいるよ、父さんも母さんも」

「うん。ありがとう」

問いかけたそれに言葉が戻ることに、安堵で涙が出そうになった。涙目で微笑み、照れ隠しのように未直はぱたぱたと足音を立てて部屋に戻る。ドアを閉めたとたん、ほっとして身体中の力が抜けた。

（よかった……っ）

これですべてが解決するとは思えないけれど、それでもひさしぶりの会話に胸がはずんだ。拒絶されなかったというだけで嬉しくて、未直はぐすりと洟をすする。

「あ、そうだっ」

このことをどうしても、明義に伝えたいと思った。どうせ携帯のメールは届かないのはわかっているが、それこそ明後日の面談の日には、明義も連絡がつくようになる予定だ。

連絡がつくようになって最初のメールが、いい知らせであることが嬉しいと、未直はいそいそとメールをしたためた。

『今日、兄さんと話ができました。少し歩み寄ってくれたみたいです。明後日には一緒に三者面談に行ってくれるみたい。いろいろあったけど、これも明義さんのおかげかなって思います、ありがとう』

もっとたくさん言いたいことがあった気はしたけれど、あまり長文で迷惑なことにしたくない。それに、話すのならばせめて電話か、顔を見て告げたいと思っていた。むろん、明義がその時間を作ってくれたらの話になるけれど、どうしてかこのメールを見たら、彼が電話をくれるんじゃないかと、未直はそんな気がしてならなかった。

＊　　＊　　＊

三者面談は、つつがなく終了した。もともと成績については、ずば抜けていいというわけでもないけれど、そこそこの大学に進学するにあたって問題ない程度の順位はキープしている。

「高望みさえしなければ、希望する大学には進めるでしょう。あとは気を抜かずに」

「そうですか、ありがとうございます」

担任の言葉に、兄も未直もほっとした顔になる。だが、大学の資料関係の書類を片づけた担任は、そこでふっと言葉を切り「ところで」と口調をあらためた。

「進路関係については以上ですが、そちらのほうでなにか、問題などはありませんか」

「え？　問題とは？」

ベテラン教師は、兄の直隆の視線をまっすぐに受けとめたのち、こう言った。

「真野くんに関して、この三年間を見てきました。担任となったのは二年のときからですが、教科担任として接したこともありましたし、彼が非常に几帳面《きちょうめん》でまじめな性質なのは存じています。その上で、今回の面談についての書類提出が遅かったことがひどく、気になりました」

ずばりと切りこんできた担任の言葉に、未直はまずったと思う。この担任は熱心で、また生徒ひとりひとりに対し、なに食わぬ顔でも観察眼が鋭い。

「また親御さんではなく、お兄さんがいらしている点についても、私はいささかどういうことなのかと……なにかご家庭で、問題などはなかったのかと思ったのですが」

じっと直隆を見るまなざしは、真摯でそれだけに強かった。それに対し、兄がなにを言うだろうかと未直が固唾《かたず》を呑《の》んでいると、ふっと直隆は息をついた。

「なるほど、ご心配をかけて申し訳ない。今回の面談については、やはりさすがに大学進学ということもあって、本人が相当悩んだのか、そちらからご連絡いただくまで家族は誰も知りませんでした。時期を考えれば、気づいてしかるべきところを見過ごしたのはわたしたちの落ち度でもあります」

ご心配をおかけして申し訳ない、と兄は深々と頭を下げた。

「ですが、今回わたしのほうが出向きましたのは、父と母の都合がつかなかったためでありますし、また未直――弟も、直接に相談してくれているのはわたしですから。弟の進学については、むろん親のほうとも話しあいをするつもりはありますし、ご心配には及《およ》びません」

「そうですか、それならよいのですが。いや、こういう職に長くついていると、よけいなことを考えてしまうようですね」

　差し出口のようで申し訳なかった、と担任は照れたように笑い、兄もまた顔をほころばせる。未直は微妙なごまかしの入った直隆の言葉に、少しの気まずさと、そして内情を暴露《ばくろ》されなかったことへの安堵を覚えた。

「では、これで失礼いたします」

「ええ。それでは……あ、真野」

　退室の挨拶《あいさつ》をかわしたあとに、未直はもう一度担任に呼び止められる。兄はすでに教室から出て行っていた。

「なんですか？」

「本当に悩みとかは、ないのか。あったら、遠慮するなよ」

　さきほどの兄の言葉だけでは納得がいかなかったのだろうか。あらたまって告げる教師の言葉にどきりとすると、未直の父ほどの年齢の彼は、親身な声で言った。

「べつになにもないなら、なにもないでいい。けど、相談できる相手がちゃんといるって、わかっておけよ。遠慮は、しなくていいんだからな」

「どうして、ですか？」

さきほど、なにもないと兄が言ったのに。首をかしげて未直が問うと『気を悪くするなよ』と前置きして、教師は言った。

「おまえの兄さん、完璧すぎてな。ああいうタイプにはどうも、俺は微妙に違和感を覚えちまうんだ」

「え……」

根拠はないのだが、気に障《さわ》ったらすまないと告げる担任の言葉に、未直はどきっとする。その動揺さえ見透かすように、少しだけ痛ましげな、そしてあたたかい目でじっと未直の目を覗きこみ、彼は言った。

「ああいうタイプは、案外自分の理屈で生きてるからな。それがおまえの理屈と噛みあうとは限らないから。だから、ぬるい、ゆるいところを自分でちゃんと、持っておけよ」

ぽんと頭を叩く教師に、未直はなんと言っていいのかわからなかった。けれども、案外と自分を見てくれているらしい担任の存在が嬉しく、『わかりました』と微笑んで答える。

「まあ、あとはテスト頑張れ」

「はい、じゃあ、失礼します」

ぺこりと頭を下げて、さきに駐車場へと向かった兄を未直は追いかけた。

「お待たせ、兄さん」

「先生、なんだったんだ?」

「ああ、うん。……テスト頑張れって」

微妙な担任の発言を伝える気にはなれず、未直はそれだけを口にした。さして気にしてもいなかったのだろう兄は、そのことについて追及してくることもないままだった。

「ところで、これからどこ行くの？」

兄のセルシオに乗り込み、未直が問いかけたとたん、傍《かたわ》らの痩身《そうしん》がふっときつい気配をみせた気がした。ここ数日のやわらいだ態度に慣れていた未直にとっては、ひどく神経に障る空気で――けれど、じっと見つめた横顔には、浅い笑みが浮かんでいる。

「未直はなにも心配しなくていいんだよ」

「え……？」

それきり、兄は口を閉ざし、未直の問いは中途半端に宙に浮いたままになった。なぜかひどくいやな予感がするけれど、走り出した車の中ではどうすることもできない。

（なに……これ。なんだろう）

なにを言われたわけでもないし、なにかされたわけでもない。ただどうしてか、兄がこの面談の話を切り出すより前――未直が自分の性癖について相談したあの日以来、ずっと漂っていた空気がいまになって狭《せま》い車内にたちこめている、そんな気がする。

空がぐっと低くなった気がした。昼ごろから崩れはじめた天気はいよいよ危うくなり、フロントガラスに小さな水滴がはじかれていく。

無言の兄弟を乗せた車が向かうさきに、なにがあるのだろう。三十分ほど走り、不安感のひどい未直が減速した車の窓から見あげたさきに、その答えがあった。

ビル街の裏通りの一角にある、小さなクリニック。まさかと思いながらも、白く清潔そうな建物の前で、兄は車を停めた。

「兄さん……ここ」

「ついたよ。降りなさい」

愕然として、助手席のシートのうえで身を凍らせた未直は、そのクリニックの看板にある文字を、震えながら見つめた。

『心療内科・精神科・うつ病のご相談承《うけたまわ》ります――』

そういうことだったのか、と思った瞬間、目の前が真っ暗になった。

ひさしぶりに声をかけられて、やさしい顔を向けられて、嬉しかった。

けれどそれは、こんな場所に自分を連れてくるための偽《いつわ》りだったと知った瞬間、未直はぱきんと胸の中のなにかが折れた気がした。

「おれ……病気じゃないよ」

「ああ、わかってる。きっと受験ストレスだとか、そういうので悩んでるんだろう」

かぶりを振り、あとじさった弟の手を兄は強く握った。表情だけは穏やかだけれど、その手にこもった力が異様に強くて、未直は違うとかぶりを振った。

「兄さん、同性愛は病気じゃないんだ。こんなとこにかかったって、おれは治せないよ」

「またそんなわけのわからない思いこみを。いいか、ここのカウンセラーの先生は凄腕《すごうで》なんだ。引きこもりや、非行歴のある学生たちを更生《こうせい》させたことで有名なんだよ」

「おれは引きこもりでも不良でもない、兄さんはおれが頭おかしいと思ってるのか!?」

「一過性《いっかせい》の思いこみで、人生に汚点を残すことはない。だいじょうぶだ、少しみんなで勉強すれば、おまえもきっと立ち直るから」

「立ち直るって……おれはなにも間違ってないよっ」

まるで噛みあっていない会話に、未直はいっそおそろしくなってくる。とにかくこの車から降りた瞬間を狙って逃げ出すしかない——そう考えて、しかしどこに逃げればいいか、わからなかった。

「未直、いいかげんにおかしなことばかり言うのはよしなさい。ほら、おとなしくして。なにも怖いことはないんだし、最近はいい薬もあるらしい、少し落ち着こう」

「やだ、それに薬ってなに!? おれ、どこもおかしいわけじゃないもんっ！」

怖くて怖くて、身がすくむ。兄の表情が次第に苛ついたものに変化するのも、未直の恐怖を煽《あお》るひとつの要素だった。

だが、それでも未直の身体を動かしたのは、なにひとつ理解しようとしない兄の言葉だ。

「そもそも、同性愛『かもしれない』なんて曖昧なことを考えているけど、具体的にどうってわけじゃないだろう？　ちゃんとプロに相談すれば、その変な考えは正せるんだ」

結局、この兄は心底未直の性癖を認めようとしない。カウンセリングに通わせて、安定剤でも飲ませてしまえばいいと、そう思っているのだ。

「……っ、おれ、好きなひとちゃんといる！」

叫ぶと、兄はびくっと身体を震わせ、色のない目で未直を凝視《ぎょうし》した。瞳孔《どうこう》が開いているかのような目の色がおそろしく、未直は必死になって兄の腕を振り払う。

「男のひとで、片思いだけど……そのひとが好きなんだ。でもそれが悪いことだなんて思ってないからっ」

「どこの、誰だ。その変態は。それが未直を変な道に――」

「片思いだって言っただろ!?　それにどこの誰なんて知らないよ、知ってても言わない！」

未直は硬直している兄を睨みながら、後ろ手に車のドアを探《さぐ》った。

「結局、兄さんはおれのことなんか、まともに見てなかったんだ」

「未直、待ちなさい」

「もういい、病院になんか行かないから！」

叫んで、未直は雨のなかへと飛び出した。すぐに追いかけてくるかと思いきや、まだシートベルトをはずしていなかった兄は完全に出遅れたらしい。それとも――高級なスーツが濡れるのを厭《いと》うたのだろうか。

そのまま、泥を跳《は》ねあげて未直は闇雲《やみくも》にあちこちを走った。大きな通りに出る道を探すより、車で追って来られないくらいの脇道《わきみち》に入りこみ、めちゃくちゃに逃げ回った。

そうするうちに、まったくわけのわからない通りに出た。適当に走り回ったせいでなんだかよくわからないけれど、立体式の道路が見えている。

空はいよいよ鈍色《にびいろ》の雲が重くたれこめ、降り注《そそ》ぐぬるい夏の雨が未直の身体中をびしょ濡れにした。大量の車が行き交うなか、未直はぼんやりと立ちつくす。

雨にけぶる街は薄灰色に濁《にご》って、世界のすべてがモノクロームに色あせる。

傘《かさ》もなく立ちつくす制服の少年を、通りを行くひとらは奇異な目で見た。けれどもそんな視線すらどうでもいい。細い顎からは水滴が滴《したた》った。雨なのか、汗なのか——涙なのか、もはや未直にはわからず、薄い肩が冷えきっても、ただ流れていく車の群れをぼんやりと見ていた。

携帯が振動していることに気づいたのは、だからずいぶんと経ってからだった。

(兄さんかな)

だとしたら出たくない。いっそ電源ごと切ってしまおうかと思って未直が携帯を取り出すと、そこにはメールの着信を表示するアイコンが躍っていた。もしかして、と思いあわてて送信者の名前を確認すると、『三田村明義』の文字がある。

「あ……」

明義の名前を見たとたん、灰色に塗《ぬ》りつぶされていた世界に光が差した気がした。冷えきって震える手でメールを開くと、短いけれどあたたかい彼の言葉がある。

『よかったな』

たったひとこと。それがつい二日前の未直のメールに対しての返事とは知れた。けれども、いまとなってはひどく滑稽なような気がして、未直は顔を歪める。

(少しも、よくなかったんだよ。全部、違ってたんだよ、明義さん)

ひくひくと震える喉から、どうしてか笑いがこぼれた。「はは……」とうつろにひきつる自分の声を聞いた瞬間、未直の目からはぼろぼろと涙が溢れていく。

もうだめだ。もう疲れてしまった。だからどうしても、明義の声が聞きたくて、迷惑も、相手の都合も考えられないまま、未直は彼のナンバーを呼び出してしまう。

イチ、ニ、と数えるより早く、明義は通話に出てくれた。

『どうした』

毎回ながら、明義は電話に出るなり直球で問いかけてくる。ぶっきらぼうで、愛想のない、けれど未直にとっては世界でいちばん慕わしい声。

「あ……きよし、さん。仕事、終わった、の?」

『ああ。どうにかな』

声を発すると、ひどく嗄《しゃが》れていた。泣きながら黙りこんでいたせいと、そして雨に打たれているせいだろう。小さく空咳《からぜき》をしたけれど遅く、明義に指摘されてしまう。

『なんだ。ひでえ声だな。また泣いてんのか』

疲れた気配がするけれど、話してくれるのが嬉しかった。声の調子だけで、末直のことを理解してくれるのが嬉しかった。

だから取り繕うことも我慢もできず、「うん」と末直は甘えてしまう。

「メール、にね。書いたことだけどね。違ってたんだ」

『どう違った。っていうか、なにがあったんだ、おまえ』

「びょ……病院行けだって。すごいなあ、おれ、ほんとに病気扱いなんだ」

『なんだって？』

ぴりっと、電話口の明義の気配が鋭くなった。末直はもう息を吸うだけで苦しくて、身体がばらばらになりそうだと思いながら、ままならない言葉を綴る。

「おれ、やっぱり病気の変態だって、言われちゃったよ」

歩み寄ってくれたと思っていたのは、ただ単に末直をあの場所へ連れていくための方便だったこと。担任の言葉、兄の言葉。そして雨のなかを飛び出し、惨《みじ》めにたたずんでいる自分のこと。末直が嗚咽《おえつ》を漏《も》らし語る間、明義は、短い相《あい》づちだけで言葉をはさむことはなかった。

「逃げてきて、いま、なんかもうどうでもよくなっちゃったんだけど。ごめんね、声聞きたかったから……あはは。ほんとに、ごめんね、迷惑かけて」

混乱しきった感情のまま、末直が泣きながらけらけらと笑っていると、真剣な声で『いまどこにいる』と問いかけられた。

「いま？　えと、……どこだろう」

『なんか標識だとか、近くにある住所の番地でいい、言え』

よくわからないまま、未直は高架《こうか》の上の表示に２４６号線と書いてあるそれを見つけた。

もう少し近くになにかないかと問われ、うろうろと歩いて近くのテナントビルの住所表記を読みあげる。

『渋谷《しぶや》なら、近いな。いいか、そこ動くなよ』

「なんで……？」

『いまから迎えに行ってやる。とにかく動くな』

「そんなの、いいよ、平気だよ。適当にすれば、ひとりで帰れるよ」

悪いよ、と未直は笑って言った。だがその声のなにが気に障ったのか、明義は久々に怒鳴るような声を発する。

『なにが平気だ、ばか！　帰るってどこ帰る気か言ってみろ！』

びんと耳が痺《しび》れるような声だった。なのに未直は電話を耳から遠ざけることもしないまま、その場に立ちつくしてしまう。

「どこ、帰ればいいのかなあ？　おれ、どうしたらいいのかなあ……？」

ひくっと喉が鳴って、ぼたぼた涙が溢れてくる。なにもかもショックで、どうしていいかわからなくて、未直はしゃくりあげた。

「お、れ、ほんとにおかしいのかなあ？　明義さん、ごめんね？　頭おかしい子につきあわされて、め、めーわく……っ」

『おまえの迷惑なんぞいまさらだ。いいか、そのまま電話切るなよ』

言いながら明義が走ってる気配がする。えずくくらいに泣きながら、もう遠慮もなにもできなくて未直はうなずいた。

「で、でも。く、車運転するとき、電話しちゃいけないんだよっ」

『心配すんな、タクシー拾った。……すみません、２４６の……ええ、そこに……』

途中からは通話口をふさいだようなくぐもった声になった。本気で来てくれるのかと驚いた未直が硬直していると、『もう少しだけ待っていろ』と言った明義が、シートに腰を深く下ろした気配がする。

（嬉しい）

もうぐちゃぐちゃになった感情のおかげで、シンプルなことしか考えられない未直は、こちらに向かっているだろう男に会えるだけでいいと思えた。小さく洟をすすり、明義がなにか言うのを待っていると、彼にしてはめずらしい、ためらいがちの声がする。

『あのな、おまえな』

「う、うん？」

『毎日、最後のメールに書いてくるアレ。本気か』

前振《まえふ》りもなにもない、直球の問いかけだった。どきっと胸を騒がせつつ、未直は思わずうなずいたあと、小さな、けれど真摯な声で答える。

「うん。……本気」

最初に出会ってから、まだ一ヶ月も経っていない。

けれど、出会ってからずっと、未直は好きだと言い続けた。顔を見られるうちは彼の目を見て、メールのやりとりをはじめてからは末尾で必ず。

『本気って言われてもな。おかしいだろ。ろくに話したこともねえだろうが』

「それはそうなんだけど」

直《じか》に顔を見て話したのは、出会った日から数回、そしてメールをやりとりするようになってからは、あのファミレスで一度きり。指摘されれば否定できず口ごもると、明義はまるで説得するかのように言葉を綴る。

『助けられたから、舞いあがってんじゃないのか？　吊《つ》り橋効果って知ってるかおまえ』

危険な目に遭った際の胸の高ぶりを、恋のときめきと勘違いしてしまう。そういう心理状態について明義は説明してくれたけれど、未直は「そんなんじゃないよ」と言った。

「だってふつうに、助けてくれたひと好きになるって、あるじゃないか」

『まあ、そうだが。けどあんなん、忘れちまえばいい話だってのに』

「忘れないよ。あんなの、忘れらんない」

たしかに一目惚れみたいなものだと思う。あっという間に恋をした未直を、のぼせているだけだと決めつけていた明義は、ここにきてやっと、未直の本気を疑えなくなったらしい。

そして本気だと知れば、明義は無視したり、ごまかしたりしないのだと未直は知っている。

『おまえいったい、どこがそんなにいいんだ、俺の』

困惑したように問われて未直が言葉に詰まったのは、好きな理由がわからないからではない。多すぎるからだ。だから未直は、こう答える。

「どこって言えない。いまは全部好き」

『全部って、なんだそりゃ……おまえ、俺のなに知ってんだよ』

「なんにも、知らない。でも好きだもん」

未直の真摯で素直な声に、どうしてか明義は困ったような声を発した。

『あのな。おまえよか十七もオッサンだぞ。べつに愛想ねえし、とくに金ねえぞ』

「オッサンじゃないよ。年上かもしんないけど、明義さんかっこいいよっ」

きっぱりと言うと、電話の向こうでは沈黙されてしまったが、未直は本気なんだと訴える。

「最初に会ったとき、助けてくれたし、話聞いてくれたし。ちょっと怖かったけど、かっこよかったよ。それにお金とか、べつにどうでもいいもん」

はじめて、きちんと未直の言葉を聞いてくれたのだと思った。それだけで嬉しかった。軽蔑されてもおかしくないのに、そんなのは個性だと言いきってくれた。ぐらぐらする足下《あしもと》に、ちゃんと大地があるのだと教えてくれた。

『話ったって、……いいか、たとえば。たとえばだ。おまえの望むとおりにしたところで、きっとあわねえぞ』

タクシーのなかであるせいか、いつもストレートな明義の歯切れが少し悪い。たぶんこんな話をするのも、思いつめた未直がなにかしでかさないかと気にかけていてくれるせいなのだ。わかっていて、それでもきちんと話をしてくれるのが嬉しくて、未直は言った。

「毎日メールの返事くれるじゃん。やさしいの知ってる。話は、いまちゃんとできてるよ」

『だから、その程度だろうが。やさしいなんてのも、勘違いじゃねえのか？』

「違うよ。おれいつも、明義さんがいるだけで嬉しいもん。ほんとに、本気だから」

恋に恋をしているのだろうと、明義には何度も言われた。のぼせているだけなのだろうと決めつけられて哀しくて、それでも未直はめげなかった。自分でも不思議なくらいに。

「あのね。おれね。現代っ子で打たれ弱いんだよ」

叱られるのにも慣れていないし、拒絶されるのはもっと怖い。ぬるい甘い関係に浸《ひた》っていただけの、ずるい子どもだという自覚はある。

「でも、どんなにやめろって言われても、これだけはやめらんない」

家族が口をきいてくれないだけで、死にたくなるくらい孤独を覚えてしまうのに、どうしてか明義には怒られてもすげなくされても、あきらめようという気はしなかった。

たとえ彼にはこれっぽっちも応える気がないとしても、ちゃんと未直の声が届いている事実だけで、泣けてくる。明義がここにいるんだと知るだけで嬉しくなる。そんな気持ちを好きだと言わないで、どうすればいいのかわからないのだと、拙い言葉をつくして恋心を訴えた。

「おれ、明義さんのこと考えると胸から指のさきまで、じんじん痛くなる。ものすごく痛い。すごくつらいけど、嬉しいんだ。おれ、こんなに嬉しいって思ったことなんかないもん」

メール一通に一喜一憂《いっきいちゆう》して、声を聴いただけで眩暈がして、息苦しくてせつないのに、その痛さを手放したくなくなる。心臓の位置がどこにあるのか思い知らされるように胸が高鳴る。

平穏に、イイ子にしながら生きてきた未直は、冒険らしい冒険をしたことがない。危ないこともしたことがない。けれど人生ではじめて怖い思いをしたあの日の混乱と恐怖は知っている。

「だから、吊り橋効果なんかじゃないよ。あの変なおじさんに絡まれたとき、怖くて心臓ばくばくしたけど、明義さんと一緒にいるときのとぜんぜん違う。身体から、なんか溢れそうになるんだ。なんだかわかんないけど、うわあってなる」

刺すようなあの甘い痛さは明義しかくれない。未成熟な身体の奥が不思議に妖《あや》しくざわめくような動揺は、ほかの誰にも与えられないのだ。それだけは信じてくれと未直は繰り返した。

「あ、明義さんがおれのこと、うざいしきらいって、言うなら、しょうがない。でも――」

はじめて好きになったひとに、否定されることだけはつらいから、彼の懐《ふところ》の深さにつけこんい。

「でも……そうじゃないなら、もうちょっと、こういうの許してくれない、ですか」

好きでいると告げる自分の言葉を、嘘や勘違いだとくくって片づけないでほしい。

もう少し、未直があきらめをつけられるまでの間でいいから、やさしい明義に甘えていたい。

泣きそうなのをこらえて、すがるようにそう告げると、電話の向こうで派手なため息が聞こえてびくりとする。

『おい、未直』

「……はい」

やっぱりだめだと言われるのだろうか。びくびくしながら未直がかしこまった声を発すると、

『あとは顔見て話す』と電話が切れた。あ、と思っていると背後から車の音がして、はっと振り向くと明義があの無愛想な顔で近づいてくる。

「とにかく残りの話は、あとだ。乗れ。ったくびしょ濡れじゃねえかよ」

「ど、どこいくの」

答えないまま、腕を掴んだ明義は未直をタクシーに放りこみ「新宿駅に戻ってくれ」と運転手に告げた。濡れ鼠《ねずみ》の真っ赤な目をした高校生と、いかにも剣呑な気配の男の取り合わせに運転手はいやそうな顔をしたが、明義がひと睨みすると逆《さか》らうことはなく、無表情のまま目的地

に運んでくれた。

　タクシーから降りると、明義は未直の腕を掴んですたすたと歩き出す。

「車、さっきここにつっこんどいたんだ。とにかく来な」

「うん……？」

　理由はわからないまま、新宿駅西口の駐車場で明義の車に乗りこむ。古いけれど手入れの行き届いているセダンは乗り心地がよく、明義のにおいがして好きだった。

「頭からかけとけ。もういまさら拭《ふ》いても無駄だろうが」

　ダッシュボードからタオルを取り出すと、未直のほうへと投げてくる。ありがとうと呟いた声は、小刻《こきざ》みに震えて彼に届いたかどうかわからなかった。

　運転のうまい明義の発車はなめらかで、すうっと流れるように車が走り出す。そうして、もうどこへ行くのかと問うこともしないままおとなしく助手席に座る未直に、彼は顔を向けないまま言った。

「このまま俺んち行く。で、しばらく家に帰りたくなきゃ、そこにいろ」

「え……」

「学校のほうはどうするかは、あとで考えるにして。……さっきの話に戻るぞ」

　いきなりの提案に驚きながら、未直はこくこくとうなずいた。なにを言われるのだろうとどきどきしながらじっと明義を見ていると、彼は片手で煙草を取り出す。もう未直に遠慮をする気もないのか、さっさと火をつける横顔は、少しの苦みと緊張が入り混じっている気がした。

「正直言えば、おまえのことはすげえ困ってる」

「……うん」

「俺はいま、いろいろややこしいっつったな。仕事のほうで。忙しいし、ぶっちゃけちまえばガキの面倒を見てる暇はねえんだよ」

うん、と未直はうなずいた。やっぱりふられるんだなと思ったけれど、それはしかたないことだった。明義が回りくどい物言いをするのも、きっとできるだけやわらかく言おうとしてくれてのことだろう。

「いちいち、泣いてるおまえの面倒見てる状態じゃねえんだ。わかるか?」

「うん。わかってる……ごめんなさい」

充分すぎるくらいにしてもらっている。だから傷ついたり、泣いたりしてはいけないんだと思ったのに、やっぱりじわっと涙が滲んで、未直はあわててタオルで目元を拭いた。

「いままで、ほんとにごめんなさい。今日、ありがと……っ」

語尾が崩れて、だめだなあと思う。こんな同情を引く物言いをしたら明義はきっと気にしてしまう。なんだかんだと、ひとを見捨てきれないやさしい男に気まずさを与えてはいけないと唇を噛んで未直が息を止めていると、べしっと後頭部が叩かれた。

「なにが、いままでごめんだ。ひとの話は最後まで聞け」

「う、うえ……？」

けっこうな強さのそれに頭を抱え、なにやら苛立っているらしい男に目を向けると、くわえ煙草の横顔はあきらかに苛立っている。

「あのなあ、いちいち呼び出しくらってる暇ねえから、うちにいろっつってんだろ。文脈を読め、勝手にへこんで泣くな」

「え、えと……え？　だって、困るって……面倒見る状態じゃないって」

どう考えても、二度と顔を出すなという意味だと思ったのだが。未直がきょとんとしながら明義を見ると、ほんの一瞬だけ視線をくれた男はため息混じりにこう告げる。

「おまえ、俺がなんで困ってんのかわかってんのか？」

「え……いきなり、ホモの高校生に好かれて、迷惑だから……でしょう？」

自分で言うのはけっこう傷つくと思いつつ、確認するようにそう答えると、もう一度頭を叩かれた。

「痛いよ！　そんなにぽんぽん叩くことないだろ！」

「おまえの鈍《にぶ》い頭にはそんくれえでいいんだよ！　誰が好かれて迷惑だ！　呼び出しが迷惑だっつったただけだろが！」

わめいたら怒鳴り返される。そしていらいらと聞こえる言葉の意味を未直はじっくり脳内で反芻《はんすう》し、おもむろに明義を振り返った。

「それ、それって」

「なんで俺が、泣きべそかいたガキの面倒いちいち見てると思ってんだよ。態度でわかれ、このアホ」

あまりの言いぐさに、甘いことを言われたのだとしばらくわからなかった。ぽかんとしたままの未直に、明義は苦笑を浮かべてさらに言う。

「いままでのとおりだ。相手もしてやれねえし、デートだなんだ言われても困る。俺はおまえの理想の彼氏なんかに、なれねえぞ。ついでに、まどろっこしいのも苦手だからな」

もう一度横目に見つめられ、ぞくっとしたのは怖いせいじゃなかった。あからさまなくらいの視線で、未直の身体を撫でたのがわかったからだ。

(な、なんかえっちい目した……っ)

脳が沸騰《ふっとう》するかと思って、未直はもう声も出ない。顔が赤くなりすぎて痛くて、ぱくぱくと口を開閉させていると、明義は居直《いなお》ったように告げた。

「夜中に、知りあい程度の気のないガキの顔見に行くほど、暇じゃねえし。泣いてるのが放っておけねえなんつう柄でもねえんだよ」

「うそ……だって……なんで?」

「なんでってなあ。おまえ、自分がどういう顔して俺のこと見てるか、自覚ねえだろ」

伸びてきた腕に、目元をぐいとこすられる。少し痛いようなざらつく指が赤らんだ肌《はだ》をかすり、どういう意味だろうと思うと目の前の信号が赤になる。

停止した車のなかで、未直の鼓動《こどう》が膨れあがった。そんなまさか、と思いながら明義を見つめると、彼はまるで吐き捨てるように、そのくせ甘い声で、笑いながら言った。

「毎回毎回、エロい泣きっつらして誘いやがって」

「さ、誘っ……⁉　そ、そんなことしてないっ」

のぼせたような顔で見ていたのはわかっているけれど、そんな真似が自分にできるわけがない。ただただ必死で好きだと訴えていただけで――でもそれが誘ったことになるのだろうか。

「やってんだよ！　あげくにゃさっきの電話はなんだ。痛くてじんじんするだの溢れそうだの、やばいことばっか言いやがって。タクシーんなかで勃起《ぼっき》するかと思ったじゃねえか」

「ぼ……な……なんっ……⁉」

ひとの感傷的《かんしょうてき》かつ夢見がちな発言を、どうしてそっちに受けとめるのか。未直は顔から火を噴くと思いつつ、デリカシーのない男を唖然《あぜん》として見つめた。

「明義さん、おれのことからかってんの？」

それともばかにしているのだろうか。まだダウンな気分から立ち直れない未直はじわっと涙目をひどくするが、舌打ちした明義に「これだから」と睨まれた。

「おまえはそうやってなあ……ああくそ、ほらこっち向けっ」

「なにっ、なんで、ん……⁉」

信号待ちで止まった車のなか、ぐいと顎を取られて唇が奪《うば》われた。シートベルトに拘束《こうそく》されたお互いの位置では無理があったのか、目を回す未直に多少は遠慮したのか、明義は軽くそこを吸って噛んだだけですぐに離れる。

「き……き……キスした」

「おう。したがどうした」

両手で口を覆ってぐるぐるになっていると、明義はまたけろっとした態度で言う。

「このくらいでびびるな。ついたらもっとすげえんだから。つうか、いまからうちに行くって、意味わかるな?」

「え、えっ……う、うん、たぶん?」

行くところがないからとりあえず置いてくれるという意味じゃないのか。まだ目を回したままの未直の、あたふたとした返事にくくっと喉奥で笑い、またストレートに明義は言った。

「たぶんかよ。まあいいが、俺とそうなるってんなら、お手々つないでデートなんて柄じゃねえから、することとするだけになってもいいか」

「すること……だけ、って」

いったいなにをする気なのか。おぼろに想像はつくものの、そんなまさかと呆然とする未直に、もっとはっきり言わなきゃだめかよと明義は笑った。

「ついたら抱かせろ。念押しするけどな、ハグじゃなくてセックスだからな」

「——ひへ⁉」

驚きすぎて変な声が出た。タオルで思わず口元を覆うと、明義は運転中にもかかわらず、未直の耳朶《みみたぶ》を思わせぶりに引っぱった。

「それで、おまえ、俺の女になっちまえ」

「オンナって」

「ゲイの連中の定義は知らないけどな、悪いがそこまでジェンダー論に詳《くわ》しくもねえし。俺の感覚じゃそれ以外の言葉が出てこねえ」

呆然と未直は運転席の男を見る。ハンドルを切る逞《たくま》しい腕のなかに、入れてもらえるのか。彼の庇護下《ひごか》で、すがって甘える存在になれるのか。信じがたい気持ちで聴いていた。

「自分がぐらついてしょうがねえなら、俺のモノになっとけ」

そうしたら渋谷の真ん中で、どこに行けばいいかわからないと泣くこともない。どこに帰ればいいかわからないと、途方にくれることもないと、明義は未直を小突いて言う。

「だから泣くなってんだよ」

泣かせているのはどっちだという声は、嗚咽にまぎれてもう、口にできなかった。

明義のアパートは、新宿の繁華街からさほど離れていない、雑居ビルの林立《りんりつ》する裏通りにあった。見た感じも相当ボロそうな建物であったけれど、部屋のなかはその印象を裏切らず殺風景で、未直はぽかんとしてしまった。

「こういうとこで、暮らしてるの？」

「ああ……まあな」

畳のへりを確認すると、六畳と四畳の二間《ふたま》だった。明義の体格では本来、手狭《てぜま》に感じておかしくない間取りなのにやけに広い。理由は簡単、異様なまでにものが少ないからだ。

ざっと見まわしただけでも、必要最低限の生活器具しか――いや、それすらも足りているかどうか、定かではない。玄関直結の台所にある食器はようようワンセットのみ、それもコップと皿と箸《はし》で終わり、という感じだ。冷蔵庫すらなく、おそらくそれの代わりのクーラーボックスは、ペットボトルを数本入れたらもうなにも入りそうにない。

（なんにも、ない……ほんとに、なんにもないんだ）

布団を収納する押入れすらろくにないのか、畳のうえには適当にたたんだそれがひと組だけ。ただ寝るためだけにあるような空間は、単なる殺風景などという言葉では表せない。

テーブルもソファもなにもない場所では、自分がどこに落ち着いていいのかわからない。部屋の真ん中で立ちすくんでいると、背後の明義が声をかけてきた。

「なんか飲むか？　つってもこれくらいしかないが」

「えっあっ、いただきます」

クーラーボックスからペットボトルのお茶を出されて、ありがとうと頭を下げたら笑われた。

「な、なに……？」

「いや。おまえいちいち礼儀正しいなと思って。いただきますか」

笑いながら、頭をくしゃくしゃと撫でられる。そのあたたかい仕種《しぐさ》に嬉しくなると同時に、複雑にもなった。

（抱かせろって、言われたよね）

これからするのに、こんなフレンドリーな空気でいいんだろうか。そしてこの殺風景な部屋で突っ立ったままお茶のボトルを掴んだ未直は、いったいなにをどうしたらいいんだろう。

つきあってもらえるとも思っていなかったが、いきなりエッチにもつれ込むとも考えていなかった。ぐるぐると頭が混乱してきて、顔だけが異様に熱くて、喉の渇《かわ》きと緊張を抑《おさ》えるために、震えながら冷えたお茶を飲む。

口をつけると、ものすごく喉が渇いていたことに気づいた。走ったり泣いたり雨に打たれたのだからあたりまえなのだと、ひりついた喉を嚥下《えんか》させて未直は思う。

明義は台所の換気扇《かんきせん》の下で、煙草を吸っていた。自分の部屋だから好きにすればいいのに、と思って振り返ると、じっとこちらを見ている目とぶつかる。

「緊張してるか？」

「してるよ……」

「いきなりやらせろって言われて、びびったか？　いやになってる？」

妙に意地悪な質問をしてくる彼を軽く睨んで、未直は迷ったあとうなずき、そしてかぶりを振る。とたん、明義が噴きだした。

「おまえ、その返事多いな。どっちだ」

ひとことで答えられないことばかり問うからだ。そう思いつつ、未直は素直に答えた。

「びくびくしてるけど、いやじゃない。ただ、なんでそんな気になったのかなって不思議」

「その気には最初からだ。つうか、言っただろうが。おまえは泣き顔が無駄にエロいんだ。やっていいもんなら、やっちまいたかった」

直球ストレートな言葉に、未直はぼっと赤くなる。

「あ、明義さんって、じつはそっちのひとだった？」

「いやまったく。女しかやったことねえよ」

さらっと言われて、そうだよなと未直は納得する。のっけの出会いがああだったのだ、明義にその気があるならあの晩にでもいただかれてしまったのは間違いない。

「けどなんかな。おまえは最初っから、変な色気はあるわ泣いて甘えてくるわで、やべえなとは思ってたけど」

「や、やべえって、なに」

「ああまあ、簡単に言えば、抱いてくれって言われりゃ、あっさりやれんだろうなと」

情緒《じょうちょ》もへったくれもない物言いのくせに、明義の細めた目には強烈な色気があった。そして、煙草を消した彼が長い脚で近づいてくるその一歩ごとに、心臓が同調して高鳴った。

「もう一回言うけどな。俺は時間も暇もないし、いままでどおり、メールだのなんだのするのがめいっぱいだ。かまってくれったってろくにできやしない」

「……うん」

真剣な声で告げる明義は、両手をポケットのなかに入れたままでいる。ほんの一メートルほど距離を置いて向かい合うのは、たぶん未直が逃げられるようにだろうか。

「ただ、困ってるなら頼れ。できる限り話は聞いてやるし、会えるようにする。それでも、それ以外の、ふつうの遊びだとかなんとかは、いっさい無理だ」

「うん」

「そうすっと、彼氏らしいことっつったらセックスだけになる。それでもいいのかおまえ」

うん、と未直はうなずいて、手のなかのペットボトルを握りしめる。

明義の言葉や態度は飾りがない。けれど未直がいちばん欲しいものを、ちゃんとくれる。いま手にした冷たいお茶のように、抱擁《ほうよう》を求める身体にも、必要なものを渡してくれる。

だから未直も、ごまかさないでちゃんと言おうと思った。

「さっき言ってくれたみたいに。おれ、明義さんの……オンナになりたい」

むろんそれ以外のこともしたいと思うけれど、いまはそれだけ与えてくれれば充分だ。必死になって赤い顔で言うと、明義はにやっと笑う。

「で。具体的にはなにがしてみてえんだよ。言ってみな」

「し、してみたいこと？　言うの？」

そうだ、と尊大《そんだい》にうなずく明義に、未直は熟考の末《すえ》、おずおずと言った。

「ぎゅって、してもらっていい……？」

「おう。ほら、来い」

ちょいちょいと犬でも招くような手つきをされても、少しも腹が立たない。ふらふらと引き寄せられるように、彼に近づくと、長い腕で胸の中に引き入れられた。

大きい身体、広い胸。整髪料とアフターシェーブローションと煙草のそれに混じる、明義のにおい。触れた端から伝わる体温が、ずんと未直の腰を重くした。

（うわあ）

いま、自分は男のひとに抱きしめられているんだ。そう思ったらそれだけでのぼせあがってしまいそうで、未直はたまらない。幸せでうっとりしていると、未直の上気した頬を明義が軽く叩いて言った。

「で、次はどうすんだ。こんだけでいいのかよ」

「え、えっと……キス、とか、してくれる？」

腕のなかでもじもじしながら言うと、明義が小さく唸る。

「おまえ、いちいち照れんな。俺のほうが恥ずかしい」

「えっ、だって――」

言わせるから恥ずかしいんじゃないかとは、口に出せなかった。かぷっと噛みつく勢いで、明義の大きな口が未直のそれにかぶさってきたからだ。

「んん、んっ」

しかも、さっきの車のなかのあれが未直のファーストキスなのに、いきなり舌が入ってびっくりした。大きく震えた未直が逞しい腕を思わずぎゅっと掴むと、明義は眉をひそめて唇を離してしまう。

「なんだよ。不満か」

「ちが、ちが、し、し、舌」

「あ？　だからキスだろ」

もっとソフトなのを想像していたのに、いきなりディープにこられて面食らった未直に気づいたのだろう。明義は「ああ？」と呟いて軽く舌打ちをする。

「おまえ、まさか、キスの経験もなしか？」

「え、うん」

「まいった、マジかよ」

嘘だろうとぼやく声に、未直はびくっとした。慣れた男にとっては、処女は——未直は女の子じゃないけれど、この場合似たようなものだ——面倒くさいと聞く。もしかして明義にもそう思われたのだろうか。

「ご、めんなさい」

つい謝って肩を竦《すく》めると、明義は「ばか」と額《ひたい》を小突いた。彼にとっては軽い力だろうが、未直にはけっこう痛かったので、じとっと上目に見るとため息をつかれた。

「そうじゃなくてだな。前も言ったが、そんなんでいきなり二丁目に行くな。アホ。ああいうところは、もうちっとこう、経験を積んでからだな——」

「だっておれ、ホモなのに、どうやってあそこ以外で経験積むの……」

説教がはじまりそうで、未直はぷっと口を尖らせ反論する。明義も、自分の矛盾《むじゅん》に気づいたようで、言葉を引っこめて妙な顔をした。

「まあそりゃそうだ。クラスの誰かとおつきあい、ってわけにいかねえんだったな」

どうもときどきこの男は、未直をナチュラルに女の子扱いするのだ。基本的にゲイでもない彼からすれば、感覚として理解できないのだろうとは思うが、割と傷つく。

「それに……経験、積むなら、明義さんがいいんだ」

本当は、いまだって怖いのだ。それはなにも、いきなり部屋に連れこまれたことではない。

——俺はおまえの理想の彼氏なんかに、なれねえぞ。

それでもいいとうなずいたのは未直だ。けれどその『すること』を本当に、明義はしてくれるんだろうか。

「キスとかも全部、明義さんに教えてほしいんだもん」

してくれるなら、痛くてもなんでも嬉しい。でもやっぱり男なんかいやだと言われたらと思うと、怖い。じんわりと目が潤んでうつむいた未直は、しかし次の瞬間すごい力で抱き寄せられていた。

「ったく、このガキは。なんにも知らねえくせして、煽るだけはいっちょまえか」

なんだか明義の声が疲れている気がしたけれど、怒っているようではないので未直はじっとしたままでいた。

「あのな。何度も言うようだが、悪いがおまえのペースでかわいらしいキスから順序よく、なんてな具合には教えてやれねえぞ。そんなことするほど暇じゃねえんだ」

「う……うん。わかってる」

暇じゃないという言いぐさもたいがいだが、未直はとくに腹も立たない。事実として明義はいつも忙しそうだし、こちらをないがしろにしているわけではないと声音《こわね》で知れた。

それに、そもそも『抱いてやるから女になっちまえ』というとんでもない言いぐさで連れこまれたのだ。いまさら否《いな》を紡《つむ》ぐほど、覚悟がないわけではない。

「ただ、一応意向《いこう》は聞いてやる。どこまでやっていいんだ」

「え、ど、どこまで？」

「カマ掘《ほ》られて平気か、おまえ」

ストレートすぎるそれに、ぼわっと未直の顔が赤くなった。だが明義はいたって真剣に問いかけてくる。

「仕事柄、いろいろなやつの話も聞いてる。そっちのやつで尻までやるってのも、実際にはそうはいないくらいは、わかってるか？」

「う、うん。なんとなく。えっと、ネットで見た」

またかよ、と予測していたように明義は苦笑する。それに対して、きまじめに未直は答えた。

「アナルセックスって、ゲイのひとでもやっぱり、タブー感強いからしないって書いてあった。そこまではなんだかやっちゃいけないって気がするから、オーラルだけだって」

ぼそぼそと声が小さくなった未直に、明義が妙な顔をする。

「えれえマニアックな単語が出てきてるが、おまえ意味わかってっか？」

「ごめんなさい。アナルセックスはなんとなくわかるけど、オーラルってなに？」

じつは半分くらいしかわからなかったと白状すると、呆れるかと思いきや明義は噴きだした。

「はは！　そうか。知らねえのか。まんまだ、まんま。英語、勉強してんだろ」

「え？　えっと、英語の授業でオーラルって、喋るやつあるけど、えと、口……あ」

混乱した未直は目を回しつつ考え、ようやく意味を悟って息を呑む。

「わかったか。まあ、しゃぶりっこだな」

「しゃぶ……っ」

あっけらかんと言われて、頭から湯気が出そうだと思った。かああっと頬が熱くなり、思わず両手で押さえると、明義は眉を下げて苦笑する。

「ともかく、どうしたいんだ。おまえがやりたいとこまでやってやる」

「え、それって……どういうこと？」

いかにもしかたがないという口調のそれに、未直の胸がひんやりとする。子どもの遊びにつきあってやると言いたげな明義の気持ちが見えなくて、急いた口調で問いかけた。

「あ、明義さん本当はしたくない？　おれ、やっぱり無理させてる？」

「ばか、違うっての」

大きな手でぱちっと頬を叩かれる。撫でる程度のそれは痛くないけれど、明義の硬い手のひらに頬を触られたことにどきどきした。

「悪いけど、俺は舐《な》めっこ程度で終わりにできそうにねえんだよな。やるっつったら突っこむまでだと思ってるし。けど、おまえがいやならやめといてやる」

あっさりした明義の言葉に、未直は目を瞠った。

「なんで……？　し、していいよ」

「していいよったってな。相当えぐいぞ？　まあ一応知識はあるし、尻でやるのが好きな女もいなくはなかったからな、勝手はわかるが――」

言いさして言葉を止めた明義は、ちらっと未直の細い腰を眺めた。

「怪我《けが》、させるのはちょっとなあ」

声のトーンを落としたそれに、心配されているのだとわかって胸がきゅんとする。好きだ好きだと追いかけ回してきたのに、どうしてそこまで譲歩《じょうほ》してくれるんだろう。

さっきとは違う意味で目を潤ませて、未直はおずおずと明義のシャツを握った。

「おれ、だ、抱いてほしい。女の子の代わりのこと、されてみたい」

アブノーマルだと言われても、したいものはしたい。未経験な子どもの、行きすぎた性欲と罵られても、どうしてもそうしてほしかった。

「汚いの、気になるならちゃんときれいにするから。エネマっていうの？　あれ持ってる」

「はあ!?」

未直が必死になって言うと、明義は呆れとも感心ともつかない顔をした。

「おまえ、中途半端に変なとこだけ詳しいな。どこで買ったそんなもん」

「ふ、ふつうの薬局にあったもん」

デトックス効果があるとうたわれるため、近年直腸洗浄器具《ちょくちょうせんじょう》やドリンクは案外入手しやすい。怪しげなアダルトグッズに手を出す度胸のない未直にはありがたい話だ。ちょっと高かったけれど、少なくとも変な目で見られることはない。

だが、事情を知る明義には、使用目的など筒抜《つつぬ》けだ。そもそも買ったはいいが、こんなものを自宅に置いておいて親や兄に見つかったらと思うと怖くて、いつも鞄のなかに忍ばせていた。それは結局、うしろめたいからだ。

「キスもしたことねえのにえぐいもん持ってんな……使う予定でもあったのか?」

「ちが、興味があって」

じろりと睨まれて、あわててかぶりを振った。そして、自分のいやらしさを暴露してしまったことにいまさら気づき、真っ赤になる。バランスの悪い反応に、明義はため息をついた。

「つーかそんなもん持ち歩くな。ここ置いてけ」

「……今日、使う?」

「あー……ったく、このエロガキが」

また頭を叩かれて、未直は真っ赤になる。事実そのとおりだからなにも言えないでうつむくと、顎を掴まれてまたキスされた。

(うわあ)

明義のキスはすごい。はじめての未直にはよくわからないけれど、すごく上手なんじゃないだろうか。身長差が二十センチ近くあるせいで、直角にうえを向いた未直の口のなかが彼の舌でいっぱいにされて、あちこちを舐めまわされると腰がじんじん来る。

喉の近くまで舌が這《は》うと、少し怖くて震える。そうすると甘やかすように、未直の小さな舌を明義のそれがつついて「んん」と声をあげさせたところで唇が離れた。

「まあとりあえず、準備がいいのは悪いこっちゃねえな」

「ふあ……明義、さん……？」

夢見心地になってぼんやりしていると、悪い顔で笑った明義が「せっかくなら使うか」と言って未直の頬をつねった。

「風呂貸してやる。トイレも横にあるから、せいぜいお勉強の成果、みせてみろ」

行ってこいと命令されて未直はふらふら立ちあがった。それでも少し怖くて——ついでに、もうその気になっている股間《こかん》が歩きづらくてその場でもじもじしていると、にっと笑った明義が最悪なことを言う。

「ぐずってんならやってやってやってもいいけど？」

「……っ自分でします！」

未直が真っ赤になって怒鳴ると、明義はげらげらとデリカシーのない笑い声をあげた。

「冗談だ。とにかくシャワーしろ。おまえ雨くせえよ」

「あ、ごめ……」

「謝るな。冷えきりやがって」

そうしてからかうくせに、耳をかぷりと噛んだ明義は、氷のようになっていたそこを長い指でやさしくなぞり、未直をもっと震わせる。

「ちゃんとあったまりな」

腕を掴み、これまた殺風景なユニットバスに押しこめられる。それでも怒るよりなにより隠したかったのは、キスで期待たっぷりに腫れあがった脚の間のそれだったので、未直もおとなしく従《したが》った。

着替えはどうしようかと迷うよりさきに、ぽいぽいとタオルとシャツが投げられる。

「コンビニ行ってパンツ買ってきてやる。サイズいくつだ」

「え、えっと……M」

平均よりもきゃしゃな自分を気にしている未直は、変な見栄を張ったのだが、さばを読んだら見抜かれた。

「嘘つけ、Sだろ。あとは脱いでよこせ、コインランドリーで洗ってくるから早くしな」

赤くなりつつ、仕切りのカーテンごしに急かす声に制服と下着をあわてて脱ぐ。冷えきって肌に貼りつくそれはごちゃっとした塊《かたまり》になり、ベルトを抜くのが一苦労だった。

(あ。パンツ……どうしよう)

あったまってろよ、と言い置いて出ていく明義の勢いに、うっかり下着まで渡してしまったことに気づいてもあとの祭りだ。恥ずかしいなと思うと同時に、洗濯機すらないのかと気づく。

シャワーに関しては一応、ひねればお湯は出るらしい。ほっとしつつ、冷えきった身体にシャワーを浴びながら、未直はぽつんと呟いた。

「ほんとに、どういう生活してるんだろう」

ふつう、ひとの住む部屋を訪れれば、相手の生活が見えてくるものだ。未直も友人の部屋などを訪ねたときには、それなりに意外な顔を見つけたりしたことがあった。

だがこの部屋には、徹底してなにもない。

(なにか隠してるみたいに、なんにもない)

この部屋に入った瞬間、奇妙な違和感を未直は覚えた。直感的に、ここはひとが暮らす部屋ではないとそれだけは感じたけれど、その違和感は胸の奥に深く沈めることにした。

(そんなこと、どうだっていいや)

今日あのまま、明義からのメールがなかったら自分はどうしただろう。

逃げ疲れて、兄のもとに戻っただろうか。それとも——あのぼんやりと流れていた車の波のなかに、身体を放り投げただろうか。

「……っ」

あたたかい湯を浴びながらもぞくっとしたのは、いまさらあの瞬間の自分がどれだけ危ういところに立っていたのかを思い知ったからだ。全部を投げやりにしてしまいたい、そんな衝動があとほんのちょっとのきっかけで、背中を押したかも知れないのだ。

(おれのこと、いっぱい助けてくれた。ここに、つれてきてくれた。それだけでいい)

未直にとって大事なのは、この殺風景な部屋ではない。いま、隣にいる男の存在だ。

キスを教えてくれて、女になれ、抱いてやるなどと傲然《ごうぜん》と言い放つくせに、誰より未直を甘く扱う明義だけがいればいい。

（きれいに、しなきゃ）

鞄のなかに忍ばせていた、少しうしろ暗い欲求と好奇心の象徴のような洗浄器具を手にとって、明義がいなくなってくれてよかったと未直は考えた。そして——なんのために急いで彼が買いものと洗濯などに行ったのか、そこでようやく悟った。

「考える時間、くれたのかな」

たぶん、こんなことをする自分の恥ずかしさとか、一瞬だけ鳩尾《みぞおち》がふっと冷たくなるような気まずさを、性癖と一緒に認めなければいけないのだ。そこまでを、キスでごまかしてしまわない明義は、やはり少し厳しい。でも、いままで女性しか抱いたことのない彼が未直とそうしたいと言うからには、たぶん明義も明義なりの覚悟をつけているのだろう。

ごくんと息を呑んで、未直は問題の器具を握りしめた。ふつうじゃないことをするのだという事実が、手にしたそれ以上の重さでずっしりと感じられ、それでも自分が望んだことなのだと胸の裡《うち》で繰り返す。

あと戻りができない、そんな言葉が頭をよぎった。けれども、もう帰る場所もない自分なのだという事実と、そしてすべてを捨てても欲しいもののために、未直は心を決めたのだ。

慣れない手つきであれこれをすませた未直は、緊張と疲労でかなりぐったりしていた。借りたシャツのうえだけを着て、たたんだ布団に寄りかかったまま少しうとうとしていると、目の前には心配そうな顔をした明義がいた。

「あ……ごめん、おれ、寝ちゃってた？」

「少しな。きつけりゃそのまま寝ててもいいぞ」

「え……しないの？」

髪を撫でる明義の言葉にあわてて身を起こしたとたん、ふわっと身体が浮いた。あれ、と思ったときには太くて長い腕に抱えあげられている。

「しないとは言ってない。ただ今日は少し時間あるからな、途中でばてるくらいなら少し眠ってもいい」

「もう、眠れないよ」

赤くなってそう告げると、そうかと明義は笑う。そして片手に未直を抱いたままの彼は、おおざっぱに広げた布団に倒れこんだ。覆い被《かぶ》さってくる明義は、億劫そうに首をゆらしながらシャツのボタンをはずしはじめている。

「きれいにしたか」

「うん……」

「じゃ、やるか」

ムードもへったくれもない言いざまに、思わず笑ってしまった。むしろこのおおざっぱさが気楽で助かった。下手《へた》に雰囲気を出されでもしたら、緊張してしまってどうしていいかきっとわからない。

「ん……」

噛みつくようなキスをされて、舌が絡め取られる。煙草の味がして少し苦かったけれど、それもすぐに気にならなくなった。

明義のにおいがこもる布団のうえで、シャツ一枚の未直はすぐにつるんと剥《む》かれてしまった。ひとりだけ裸なのはいやだ、裸が見たいとお願いして、全部脱いでもらう。そうして、服を着ていてもすごいと思っていたけれど、実際に目《ま》の当たりにした明義の体格は圧倒的なものがあった。

「すごいね、筋肉」

「そうか?」

未直の、ぽきりと折れてしまいそうな身体とはまるで違う、みっしりと実用的な筋肉が張りつめた腕に、長く伸びやかな脚。胸も背中も無駄のないそれで覆われて、重厚なのにどこかしなやかだった。

見惚れるくらいにかっこいい身体だと思う。けれど未直が息を呑んだのは、その鋼のように鍛えられた肉体のあちこちに、ひどい疵痕《きずあと》が残っているせいだった。

「これ……どうした、の」

「ああ？　まあ、昔ちょっと。あとは、仕事でな」

あっさりと言ってのける明義の『仕事』とは、いったいなんだろう。気になるけれど訊けないまま、そっと脇腹の古い疵痕を指先で辿った未直は、強い力で手首を掴まれてびくっとする。

「触るな」

「あ、ご、ごめん……痛かった？」

きつい声と表情に、ますます身が竦んだ。しかしそんな未直に少し苛立ったように、明義は小さく舌打ちをして肩に噛みついてくる。ひゃ、と首を竦めると、冷えた耳朶を舐められた。

「そうじゃねえよ。下手に煽るなっつってんだ。やわっこい手しやがって」

次にかじられたのは、さきほど明義の脇腹をなぞった指先だ。なんだか動物にじゃれられているような、乱暴な噛みつきかたがくすぐったくて、どうしても緊張してしまう身体が次第にほどけていく。

「んあ……」

びくびくする胸のうえを、大きな手のひらが撫でていく。雨のせいか部屋のなかはひんやりと湿《しめ》っぽい空気に満ちていて、けれど少しも寒くないのは、体温の高い明義が身体を抱きしめていてくれるおかげだった。

「どういうとこが感じるか、わかんねえな。適当にすっから、よさそうなら言えよ」

「適当って」

さすがにその物言いはどうなんだと眉を寄せると、明義は喉奥で笑いを転がした。

「手抜きするって意味じゃねえよ。いいとこ探してやるから、よかったら教えろ」

わかった、とうなずく未直はこのとき、その言葉の意味の半分もわかっていなかった。

感じたところを、言葉で、反応で全部教えるというその強烈な恥ずかしさや、一方的に与えられるばかりの濃厚な快感が、どれだけ自分を狂わせるのかも——。

「い……や……っ」

最初にしつこくされたのは、薄い胸板のうえにある小さな乳首だった。小さすぎていじりにくいと言った明義は、周囲の肉に噛みつくようにして吸いつき、舐めあげ、指先で転がしてつんと尖らせては歯のさきに挟んで舌ではじく。おまけに意地悪く、揚《あ》げ足まで取ってくるからとても正気でいられない。

「じんじんしてんのか、未直」

「やだ、ばかっ」

その間、未直の細くて頼りない脚は明義の身体を挟まされたまま一度も閉じられず、未成熟な性器は痛いほど勃《た》ちあがって先端の粘膜《ねんまく》を露出させている。

「はふっ、は、は……っ、あ、だめ、だめっ」

明義は過敏《かびん》な未直の反応がお気に召したらしく、本当にしつこいくらいにいじりたおしてくれた。どこがいいのか教えろと言われたものの、どこもここもよすぎて、本当に変なんじゃないんだろうかと思うくらいに感じてしまっている。

「おまえ、なんだよ。どこいじっても濡れ濡れじゃねえか。そりゃ溢れるだの言うわけだな」

「やだっ、や……っ、あれは、そういう意味じゃないよおっ！」

「冗談だ、怒るな」

にやにやと笑いながら告げられ、しゃくりあげて暴れた脚の間には、もう指が入っている。かたくななそこを滑《すべ》らせるのは、エネマに付属していた、潤滑《じゅんかつ》ゼリー。量がいまいち足りないとぶつぶつ言って、明義は未直のなかを探り続ける。

「さすがに硬ぇな。次はローション買っとかねえとだめだな。一回で使いきっちまう」

「うー……っ、う、ううん」

「ほら、もう少しケツの力抜け」

ぺちっと尻を叩かれて、ふと思う。明義のデリカシー皆無《かいむ》のオヤジな物言いは、緊張する未直の気を逸《そ》らすためなのだろうか。

（だってぜんぜん、痛くない）

揶揄するような言葉を紡ぐ声に、さげすみがない。羞じらって未直が拗ねると頬には口づけが落とされ、少しでも身体が怖がればゆっくり前を愛撫してくれる。乱暴なのは口調だけで、もしかしたら少し、明義も照れているのかもしれない。

だって未直はもう、骨から溶けそうなのだ。誰も触れたことのない窄《すぼ》まりは、体温の高い彼の指で拡げられ、少しずつ、セックスと快楽のための場所になっていく。

(ぬるぬるになって、蕩《とろ》けて、あそこが……おんなのこ、みたいに)

明義のために、変わってしまいたい。そう思って未直は懸命に力を抜き、違和感に耐えた。うつぶせになった身体の奥、溶けたゼリーが腿《もも》の間からしたたり落ちる。まだかすかに粘度《ねんど》を残したものがのろのろと肌の上を這いずっていく感触に、未直はくうんと喉声《のどごえ》をあげた。

(あ、れ?)

掻痒感《そうようかん》が、どこか身体のなかにあるスイッチのようなものを押すのがわかった。息苦しさと圧迫感だけを覚えていたそこが、甘痒《あまがゆ》い疼きを覚えはじめる。

「あ、あ、……あ? あふっ」

ぐちゅっ、ぐちゅっ、とすごい音がして恥ずかしい。それよりなにより、明義の太い指があんなところに入っているのに、痛いどころか——。

「え、嘘っ……や、やだ、やだこれ」

「いいのか?」

低い声で問われて、否定できずにうなずいた。どうせごまかしても無駄だと思う。はじめての体験にうなだれていた未直の性器は、もう張りつめきって痛いと泣きじゃくっている。

「おい……すげえな。腰、ずーっと振ってるの、わかってるか」

「んああんっ、あん！　やだっ」

気持ちよすぎて、背骨がとろけそうだ。濡らした指でこりこりしたなにかを撫でられると、お尻を突きあげるみたいに身体が勝手に跳ねてしまう。

「ほんとに経験なしか？　なあ。いい声出しやがって」

「あうっ、ない……ないぃ……はじめて、っあ、だめ、そこっ」

びくん！　と大きく腰を前後させ、未直は全身を震わせた。なにか変なもの塗られたんだろうかと思うくらい気持ちよすぎて、涙が出る。指を入れた場所の周囲、ふっくらした小さな尻をもう片方の手のひらが揉《も》みほぐすように触るから、どうしたって震えてしまう。

「これで処女かよ、おい。スケベな身体してんな……ちょっといねえぞ、初ものでここまでイキまくりは」

「ち、ちが……ちがうっ」

「違わないだろ、エロい尻して」

ぱんと尻を叩いてからかう声に、さきほどとは違う意味で泣けてきた。快楽がないうちは受けとめられたことが、とたんに罪悪感を伴《ともな》って未直を嘖《さいな》みはじめる。

（だめ、だめだ、こんなに感じちゃおかしいんだきっと）

淫乱だと明義は引いたのだろうか。怖くてびくっと身体が竦むと、明義の指を締めつけてしまう。

「おい？　どうした。急に硬くなったぞ」

「へ、平気」

「平気じゃねえだろ。未直。きついか？」

小刻みに震えてかぶりを振ると、身体を強ばらせた未直に明義が声をかけてくる。目の前のシーツをぎゅっと握って顔を隠すと、未直の苦しげな眉間《みけん》に気づいた明義がため息をついた。

そして指を引き抜いてしまうから、未直はさらに怯える。

「や、やめちゃう？　い、いやだった？　おれなにか、失敗した？」

「ばか。いじめたんじゃねえんだっつの」

あわてて追いすがるより早く、広い胸に抱きしめられた。そしてうんと長く濃い、甘ったるいキスをされて、びっくりする。

「顔見てりゃ、いまの言葉の意味もわかるだろ。ほらこっち向いてろ」

「あ……？」

見あげた顔は、どこも未直を蔑んではいなかった。少し怖いけれど、それはこれから明義が、頭から未直を食べようとしているのがわかるからだ。

「俺の口が悪いのはもう知ってんだろうが。びびんな、いちいち」

汗の浮いた、熱っぽい頬やかすかにひそめた眉のあたりに浮かぶ未直への欲求を、明義は少しも隠さない。欲情してくれているという事実で、また腰のあたりが甘く疼いた。

「さっきみたいに感じてろ。怖がるな。やりたいって思ってやってんだから、よくなんなきゃ損《そん》だろ」

未直の内心をあっさり見抜いて、緊張に強ばる頬を撫でられる。ほっと息をつくと、吐息ごと吸い取るようなキスをされ、縮こまりかけた心がとろりとほどけた。

「お、おれ……ス、スケベでもいい？」

「一応褒めたつもりだ。エロい尻で、いいっつってんだろ」

もう少しわかりやすく褒めてくれとは思うものの、ほっとした。長い息を抜くと、また指が入ってくる。ぬくぬくと小さく動かされて、それにも未直は震えて感じた。

「ん……じゃ、じゃあ、抱いて、くれる？　最後まで、してくれる？」

「あー……ただ、入ればな」

「入れば、って？」

これか、と思わず明義の股間を見ると、未直はさすがに硬直した。そこには、さきほど見たよりさらにすごいことになったものが、雄々《おお》しく上を向いている。

「や……すご……」

どきどきして、なぜかごくんと唾を呑んでしまった。そんな未直の反応を怯えと取ったのか、明義は苦笑してぽんぽんと頭を叩いてくる。

「ま、無理なら徐々に慣らしていきゃいい」

「……徐々に？」

「なんだよ。一回やったらしまいか？　悪いけどそこまで枯《か》れてねえぞ」

「ち、違うよ」

次もあるんだ、と思ったら嬉しくて泣けてくる。思いきり明義に抱きついて、未直は言った。

「おれに、明義さんのそれ、はいるまで……慣らしてくれる？」

「ああ。まあこうなりゃとことんつきあってやる。ただまあ、今日の今日だしな。無理ならそれなりに方法は考えるが」

俺も忍耐強くなったと笑う彼に、未直は涙ぐみながらうなずき、逞しい身体にしがみついて必死になって告げる。

「明義さん、好き……大好きっ」

好きで、好きで、大好きで、抱かれたら死んでもいいと言ったら、この程度のことで死ぬのはもったいないから死ぬなと笑われて、本当に嬉しくて。

舞いあがって告げたひとことは、しかし、かなりよけいだったかもしれない。

「がんばるから、明義さんのおちんちん、いつか絶対いれてね……？」

「……あー」

とたん、明義は広い肩をぴくりと強ばらせた。なんだろう、と未直があどけないほどの目で見あげると、気まずそうに頬を掻いている。

「未直。いまのでよけいむずかしくなったぞ」

「え、なんで……って、えぇぇ⁉︎」

ため息をついてうつむいた男の視線のさきを追うと、ちょっとそれはないだろうというくらいになった明義が、未直の尻の狭間《はざま》に当たっていた。

「なにこれ、嘘、どういうサイズ……」

目を回しながら赤くなっているともう一度押し倒され、鼻の頭に噛みつかれる。

「嘘じゃねえよ。ついでに言えば、今夜中にどうでも貫通《かんつう》させてやる」

「え、えっ。だってさっき、ゆっくりやるって」

「ものごとは臨機応変《りんきおうへん》に行くしかねえだろ」

なんだかさっきより息が荒い。おまけに、ぐっと両手で未直の尻を開いて、さっきまでさんざん指でいじったあたりにあのすごいのを押しつけてくる。ぬめりと熱、それからひくりと蠢《うごめ》く彼のろこつな欲望に、未直は脳が煮え立つ気がした。

「あ、あ、やだ、なんか……こ、こすりつけないで」

「じゃねえと俺がもたねえっつの。っとに、この淫乱エロガキ」

「や、ひど、ひどいっ」

「ひどくねえよ。……なんだ、入りそうだな」

淫乱なんてあんまりだと言ったのに、それを口にした瞬間の明義があまりにやさしく笑っていて、未直は心臓が壊れるかと思った。同時に、いじられすぎてぽってりした粘膜の奥もきゅくんと疼き、それが明義のものを食《は》むように動く。

「俺のこと、食いてえの？」

「これ、違う……反射で……」

勝手に動いちゃうだけだと涙顔を見せれば、じゃあ勝手に任せろと脚を開かされた。

「やだ、おっきいよ……怖いっ」

「そういうことをいちいち言うから止まらないんだろうが。観念しろ、力抜け」

かぷっと口に噛みつかれて、未直は抗議し損《そこ》なった。それにぐずるそれが本音じゃないのもきっと、明義に見透かされている。怖いのに、ずきずき指先が疼いて、押し当てられた場所が、そして心がやっぱり、どうしようもないほど明義を欲しているのだ。

「ひ……いた、いたい、いたいっ」

けれど、みっしりとしたそれは気持ちひとつで乗り越えるには大きすぎる。苦しいし切れそうで怖いと未直が顔を歪めると、明義は内腿を大きな手で撫であげ、顔を覗きこんできた。

「ふーん。痛いばっかか？」

「ひわ⁉ あ……あーっ、あ、あ！ やん！」

どうだ、と言って明義はいきなり脇をくすぐってきた。びっくりして力が抜けてしまうと、引っかかりを覚えていた先端がずるんと入る。

「は、は、入っちゃった？」

「ちょっとだけな。まだ行くぞ」

「あ、ややや、くすぐったら……あは、あははは！　は、あ、あ、んっ」

あちこちを撫で、ときどきまたくすぐる明義の指のせいで、未直のはじめての挿入《そうにゅう》経験は半分くらい笑っているという変なことになった。ロマンチックじゃないなあとか、滑稽だなとも思ったけれど、おかげで少しも苦しくない。

「ほれ。半分いった」

「やだっ、ははっ……はふ……あー……はいっちゃ、う」

笑いながら入れられて、なんだかそれがよけいおかしくて笑っていると、不意にこすられたそこで声が甘ったるく途切れる。さきほど指で意地悪されたところに、明義のいちばん太いところが当たっていた。

「ここは？」

「う……ちょ、ちょっと気持ちいっ……あ、あぁ！」

ずるっと腰を引かれると、怖いのに全身が総毛だった。なにこれ、と目を瞠っていると、耳朶を指で揉みながら明義が問いかけてくる。

「嘘つくな。ちょっとか？　未直、んん？」

「んんんっ……う、うそ、いっぱい……いっぱい、いい……！」

無意識のまま、未直の小さなお尻は上下に揺れる。それがまるで男を唆《そそのか》し、くわえこむような仕種だとわからないまま、ただとにかくもっとよくなりたくて身体が勝手に動いてしまう。

（おれ、どうなってんの？　なんで、こんなにいいの？）

慣らすようにこすりつけられ、試すように腰を送りこまれる。涙ににじむ目をかすかに開けてみると、薄暗い視界のなかで明義の胸や腰が動いているのが間近に見えてしまった。

「あ、あ、うわあっ？　……あ、ああんっ」

「あ？　どうした」

急に裏返った声を発して身を反《そ》らした未直に、明義が怪訝な顔をする。そのしかめた顔に汗が浮いていて、いまさら襲ってきた現実感に未直は舞いあがった。

「おい、なんだよ。どうしたっつうの。痛いのか？」

「せっくすしてる……」

「はあ？」

「明義さん、ほんとに俺に入れて……腰、腰動かしてる……っんんっ、ん！」

情報量が多すぎて、ばらばらにしか受けとめられなかった視覚と触覚と快感と、そして現状認識がどっと脳内に溢れかえり、ひとつになる。とたん快楽は倍増して、未直は「うそお……」

と泣きながら、痙攣《けいれん》する腰を止められない。

「なんだか知らないが、まあ、平気そうだし、いいんだな？」

いきなり乱れた未直に明義はしばし呆然としていたが、彼らしくあっさりと追及をやめ、もっと未直を乱れさせるようにと動きを激しくした。

「ふあっ、や、だめ、激し……ああっ、あん！」

「食いついてくるなあ。おい、もうちょい行くぞ」

ずんっと奥まで来て、未直はあられもない声をあげ、両脚を突っ張った。跳ねあがる膝下を大きな手に捕まえられ、思いきり拡げられて数回揺すられると、悲鳴じみた声が出る。

「すご、すごいっ……ああ、おっきいようっ」

「ばか、声がでけえよ。壁薄いんだから少し遠慮しろ」

「ううーっ、らって、むりっもっ……うぅン！」

明義の手のひらに口を覆われて叫んだ瞬間、ちょっとだけ射精《しゃせい》してしまった。気づいた明義は意地悪にも性器の先端を指でくすぐりつつもせき止め、「まだいくな」と笑う。

「これでばてたら、俺が困る。早めにいってやるから、少し我慢しな」

「ひっ、あっ、ああ！　もお無理っ……いく、いきたい、あー！」

もう遠慮はいらないと悟ったのだろう、ものすごくいやらしく腰を動かされ、気持ちいいところにあたりっぱなしのそれがたまらなくて、未直はがくがくと痙攣する。

「いき、いきたいよっ、ねえ、も……っ離してっ」

「……っ、もうちょいだ、締めてろ」

一緒に出してやると言って、明義はせき止めていたものを激しくこすり出す。強くて痛いと言ったらそこにジェルを垂《た》らされて、これでいいだろうとさらに上下に刺激された。

「やだ、おかしく……おかしく、なっちゃうっ」

「なれよ。……っとに、処女のくせにうまく締めてきやがる」

「してないもっ、してないっあっ、だめ！」

明義の手が、未直の性器をぐちゃぐちゃにいじる。そうしながら奥を、突くのではなくて抉《えぐ》るようにされると、どうしていいのかわからないくらい気持ちよかった。

(変になる、あそこ、だってあれが、すごくて)

未直の薄い腰が、射精を求めて何度も跳ねあがる。それにあわせて、小さな尻の奥には明義が入ったり出たりして、濡れて卑猥《ひわい》な音が幾重《いくえ》にも重なる。布団からはみ出そうなほど強く激しくされて、飛んでいきそうで怖くて、四肢《しし》を全部絡めたままの未直は最後に叫んだ。

「いく、だめ、いくいくいくっ……あ、あ、あん！」

「ああ、もう、こっちも……っ」

鋭く短く叫んで未直が射精した瞬間、明義の入っているところがじわあっと熱くなった。出されたんだと気づいて、恥ずかしさと嬉しさでもっと震える。余韻《よいん》に痙攣する粘膜が、まだ硬

い明義を啜るように蠢き、それにすら快感を拾って未直は小さくあえぐ。

「あ……あ……すご、い……っ」

ぼうっと天井を眺める未直は、はじめて経験したセックスの強烈さに、陶酔《とうすい》しきっていた。

(目の前、ちかちかする)

貧血を起こしたときのように、目が回っている。全身が小さな痙攣を繰り返し、脚は意味もなくシーツを蹴《け》って、身体に残る甘すぎて強い官能《かんのう》をどうにか散らそうとしていた。

「すげえはそっちだろ。引き抜かれるかと思うくらい締めつけて」

「んんっ」

ぬるりと大きな明義が抜けだし、未直の小さな尻の奥からとろんとしたものが溢れてくる。まだ彼の形を覚えているそこが、やわらかく蕩けたままひくついている。そのせいで間欠的《かんけつてき》にこぼれる粘った液体を、脚を拡げさせたままの明義がやさしく拭った。

「こんな小せえ孔《あな》で、よくもまあしっかり食ったな」

「やっ……見たら……っ」

感心しているのかあきれているのかわからない声で、軽くそこを押す指に、未直のそこがきゅうぅんと締まる。そのたびどうしても腰は揺らいで、じっと見つめたままの明義に「スケベ」と笑われ、真っ赤になった。だがからかうのはそこでやめにしたのだろう、ふっとやさしい顔になった彼は、額をこつりと押し当てて静かに問いかけてくる。

「どっか、痛くねえか」

不意打ちのようにやさしくするから、どうしていいかわからなくなる。泣きそうなのと笑いそうなのが一緒くたになったような気分で、未直はぶんぶんとかぶりを振った。

「へ、へいき、ぜんぜん……あ、でも、指のさきが」

「じんじんしてるか」

笑いながら問われてうなずいたら、いきなりそこに噛みつかれた。とたん、未直は絶頂のときにあげたのと同じ種類の声を小さく漏らし、また誘われたとうそぶく男にキスされる。

(舌……苦い、けど、なんか)

煙草を吸う彼の口腔《こうこう》は苦みが残っているのに、どうしようもなく甘いと思う。刺激を与えると言うより、あやすような口づけに酔い、未直は熱っぽい息を吐き出した。

「はじめてなのに、すげえイったな、未直」

「ん……いっちゃった……すごかった」

まだ夢見心地のまま素直にうなずくと、痛いくらいに抱きしめられた。やべえなあ、という呟きが聞こえた気がしたけれど、骨まで蕩けた身体のせいか、未直の思考はまとまらない。

軽く身体を拭いてくれた明義と、まだ離れたくないなと思っていると、広い胸に抱きこまれた。終わったあとにはそっけなくされたらどうしよう、と思っていただけに嬉しくて、未直も懸命に明義の背中へと腕をまわした。

（あったかい）

鼓動の音が聞こえて、やさしい大きな身体に包まれて、安堵とときめきが混然《こんぜん》となった不思議な感覚に包まれていた未直だったが、場に不似合いなほど真剣な声で名を呼ばれた。

「未直」

「……なに？」

「こうなっちまっていまさらだけどな。いま……俺の仕事はやばいことに首突っこんでる」

さらっと言われて、凍りつく。やはり明義の職業は、いわゆるやくざなのだろうか。そういえばこの間の夜にも、なんだか変な怪我をしていたことを思い出し、未直は小さく震えた。

「あ、危ない、の？」

「まあ、たまに。おまえにはそう面倒はかけねえと思うけどな。もし、俺の家の近くで変なのに声かけられたら、知らんふりしろ。関係者かって言われたら、バイトで使いを頼まれただけで、なにも知らないって言えよ。あと、口もきくな。なに言われても信じるな」

わかった、とうなずきつつ、そうまでしなければならない彼の仕事というのがなんなのか、本当に未直は気になってしかたなかった。けれども、詮索を許さない空気が明義の大柄な身体を包んでいたから、なにも問わずにいようと唇を噛む。

「落ち着いたら、話す。けどいまは無理だ。だからそれまで、黙って待てるか」

「うん。待つ」

少なくとも、未直が不安なのをちゃんと理解してくれているのは事実だ。ぎゅっと抱き寄せられ、顎をとられて口づけると、もう覚えさせられた獰猛《どうもう》なキスが未直の意識を溶かしていく。

(なんにも、聞かないから。ちゃんと抱いてくれればいい)

言葉はけっして甘くないし、態度もぶっきらぼうで怖いところもある。けれども、誰より未直の欲しいものをくれるのはこの男しかいないから、できる限り明義の望むようにしたい。

そう思ってけなげに口づけに応えていた未直の小さな尻を、明義の手がぐっと掴んでくる。

「あ、ん」

思わず声が漏れ、おまけにまだ濡れている身体の奥がぞろりと蠢いた。震えで気づいたのか、軽く笑った男はさらに淫猥《いんわい》な手つきで腰を揉んでくる。

「もっと欲しいのかよ……？」

「あう……」

揶揄するような囁きに、未直はびくんとなる。耳に吐息ごと吹きこまれたそれはなまめかしく卑猥な声で、軽く指を押し当てているだけの濡れた場所が、答えの言葉の代わりにきゅんきゅんした。

欲しいかと問われて、欲しいと答えていいのか迷ったのは、それがあまりによかったからだ。

(どうしよう、セックスってすごく、気持ちいい)

ずっと、ぼんやりした妄想《もうそう》のなかで、誰かかっこいいひとにここを犯《おか》してもらいたいと思っていた。けれど、本当にお尻の穴があんなに感じると思わなくて、すごくびっくりした。

身体の奥に大きなあれが入って、まだ未熟な性器が明義の手のなかでこねまわされると、脳まで吹っ飛ぶくらいになにもかもがいい。

こんなによかったら、なにもかも忘れてしまう。脳内麻薬がひっきりなしに垂れ流されて、頭が真っ白になって、いやなことや不安、なにもかもが頭から消えていく。

もっと、もっとしたい。この大きいのでもっともっと、未直を真っ白にしてほしい——。

「どうする、未直」

「あ……明義さん、は?」

再度問われて、未直は問い返した。こっちにばっかり訊くのはずるい。そう思って上目にうかがうと、男はふてぶてしく笑う。

「そりゃ入れてえな。さっきはおまえにあわせてやったし」

「おれ、よくなかった?」

不満足だったのだろうか。不安になって問いかけると、明義は驚いたように目を瞠り、そのあと未直の頬をつついて苦笑した。

「よすぎてやべえ。名器《めいき》だな。商売したら売れっ子になれんじゃねえのかっつうくらいだ」

「ほ、ほんと?」

「あほ。喜ぶとこじゃねえぞ……っていうか、おい未直」

軽口をやめた明義は、未直の小さな顔を手のひらで包み、言った。

「こうなりゃ言うが、俺がやっちまったからには、ほかの男にやらせんなよ。ナンパされてもついていくな」

なんだか嫉妬《しっと》しているみたいに聞こえるそれが、変に嬉しくて未直は赤くなる。

「し、しないよ……だいたい、ナンパなんかされないし、行かないし」

「相手はどうだかわかんねえだろが。このかわいい尻、自分で護《まも》れよ」

「あ、えっ？　や……やっ……！」

話している最中に、ぐいと脚を広げられた。そして、まださきほどの余韻でぽってりと熱い場所に、明義のそれが押し当てられる。入れられるのかと思ったら、こするみたいにぐいぐい押されるだけで、未直はわななく唇から甘ったるい息を吐いた。

「ほら、わかりましたって言いな」

「わか、わかりま、したっ、あっあっ」

明義の放ったもので濡れたところが、太い性器の先端でこすられる。もう入るかも、というくらいにぐっと押しつけられ、けれどすぐに逸らされるという卑猥なからかいに、未直は頭がぼんやりしてくる。

（なんで、なんでいれてくんないの）

勝手にあそこが綻《ほころ》んで、早く早くとひくついた。ぽっかり、身体のなかに大きな穴が空《あ》いたみたいにせつなくて、気づけば明義の身体に四肢を絡ませ、未直も腰を振っている。

（いれて、いれて、はやく）

そのこと以外なにも考えられないまま、じっと濡れた目で見つめる。催促《さいそく》したのはわかったのだろう、意地悪く笑った明義は、小さな尻をぱしんと叩くとろくでもないことを唆す。

「ついでに、おっきいので気持ちいいことしてって言ってみるか?」

冗談のつもりだったのかもしれない。笑っていた目の奥の意図を読み取れず、もうなんでもいいから欲しくて欲しくて、未直は言われたままを繰り返した。

「ああん、おっき……ので、いいこと、してっ」

お願い、と腰を振ったのは無意識だ。ごくんと息を呑んだ明義は目を瞠り、そして未直の腰を掴むと、ずぶりと淫猥な音を立てて、欲しかったものが戻ってきた。

「いああ、あ、あん!」

「はは、……ほんとに言うか、スケベ」

「だっ、あっ、明義さんが、言えっててっ」

一気に奥まで埋《う》まったそれに、びくんと全身で震えた未直はたまらなくてすすり泣いた。今度はのっけから激しくされて、ぱんぱん音がするくらいに尻を穿《うが》たれる。

「くそ、エロい身体しやがって……加減もなんもできねえじゃんかよ」

「あん、あん、やあ……しないでっ」

鼻を鳴らしてキスをねだって、ぎゅっと乳首を押しつぶされる。そのまま腰の奥をしっちゃかめっちゃかになるまでかき混ぜられて、未直はまたすぐにいっちゃうと思った。

「ほら。これが好きかよ」

「……っ、すき……」

「なにが好きだ、言ってみな」

ぐいぐいなかをこすってくる明義の言葉も、もうよくわからない。なにか卑猥なことを言わせようとしてるんだろうと思ったけれど、なにが好きだなんて、そんなの――。

「あきよ、し……」

「んん？」

「明義さん……すき……だいすき……んあん！」

未直が好きなものなんて、これしかないじゃないかとしゃくりあげて、ぎゅっとしがみついたら奥がすごいことになった。

「くそ……このエロガキ」

「や、や、またおっきい」

「男煽るだけはいっちょまえってのは、どういうことだ、ばか。全部俺が教えてやるから、これ以上いらん知識はつけるなよ」

怒ったような顔でまたものすごく突かれて揺さぶられて、それからは声が嗄れるまでずっとあんあん言わされた。明義に喜んでほしくて、今日まで意味も知らなかったオーラルを、慣れないのにやってみたらへたくそと笑われ、上手なやりかたを身体で教えてもらった。

未直は教えられるまま腰を振り、乱れ、いやらしいことをたくさん口走った。こうされているとたまらなく幸福で、いままでのつらいことも全部、きっとこのためにあったんだと思った。

(スキ、大好き……)

まだ十八年の短い人生だけど、いろんないやなこととか哀しいことを未直は知っていた。ひとに言えない性癖のうしろめたさや、それを知った家族の冷たさや、そういうものが胸の奥でずっと黒い渦《うず》のようになって苦しくて――けれど明義の熱がそれをすべて溶かすから、快楽へと一気に傾倒《けいとう》していく自分が少しも、こらえきれない。

そして未直が乱れれば乱れるだけ、明義は嬉しげにいじめてくれる。

(これだけあれば、もうなにもいらない)

幸せで、せつなくて、とろけるほど甘く濃厚な初体験は――どこか、不安に裏打ちされた刹《せつ》那的《なてき》な感傷のせいもあって、ひどく強烈に未直に焼きついたのだ。

＊　＊　＊

チャイムが鳴り響き、ホームルーム終了の合図を受けた教室は一気に騒がしくなる。

手早くノート類を片づけた未直が帰途《きと》につこうと席を立つと、目の前にすっと影がさす。

「なあ、真野。今日これから暇？」

「ん？　なんで？」

声をかけてきたのは、クラスメイトの松田《まつだ》という青年だ。背が高く、すらりとしたスタイルと甘めのルックスが人気で、男女問わず友人も多い。

「合コンの面子《めんつ》足りないんだけど……よかったら来てくんねえ？」

「え？　おれが、合コン？」

このとおり、と拝《おが》んでくる松田に、少し意外な気になる。

基本的に未直はその手の騒がしい集まりにあまり誘われないし、友人もいないわけではないけれど、似たようなおとなしいタイプばかりだ。松田とも、さほど親しいわけでもない。

「なんで、おれ？」

「この間ほら、合同文化祭あったじゃん？　京女《きょうじょ》の子たちが、そのとき真野のこと見たらしくてさあ。あのかわいい子来ないのかってうるさいんだよ」

京女、というのは、未直の通う創徳学院の姉妹校になっている、近隣の女子校だ。いずれも少子化の悩ましい状況から、文化祭などは双方の日時をあわせ、文化交流の名目で自由に行き来できるようになっている。

だが、三年生は受験対策のため、たいした発表もしなくていいし、未直はと言えば委員会の手が足りないと頼まれて、当日の来賓《らいひん》受付を数時間こなしただけの話だ。

「おれ、べつになにかしたわけじゃないよ？　受付、ちょっとやっただけで」

「うん、そのときに目ぇつけられたみたい。な、頼むよ、ちょっと顔出すだけでいいんだ」

このとおり、と拝んでくる相手は、よほど強くいわれでもしたのだろう。顔を潰すのは申し訳ないけれど、それは無理だと未直はかぶりを振った。

「ごめん、ちょっと用事あるから、だめなんだ」

「えー……なんかあんの？　予備校とか、べつに通ってないんだろ」

怪訝そうに問いかけてくる本人は、すでにAO入試制度によって夏のうちには入試登録をすませ、ついさきごろ、十月のなかばに予備面接もすませている。手応《てごた》えもあったらしく、おそらく今月の半ばには大学合格が確定するため、暢気なものだ。

「ていうか、真野一般入試なのに余裕だよなあ。どこ狙ってんの？」

「合コンに誘っておいて、余裕とか言うなよ。秘密です」

くすりと未直が笑ってみせると、松田はううむと唸った。

「なあ、やっぱ来られない？」

「ごめん、無理。っていうか、おれなんかいても、場が興《きょう》ざめしちゃうと思うんだけど」

「え、そんなことないって。最近、真野ってなんかちょっと」

そこで松田は微妙に口ごもり、かすかに赤くなった。なんだろう、と未直が首をかしげると

「あー」と唸って困ったように笑う。

「ちょっとなに？」

「いや、前は、顔はいいけどただおとなしいやつだなーって感じだったけど……なんか夏前くらいから、雰囲気変わったなって」

「どんなふうに？」

「変な意味に取るなよ？　なんか、こう大人っぽいっつか、色気？　みたいなの出たなあと」

ぼそぼそと言う松田の言葉に、一瞬どきりとする。だがそれを表情にのぼらせることはせず、未直は苦笑してみせた。

「なに言ってんだか。男に色気もなにもないだろ」

「ええ？　男も色気の時代じゃんかよ」

茶化してみせると、松田もほっとしたように表情をゆるめる。うまくスルーできたようだと内心ほっとしつつ、未直は「悪いけれど」と言った。

「誘ってくれてありがとう。でもごめん、ほんとに放課後は無理なんだ。ごめんね」

「や、いいよ。こっちこそ無理言って悪いな。けど、都合つくようなら今度は来てくれな」

笑いあって、それじゃあと挨拶をかわしながら、内心でいっそ言ってしまおうかと思った。

（本当は、女の子に興味ないんだ。もう誘わないでね）

言わなかったのは、ひさしぶりにひとの輪に誘われたことが嬉しかったからだ。強引でもなく、気遣いのできる松田にいらぬ混乱を与えたくなかったから、それだけだ。

不思議なことに、かつて二丁目で相談相手が欲しいと思いつめたあのころの焦りは、未直にはない。誰かにばれたら、それはそのときと考えたのは、もっとも近しい家族に拒絶された投げやりさから来ているのはわかっている。

梅雨の時期を超えて以来、未直はほとんど自宅に戻っていなかった。

未直を病院に連れていこうとした件について、さすがに承伏《しょうふく》しかねた未直は数日間家に戻らなかった。むろん、家族はそれにいい顔をするわけはなかった。だが、いきなり心療内科に連れていくという暴挙《ぼうきょ》に出た兄の行動も、けっして褒められたものではないことくらいは理解したようだ。兄も例の件については失敗を悟ったのか、あのあとからはまた以前のような無視を決めこんでいる。つまり、未直は実質的に、家族からつまはじきにされている。

夏休みの間中、未直は明義の家で寝泊まりをし、明けてからも彼の家から学校へと通うようになっていた。そしてその夏の間に、失って怖い友人などろくにいなかったのだと、未直は気づいてしまったのだ。

受験シーズンに差し掛かったこともあったとは思う。だが未直が自宅にいないことに、クラスで親しくしていたはずの誰も、気づいてはくれなかった。そもそも未直たちの世代では、重くシリアスな話を対面でするようなつきあいかたはあまりない。本音を漏らしたり真剣な話題を持ち出すのは大抵メールで、あとはなんとなくゆるい遊びをつるんでするだけ。

バーチャルのほうがリアルなのだ。本音を知ろうとしたら液晶画面のなかにある文字を送りつけあうことになる。けれど肉声ではないから、どこまでもその『心』は内向きになる。

そんなことを未直が考えるようになったのは、なんでもストレートに口にする恋人ができたせいだろう。そう考えて、あきらめ気味の笑みが浮かぶ。

（恋人って、言っていいよね。おれが、恋してるひと、だから）

大人っぽいだとか、色気が出ただとか言われるようになった代わりに、未直はその頬から屈《くっ》託《たく》ない笑みを失ったのかもしれない。

松田に取られた時間のぶん、未直は足早に廊下を歩く。だが、そこでまた未直は足止めを食らってしまった。

「真野、ちょっといいか」

「……なんですか、先生」

苦い顔をしている担任の話は、おおむね見当はついている。透き通るような、あきらめの滲んだ表情で未直が微笑むと、深々と息をついた彼は小声で問いかけてきた。

「推薦入試の願書。出さなかったそうだな」

問いかけにも、未直は笑顔を崩さない。なにもかもを理解している、という目で見つめてくる生徒に、教師はくどくどとしたことを言うことの無駄を悟ったようだった。

「家には、帰ってるのか」

「いいえ」

声をひそめて問う担任は、未直がいま自宅から通っていない現状を知っている。現在、縁《ゆかり》のある相手の家に厄介《やっかい》になっていると、この親身な教師にだけは告げたからだ。

「世話になってる相手さんは、どうなんだ」

「ちゃんと学校には行けって、言ってます」

むろん、原因となった事柄については伏せたが、家庭内のこじれから、とある施設に入れられそうになった。ついてはこの件に関して落ち着くまで、自宅に連絡をしないでくれと告げると、面談時の兄の態度でなにかを察していたらしい彼は了承してくれた。

いっそ法的な機関に頼る手もあると告げられたことから、虐待に近い扱いを受けてでもいると感じたのかもしれない。そして学校側は、家庭内のその手のことに、よほどでない限りは干《かん》渉《しょう》できないのだと、彼は知っているようだった。

「ご家族とは、相変わらず、か?」

「口、きいてませんから」

「おまえ……だいじょうぶなのか」

たぶん、と小声で未直が告げると、懐深い教師は苦いものを呑んだような顔になる。哀れだと告げる視線に、未直はここしばらくで慣れたものになった、静かな微笑みを浮かべる。

「まだ、家に戻る気にはなれないか」

「あっちも、戻ってほしくなさそうだから。……まあ、卒業する前までには、どうにか話をしないとは、思ってるけど」

いまはそれ以上考えられない。静かな表情で未直が告げると、担任はその小さな頭を軽く叩くようにして撫でた。子どもにするかのような仕種は、同情以上のものをかけられない自分の無力さを悔《く》いる、彼の心そのもののようだった。

「一般の願書受付までは、まだ時間あるから。軽率《けいそつ》な結論だけは、出すなよ」

「はい。ありがとうございました」

ぺこりと頭を下げると、もう一度ぽんぽんとやって担任は去っていった。

家の事情がこじれているわりに、高校をサボるわけでもない未直に対して、同情的な教師はそれ以上を言わなかった。彼はいまどきめずらしい人情派で、家庭内の問題に苦しむ生徒を何人も見てきているため、四角四面《しかくしめん》なことを言うつもりはないらしい。

そしてまた、彼はよくわかっている。こうした状況になった生徒に対し、教師がなにをしてやれるでもないことを。そして無力を悔いている。それがなにより、申し訳ない。

(だいぶ、寒くなってきたな)

ヒーターのない廊下は冷えこんでいて、そろそろマフラーの季節だなと思った。

明義との出会いから半年近くがすぎ、季節はゆるやかに移行した。深まる秋に校庭に植えられた銀杏《ぎんなん》もすっかり色づき、すでにほとんどの葉を落としている。

衣替えのすんだ制服は、あと季節をふたつ越したら二度と袖を通すことはない。高校三年生という自分の身分は、ひどく不安定なものだと未直は思った。

大学にはおそらく行けないのではないかと、あきらめている。もはやあの家にとって未直は異分子でしかないし、卒業と同時に出て行けと言われるのは目に見えている。

「おれは、どうしたらいいんだろうな……？」

小さく呟きながら、校舎を出てまっすぐに駅へと向かった。明義の住む街と高校とは電車で約一時間ほどかかる。通学は少し億劫だけれども、徒歩で通える自宅に戻るよりもよほど気持ちは楽だった。

電車を乗り継ぎ、初台《はつだい》の駅から徒歩で移動するのにもすっかり慣れた。定期券もいまでは購入している。昔から未直の小遣いは直接手渡されるのではなく、クレジットカード兼用の銀行カードを渡されていた。皮肉なのか、家族との関係性が断絶しかかっているいまでも、毎月のそれは途切れず——どころか、未直が帰宅しなくなったあたりから、金額は足されている。

基本的には、甘い親なのだろう。無言で振り込まれる、高校生には多すぎるような小遣いの額に、相手の戸惑いも感じる。けれど、相変わらず携帯には電話の一本もないままだ。

「見捨てられてるんだか、そうじゃないんだかわからないや」

くすりと笑う頬に、半年前にはなかったような大人びた翳《かげ》りがある。おそらく松田が評《ひょう》した色気とやらはこの陰鬱《いんうつ》さによるものか、それとも夜ごと男に抱かれたいと願う未直のなにかが、透けて見えているのだろうか。

（気をつけないとな。いろいろ）

明義は——未直の逃避について、本当になにも言う気はないらしい。

この状況を黙って許してくれているあの男が、いまでは未直のすべてを支えている。担任に告げたように、彼がきちんと学校に行けと言わなければ、未直はきっとなにもかもに投げやりになっていただろう。

半分同棲《どうせい》したような状態に陥《おちい》っているけれど、相変わらず彼の私生活はよく見えなかった。というのも、あの狭く古ぼけたアパートに、明義が戻ってくるのは週のうち二日あればいいほうなのだ。それもひどく慌ただしく、着替えだけを持って去っていく。

気配から察するに、どうやら未直が学校に通っている日中は戻ってきているようだが、いったいなんの仕事をしているものだか、さっぱりわからない。

好きになって、必死に追いかけて、抱かれて。近づいたと思ったのに、いつまでも明義は遠い気がする。

なにより未直を不安にするのが、明義の部屋の生活感のなさだ。寝るためだけの布団がひと組と、数着の着替え。いかにも仮の根城《ねじろ》、という雰囲気の、なにもない部屋。

電話も引かれていないせいで、連絡はいつも携帯ばかり。入《い》り浸《びた》ることを許されているけれど、少しも安心できない。なにより、好きだと言った未直に応えてくれたとはいえ、彼のほうはそうしたことに積極的だったわけでもなんでもない。

だから、殺伐《さつばつ》としたものを漂わせる部屋で、未直はいつも怯えている。

「あれじゃ、ただの物置部屋だよね」

いつでもこの生活を捨てられるようにしているのかと、そんな気すらしてしまう。仕事についても、いくら問いかけても頑《がん》として口を割ろうとしない。ただ困ったように笑いながら、『片がついたら話す』と、出会いから変わらないそれを繰り返されるばかりだ。

そして未直が眉を吊り上げると、困ったような苦笑でキスが降る。

(本当に、話してくれるのかな)

やわらかく吸われる唇の、煙草の味ももう覚えた。未直をなだめるように、ゆったり肩を撫でている手が、どんなふうに動いて未直をいやらしくするかも知っている。

けれど、そのほかのことはろくに知らないままだ。

ただ、彼がとても忙しいこと、とても危ないことだけは知っている。明義が怪我をして帰ってきたのは一度や二度の話ではないからだ。

彼が、なんだか怪しげな連中と一緒にいる姿を見たことがある。そのうえ、いつでも張りつめた気配の強い長身と鍛え抜かれた体躯《たいく》は、否応なくある種の職業を想像させる。

(なんで、しょっちゅう怪我するの？　やっぱり、やくざのひとなの？)

(ここ、本当に明義さんの家なの？)

もしかしたら、ためらう彼に思いきって踏みこんで訊いてしまえば、すんだ話かもしれない。けれど明義を詮索して鬱陶しいと思われるのもいやだった。

本音は、もし明義が、悪いひとでも未直はかまわない。犯罪者でもなんでもいい、教えてほしいと思うけど——知ってしまうのが怖い理由は、ただひとつ。

リアルな生活が見えたとき、明義は自分を捨てるんじゃないかと思うから、未直からは絶対訊けない。だったら怖くても不安でも、黙って明義の言うとおりにしていたい。

（ねえ、おれのことどう思ってるの……？）

本当にいちばん訊きたいことはそれだけれど、これもまた口にできない。可哀想で同情したから、かまってやっている。そんな返事が返ってきたら、未直の胸は潰れてしまう。

「明義さん、今日は、帰ってくるのかな」

アパートのほうに、数時間ならどうにか顔は出せるかもしれないと、昼休みにもらったメールに書いてあった。けれどどこの予告が果たされるのも、確率は五分五分《ごぶごぶ》。かなったとしても、顔をあわせるのは四日ぶりのことだ。

仕事の片がついたら、と明義は繰り返す。そして、彼の仕事と未直の家庭のごたごたと、いずれがさきに決着がつくのか、それともどちらも、膠着《こうちゃく》したまま続くのか。

（やめよう）

考えても詮無《せんな》いことは、考えるだけ無駄だ。未直は近くのスーパーで買いものをすませ、無駄かもしれない夕飯の用意をしようと食材を物色《ぶっしょく》した。たいしてうまいものが作れるわけでもないけれど、居候《いそうろう》している以上、家のことは末直がすると言い張っている。

女の子だったら結婚してもらえたかな、などとくだらないことを想像して、少し恥ずかしく、そしてむなしい。そもそも、男の末直にはそれは無理だ。そして、明義にとっての末直は、どう考えてもお荷物にしかなりようがない事実を考えれば苦しくなる。

家のことも学校のこと——進学のことも、すべてがぼんやりとグレーに濁って見えなくて、末直はただ、明義のことばかり考えているしかできない。

「……ん?」

食材の入った袋を手に提《さ》げてアパートに近づくと、なんだか柄の悪い男がちらちらとアパートのほうをうかがっていた。安っぽい黒いジャンパーによれたスラックス。貧相なくらいに痩《や》せた体躯は小柄なのに、妙な剣呑さがある。

(やばいひとかも)

夜、というか裏の世界に片脚を突っこんでいる人種ではなかろうかと、その気配から察した末直はなるべく目をあわせないようにして通りすぎた。しかし、末直が明義の部屋の鍵を開けようとしたとき、相手が背中から近づいてきて、いきなり肩に手をかけられた。

「なん……ですか」

「なあ。ちょっと訊きてえんだけど。あんたここのひとと知りあいか?」

声の調子は、見た感じよりも若かった。けれど突然の接触に、未直はますます警戒心を強めながら、どう答えるべきかと迷う。そして、かつて明義の言ったことを思い出した。

「知りあいって、いうか……バイト、頼まれてます」

「バイト？　なんの。あんた高校生だろ？　しかもこんな家でバイトって」

未直はとっさに、手にしていた買い物袋を持ちあげてみせた。

「掃除と、食事……あと、買いものとかも、頼まれてます」

「あー、ははあ」

「それで、おれちょっといま、家の事情があって帰れないから、置いてもらってるんで」

ここまでは喋りすぎだったのか。わからないまま冷や冷やとした未直の言葉に、納得したのかしていないのか微妙な返答で、男は未直を上から下までじろじろ眺めた。

「なるほどね。三田村の旦那《だんな》も悪いやつだな。案外、手段選ばないっつうか」

「え……？」

「なんでもねえよ。あのな、ボクちゃん。悪いこと言わないから、巻きこまれて利用される前に、さっさと家に帰ったほうがいいぜ？」

それだけ言って、ぽんぽんと未直の肩を叩くと「また来る」と言って男は去った。

（利用って、なに……？）

まったく意味はわからないまま、未直のなかに強い不安だけを植えつけていった男の来訪《らいほう》が、なにかこの、ぎりぎりの均衡《きんこう》のうえに成り立った平穏を壊してしまうのではないか。そんな気がしてならず、いろいろな疑念が胸に満ちる。ざわっと全身の産毛《うぶげ》が総毛立つような不快感は、季節のせいだけではなく未直の細い身体を震わせた。

落ち着かない気分のまま夕食の支度をし、部屋の掃除をした未直はシャワーを浴びた。精神的なものから来るとわかっていたけれど、妙な悪寒《おかん》が去らなくて、肩が冷えきっていたのだ。

立て付けの悪い風呂のドアからは隙間《すきま》風が入りこんでくる。冷えないうちに着替えを済ませると、身体を丸めるようにして明義の布団に倒れこむ。

そこから漂うのは、明義が吸うきつい煙草と、身だしなみにつけている香水のにおいだ。彼曰《いわ》く、しゃれっ気があるわけではないけれど、ろくに家にも戻れないので、せめてものエチケットであるらしい。

このにおいを嗅《か》ぐと、未直はいつもはじめて会った日のことを思い出す。やさしくてぶっきらぼうで、あたたかい手にはじめて触れた、あの日のことは忘れられない。

胸がきしんで、ときめいた。このひとしかいないと、強く感じてそれを信じた。あれから半年、未直は毎日のように明義に恋い焦がれて、少しも熱が冷めていかない。

(もう、ここんとこしばらく、エッチもしてない)

つきあうと言ってもセックス以外することがない。そんなひどい言いざまをされて、それでもいいとうなずいたのに、実際にはそんな機会もろくにはなかった。

抱いてさえくれれば怖くない。そんな間違った方法で、胸の痛みを晴らすことを覚えてしまった未直の身体は、セックスへの欲求がひどく顕著に出るようになってしまった。

不安感に見舞われると、自分でもおかしくなるくらいに快感が欲しくなる。そしてひとたび自覚すると、もうそれはどうにも、とめられない。

（はやく、したい）

明義の枕に顔を埋めていると、腰がじんじんしてたまらなくなる。頭の中がそればかりになる。まずいと思いながらも膝をつき、未直はじんわり熱いそこを握った。こんなことならシャワーの間に自慰《じい》をしてしまえばよかったと思いつつ、撫でているだけですぐにそこが腫れぼったくなったのがわかった。

我慢しようとはじめは思っていたけれど、痛くなってしまったのでじかに握ることにする。

「あん……」

未直は、濡れやすいらしい。明義がそう言った。少しいじるとすぐ、先端が湿る。

――エロいよな、ほんとにおまえは。

からかう声を思い出しつつ、ぬるぬるのそれをしごいていると、うしろまで疼いてきた。仰《あお》向《む》けになっていじりながら、むずむずするお尻を振っていると、頭がぼうっとしてくる。

(ひとりで……しちゃおうかな)

全身が快楽への欲求で膨張《ぼうちょう》したような気分だ。なにかを吐き出さなければ落ち着きそうになく——それが不安感から来る、あまりいいものではないと知りつつ、そろそろと腰を浮かせて下衣《かい》をおろそうとした瞬間だった。

「未直？　いるのか？」

「……っ」

重たい足音に続いて、明義の声が聞こえて飛びあがる。ふだんなら玄関まで響く靴音で察することができるのに、もやもやしていたせいで意識が聴覚を遮断《しゃだん》していたようだ。

たった二部屋しかない狭いアパート。明義の長い脚が未直のところにたどり着くのはあっという間だ。あわてておろしかけた衣服を引きあげ、未直は跳ね起きた。

「い、いるよ。おか……っ」

おかえりなさい、という未直の声が途中で途切れたのは、恋人の腕に、あからさまな怪我のあとを見つけたからだ。息を呑むと、明義は未直の濡れた髪に目を止め、笑う。

「なんだ、風呂入ってたのか」

「う、うん。それよりそれ、どうしたの」

明義は、未直の青ざめた顔を見ると、困ったように唇をほんの少しだけあげた。

「心配ねえよ。ちょっとかすっただけだ」

低い声を発する、未直の世界いち好きな男は、やはり事情を話そうとはしない。

きゅう、と唇を噛めば、大きな身体にあやすように抱きしめられた。適当に腕を縛《しば》っているだけのハンカチから血が滲んでいて、未直のほうが痛くなる。

「急いで戻ってきたから、適当にしてるだけだ。心配すんな」

「手当、するから。こっち来て、明義さん」

べそをかきそうになりながらそれだけ言うと、おでこにキスを落とされてごまかされる。

「泣くな、未直。たいしたことねえから」

「うそつきっ……」

また子ども扱いだ。ひどく悔しくて、怪我をしていないほうの太い腕をぐっと掴むと未直は部屋の中へと彼を引っぱった。

「早く、手当っ」

「ああ、わかったわかった」

鷹揚《おうよう》にうなずき苦笑する顔はやさしいけれど、精悍な頬にも切り傷らしいものがある。

明義は、いつも忙しくて、いつも怒っていて、いつもどこかに怪我をしている。それがどうしようもなく不安でたまらないけれど、けっして口には出せないのだ。

（なんでこんな、怪我ばっかりするんだろう）

もう使いものにならないシャツを脱がせて、なんだか刃物で切られたみたいな怪我のあとを消毒していると、未直はまた泣きそうになった。かすった、なんて言ってるけど病院に行かなくていいんだろうか。

汚れたシャツやなにかを始末し、未直が救急箱から薬を探していると、明義はとんでもないことをしていた。

「なにやってんのっ⁉」

「あ？　血止め」

ぎょっとして叫んだのは、彼がほぐした煙草の葉を傷口に押しつけていたからだ。けろりと「ニコチンで血管縮まるから、血が止まるんだよ」などと言われ、未直は自分のほうが貧血を起こしそうだと思う。

「やめろよ！　せっかく消毒したのに！」

「わめくなって。もう血ぃ止まってきた、ほら」

平然とした言いざまに真っ青になりながら、未直はもう言葉もないまま煙草の葉を払い、消毒して薬をつけて、明義が言うとおりにきつく包帯を巻く。泣くのをこらえていた未直の顔は怒ったみたいになっていたのだろう。笑いながら引き寄せられた。

「今日は、ひとりでなにしてた」

そんなことを言っている場合か。そう思うけれど、疵《きず》のことに触れればまた自分が怒り散らしてしまいそうで、未直は質問にだけ答えることにする。

「学校行ってから、すぐここに来た。で、掃除したよ。明義さん、また洗濯物溜《た》めこんだだろ。古いシャツ、くさくなってたから少し捨てたよ」

「おう、悪いな」

うるさい奥さんみたいなことを言っても、怒りっぽいくせに本当はおおらかな彼はけろっとしたものだ。だからこそ、未直はこの部屋に入り浸って許されている。

「ちゃんと洗濯かごにいれるだけでいいから、しようよ」

「ああ、わかったわかった」

「もう、面倒なのおれなんだよ⁉　ここんち洗濯機もないしっ、コインランドリーまでいつも持っていかないといけないし！」

怒ったようなふりは、未直の精一杯の嘘だった。明義のいない部屋はいつも散らかっていて、それを片づけるのが本当は、すごく嬉しいのだ。だから、未直のつんけんした声に対する明義の、ため息混じりのひとことが、ぐっさり胸に突き刺さる。

「つうか、頼んでねえだろ？　そんなこと。面倒ならほっとけ、そんな怒るな」

「そう、だけど」

押しつけがましい、と言われたようでつらかった。そしてつきあって『もらっている』自分の立場を思い出し、未直はさあっと青ざめる。

「ごめん、うるさかった？」

「あ？　いや、俺は、怒るくらいならやんなくていいっつっただけだぞ」

いきなり肩を落とし、小さくなった未直を怪訝そうに明義が覗きこんでくる。

「なに怒ってんだ、おまえ。なんかあったか？」

「なんにも、ない」

問われても答えられなくて、未直は目を伏せたままふるふるとかぶりを振る。ぎゅっと唇を噛んだ強情な未直に、明義は追及をやめて肩を抱いてきた。

「未直。ほら、機嫌なおせ」

「ん……っ」

キスでごまかす明義はずるい。そう思いながら、与えられる口づけにすがりつくのはごまかされたい自分の弱さのせいだ。それにこのキスにたどり着くまで、未直はすごくすごく頑張って、明義に好きだと言い続けた。だからご褒美《ほうび》みたいにもらえるそれを、拒《こば》めるわけがない。

「ん、あ」

舌を吸われて、気持ちいいのにせつなくなる。だが、ひとの気も知らずにキスをほどいた明義はつれないことを言う。

「悪い、すぐ出ないとなんねえから。今日は帰って来れそうにない」

「え……け、怪我してるのに!?」

「だから着替え取りに来ただけなんだよ」

これだからな、と破れたスーツの穴に指を突っこんでみせる。どうして笑っているのかわからなくて、顔をくしゃくしゃと歪めた未直は大きな背中を軽く殴った。

「ばか！　心配してるんだぞ！」

「ああ、わかってるわかってる。けどな、ほんとにたいしたことねえんだって」

からからと笑って、未直の頭を撫でる大きな手。泣きそうになって見あげると、困ったように男らしい眉が寄る。

「んな顔すんな。行きにくいだろ」

「行っちゃやだ……」

「ばか。仕事あんだよ」

潤んだ目で告げると、額を弾かれた。けれどそのままぎゅっと強く抱きしめてくれるから、未直はなにも言えなくなる。

「すぐめそめそすんな。そんなんじゃ、仕事にもろくに行けやしねえだろ」

「ごめん……うざくて」

「うざかねえけど。心配すんだろ」

大きな手のひらで、背中を二度叩かれた。じんわりした目元を拭う指はやさしいのに、どうしてかせつない。こんなにやさしくしてくれるのに、信じきれない自分がいちばん嫌いで、未直はうつむいた。

「戸締まりちゃんとしとけよ」

「帰ってきたら、抱いてくれる?」

「出がけに言うなっつの。安心しろ、いやってほどしてやるよ」

「ん……っ」

震える唇を、明義のそれがふさぐ。遠慮もなにもない舌使いで、未直の弱いところをつつき、撫でまわし、吸いあげる。腰を抱いていた手はそのまま滑り降り、小さい尻を好き放題揉んで、制服のズボンのうえから狭間をぐりぐりする。

「あ、あ、やだっ」

思わず感じて声をあげると、ぐいと身体が離される。

「っと、やべえ。こんなことしてる暇ねえんだった」

「えっ」

どうして、と見あげた未直の額にもう一度キスを落として、「おまえはやばいよな」と笑って言うなり、明義はさっさと玄関に向かってしまう。

「あんま色っぽい顔してぐらつかすなよ。じゃあな、行ってくる」

「あっ、ちょっ……待ってて」

「悪いけど、あの上着捨てといてくれ」

そしてばたばたと、クリーニング済みの上着を適当に掴んで羽織《はお》るなり、ぺちっと軽く未直の頬をはたいた彼は出ていく。広い背中を見送って、未直は小さく呟いた。

「……ひどい」

のろのろと部屋に戻り、明義の残していった、破れて汚れたスーツの上着を拾いあげる。少し血のにおいがするそれを見ていたらまた怖くなって、ぎゅっとそれを胸に抱えた。

「仕事って、いったいなにすんの」

こんな危なげな疵を受ける『仕事』なんて、きっとろくでもないことに違いない。けれど具体的に想像したくはなく、未直は目を閉じて小さく身体を縮めてしまう。

いろんないやなことを考えたくなくて、未直は甘かったキスの余韻を思い出そうとした。とたん、じゅわっと全身が潤《うるお》うような感じがして、未直は唇を噛みしめる。

「ひどい、明義さん……してってくれればいいのに」

じんと腰が甘くなるまで感じさせておいて、時間だからと突き放される。いつも明義はこうだ。未直が快感に弱い、いやらしい身体をしているのを知っていて、そこにつけこんであやしてしまう。残された未直が熱を持てあまして苦しいことなんか、少しも考えてくれやしない。

だからこそ、なにも見えずにいるいまが、怖くてつらくてしかたない。

「ひどい、ひどい、ばか」

すすり泣くような声で言った未直は、手のなかに残った明義のにおいがする上着を、明義の代わりに抱きしめ、小さく呻《うめ》きながら、部屋着のボトムのなかに手を突っこんだ。

「ん、ん、ん」

　じんじんするそこを撫でる自分の頼りない手ではもの足りず、明義の手とあまりに違うことを意識したくなくて大きな上着を脚に挟んだ。どうせ捨ててしまうのだからかまうものかと、もう濡れているそこをスーツの布地に押し当て、少し痛いくらいこすりつける。

（苦しい）

　主のいない部屋でむなしいひとり遊びをするのは、これがはじめてのことじゃない。あさましいと思っても、不安と焦燥《しょうそう》に駆《か》られた身体はこんな方法でしか落ち着かせられないことを未直は知っている。

「明義さん、明義さん……」

　粘膜に触れる、ざらざらする感触は彼の手に似ている気がした。ばかばかしいことをしている自覚はあるから、さっさと終わりたくて彼を腰に挟んだときと同じように腰を揺らし、布地のうえから自分を掴んで未直はあれこれ思い出す。

　明義のセックスは最初からすごくて、痛いのにものすごく感じて、三回もいった。この淫乱と笑われながら、最後には絶叫していた気がする。

　あのとき、やっぱりこのひとがすごく好きだと思って、それはいまでも変わらない。どころか、もっともっと欲しくなって、日に日に自分が淫乱になっていく気がする。

（あそこ、いじってほしい）

奥に入ってくる熱いのが、太くて硬くて、未直を揺すぶりながらすごくびくびくしていること。そして最後にぶるっと震えて、小さなお尻のなかに射精する瞬間の感触――。

「ん、あん、ん！」

明義に入れられたときのことを思い出したら、すぐいった。考えてみたらもう二週間くらい抱いてもらっていない。しばらくぼうっと惚《ほう》けたあと、黒いスーツに飛び散った自分の体液を見たとたん、一気に熱も心も冷めた。

「……ばかみたい」

ずり下がったボトムも、汚れた下肢《かし》もそのままに、未直はぐすっと洟をすすった。濡れた目元を拭ってくれる誰もいないことに気づけば、流す涙もむなしくてすぐに乾く。

明義がいなければ、快感さえ色あせる。それでもこのところ、発作的にやってくる性衝動が抑えきれないときがあまりに多くて、未直はここでひとりでばかな真似をするばかりだ。

熱の下がった身体は急な寒さと怠《だる》さを覚える。精液が乾ききる前にどうにか後始末をして、汚れたスーツをぐるぐるに丸め、ポリ袋に突っこんでゴミにまとめる。

明義の名残《なごり》が消えてしまって哀しくて、部屋の隅にたたんだままの布団にのろのろ近づくと、顔を埋めて思いきり、彼の残り香《が》を吸いこんだ。

「あきよし……」

呟くのは、結局は恋しい男の名前ばかりだ。そしてこんなにせつなくなるのは、彼のことをあまりに知らない自分が情けなくて不安でしかたないからだった。

（便利な、家事もするダッチワイフでも、いいよ）

そんな惨めなことを考える自分がきらいだ。でも、鬱陶しいときらわれるくらいなら、なにも知らなくていい。抱いてくれればそれでいい。なにより、ふたりきりのときの明義はひどくやさしい。もうそれだけで充分だから――だから。

「早く帰ってきて……」

正面きって、そう言いきれる権利が欲しい。いっそ本当に奥さんにでもなれればいいのに、ここに住めたらいいのにと思いながら、つれない男の残り香を探して、布団に顔を埋めた未直はくすんと洟をすすった。

＊　＊　＊

棚上《たなあ》げにしていた問題、というものは、いずれツケのように一気に片づけざるを得なくなるらしい。いつまでもこのままでいいわけはないと知っていたけれど、未直が自分の今後についていやでも考える羽目《はめ》になったのは、そろそろ季節が冬に移ろうかというある日のことだった。

そのころ、明義はますますアパートに戻らなくなってきていた。

『夕飯は適当にしておけ。またしばらく戻れないから、施錠《せじょう》は気をつけろ』

メールさえもひさしぶりだった。たまに顔をあわせたときにも、彼がびりびりした気配を纏っているのは察していて、未直はかつてのように気軽にメールすることも、電話をすることもできなくなっていた。

『それから、俺を訪ねてきたやつとは口をきくな。相手がどこかへ案内すると言っても聞き入れるな』

具体的なことはいっさい書いていない。けれどなにかひどく剣呑な事態に彼が直面していることは知れたので、未直は『わかった』と返す以外どうにもできなかった。

（片づくって、いつになったら、なんだろう）

やはり危うげなことに関わっているのか。ここに自分がいることで、明義に無用な神経を使わせているのか。本当は問いかけたいけれど、「そのとおり、邪魔だ」と言われるのが怖くて、未直は必死に目を逸らし続けている。

とりあえず、騒ぎにしたくはないので高校には通っている。することもないから勉強だけはして、成績はむしろ以前よりあがったくらいだが、テストの点があがっても目的のない勉強はただむなしいばかりだ。

日に日に青白くなっていく顔色に、担任や松田らは心配そうな表情を向けていた。しかし、触れたら切れそうな気配を纏う未直に対し、身体の心配以外の言葉をかけることはできなくなっているようだった。

　未直のもとに、家族からのメールが舞いこんだのは、寒さと心理的な疲労に未直が疲れきっていた、ある日のことだった。

『話があります。週末になる前に、一度、家に帰ってきなさい』

　数ヶ月にわたる家出状態になんの干渉もされなかったことで、自分の処遇《しょぐう》を真野家の面々がどうするつもりなのかはなんとなく見えていた。なぜなら、数日前にチェックした銀行の預金口座のなかに、とても小遣いとは思えない、七桁《ななけた》の金額が振り込まれていたからだ。

　メールを見て数日、未直は迷った。週末になる前に――というのはおそらく、兄の都合だろうと思う。そして木曜になり、いよいよ明日しかないと踏ん切りをつけて実家におもむいた。

　家に顔を出すとそこには兄が待ちかまえていて、未直名義の預金通帳を差し出してきた。

「これ、なんですか」

　能面《のうめん》のような表情の未直が、平坦《へいたん》な声でよそよそしい口調で話すのは、絶望を通り越すと人間はいっさいの反応ができなくなるからだった。だがそれがふてぶてしい居直りとでも見えたのだろうか、兄は神経質そうな眉をひそめ、こう言った。

「きみはもう、家に戻ってくる意思がないんだろう。数ヶ月もの間連絡もよこさずに、平然としているようだから、いっそこの金で好きにすればいい」

　こんな話をするというのに、家には父も母も、いなかった。要するに、扶養《ふよう》義務が済んだら顔を出すなと言われたのだと未直にもわかった。それでも殴られたり、無一文で追い出されたり、罵られない――いまさら罵ることさえむなしいのかもしれないが――から、まだやさしい扱いなのだろう。そう納得するしかないと、未直は嘆息《たんそく》を飲みこむ。

そんな金はいらない。そう言い張ってもよかったが、さりとてこれからの自分の状況を考えると、いらぬ意地を張っている場合ではないのだろう、そう思えた。

「わかりました。いただきます」

だから頭を下げて受けとると、兄はいやそうに顔をしかめて居間を出ていった。かつては自分の部屋だった空間に入り、必要なものをあれこれと鞄に詰めていく。いままでも、何度か家《か》人《じん》の不在を見計らって荷物を取りに来てはいたが、今日のこれが本当に最後かもしれないと未直は思った。

子どもが出ていくというのに顔を見せもしない親たちについて、なにも感情を乱されることはなかった。とうにあきらめきっていたのかもしれないし、考えることを頭が拒絶していたのかもしれない。

家での、話しあいとも言えない話しあいをすませ、電車のなか、未直は何度も気分が悪くなり、駅のトイレにかけこんで吐いた。自家《じか》中毒症状が起きているのはわかっていたけれど、これも自業自得と思ってこらえた。

そして、もはや自分の家よりも落ち着く明義のアパートへと帰り着いたとたん、狭い玄関で通帳と荷物の入った鞄を未直は壁に叩きつける。

通帳ひとつで最後通牒《さいごつうちょう》を突きつけられた。まるでだじゃれだ。あまりのことに笑えてくる。

「——っ、手切れ金かっつんだよ。なんだ、おれって。ねえ、なんなんだ!」

叫んで、げらげらと哄笑《こうしょう》を漏らしたあと、未直はようやく少し泣くことができた。けれどもうそんなものは乾きかけているのか、ひとつふたつの雫《しずく》を頬に落としたあとにはすぐに引いてしまった。

頭が壊れそうだ。行き場のない感情が、発露《はつろ》の方法をなくして体内にぐるぐると渦巻いている。苦しくてつらくて、明義の布団に頭からもぐりこみ、未直は胎児《たいじ》のように身を丸めた。

(明義さん、明義さん、おれとうとう捨てられちゃった)

じくじくと全身が痛くて、未直は呻く。今日くらいは明義の顔を見たかった。けれど帰ってきてくれとメールすることも、電話をかけることもできない。

「たすけて……」

怖くて、不安でつらい。ぎゅっと布団のなかで身を縮めても、寒くて寒くてしかたない。明義の大きな身体に抱きしめられなければ、未直はどうしてここにいるのだかわからないのに。

「助けてよ、明義さん」

呟いた瞬間、メールの着信音があった。明義のそれだと、音で察した未直はがばっと跳ね起きる。つらい、つらくて怖いから、なにか安心する言葉がほしい。

そう思ったのに、喜色《きしょく》を浮かべた未直の表情は、メールの文面で一気に凍りつく。

『まだ帰れない。もしもだが、場合によったら一度、家に戻れ。そっちまで手がまわらない』

何度も何度も読み返して、未直は指先から血の気が引いていくのを感じた。

説明もなにもない、そっけない文章なのは毎度のことだ。だが、よりによってこのタイミングで、こんなメールは読みたくなかった。

「……帰れないんだよ」

返事もできないまま、目の前がぼやける。大好きなひとのメールは、どんなに苦い言葉でもちゃんと目にしていたいのに、もうそれもできそうにない。

「帰れないよ。明義さん、おれ帰るとこないよ。女にしてくれたんじゃないの？　セックスしてくれるんじゃないの……？」

呟いて、全身ががたがた震えた。手のなかの携帯を握りつぶす勢いで、未直は睨みつけた液晶を振りかぶり――けれどさきほどの鞄のように、壁にぶつけることをやめた。

そんなことをして、明義のくれたメールが消えてしまうのは哀しい。

「ぐ……っ」

また嘔吐感《おうとかん》が襲ってきた。最近は精神的にまいるとすぐにこれだと思いながら、未直は台所のシンクに駆け寄り身を屈《かが》める。だがもう、さきほど帰途でさんざん吐いてしまったため、苦い体液程度が少量こぼれただけだった。咳《せ》きこんで床にしゃがみこみ、生理的な涙をこらえ

て未直がうずくまっていると、玄関の扉がこつこつと叩かれる音がした。

「は、い……」

「すみませーん、三田村さんご在宅ですか」

新聞勧誘かなにかだろうか。扉は開けないまま、未直が警戒しつつ「おれ、留守番です。三田村さんはいないです」と答えると、しばしの沈黙のあとにまた声がする。

「あのさ、もしかしてあんた、この間ここの外で会ったバイトの子？」

「え……？」

未直はそっと、玄関脇の台所の小窓から外を覗いてみる。するとそこにいたのは、先日アパートの前で声をかけてきた男だった。未直の視線に気づいたのか、愛想笑いを浮かべて手にした書類袋を掲げてみせる。

「悪い。ちょっとどうしても渡しておいてほしいもんあるんだわ。開けてくれない？　これ、どうしても三田村さんに渡さないとなんないんだわ」

「でも、三田村さん、しばらく帰ってこないって言ってたんですけど」

「え、マジ？　困ったな……あのさ、あんた連絡つけられる？　俺、こっちからは電話すんなって言われてんだよ」

笑いは浮かべているが、どこか切迫《せっぱく》した口調だった。未直はメールの言いつけを思い出してひどく迷うが「頼むよ」と繰り返されて心が揺れる。

「ちょっと予定外で、すぐ取って返さなきゃなんねえんだ。これ渡してくれるだけでいいから。てか、早く渡さないとまずいんだ、あのひとも」

警戒心はほどけないものの、もしも必要ななにかであれば、明義が困るかもしれない。おずおずと扉を開けると、男はとくに踏みこんでくることもなく、A4のずっしりとした書類袋を未直に手渡した。

「あの……お名前は」

「SJから伝言、チャンの書類を受け取りって、そんだけ言えばわかる。悪いね」

暗号のようなそれを、未直は忘れないうちにとメールに打ちこんだ。だが、男はじっとそんな未直を見つめて、立ち去ろうとはしない。

「なんですか?」

「うん……あのさ。あんたさ、ほんとにバイト頼まれてる? あの旦那、ほとんど帰って来ないよな? 飯炊《めした》きと買い出しって言ってたけど、あれ嘘だろう」

いきなり言われて、未直は取り繕うことができなかった。ぎくっと肩を強ばらせて黙りこむと、なにか勝手に納得したのか、嘆息した男は「悪いこと言わないけど」と続ける。

「あんまりあの男に、関わらないほうがいいと思うよ。どういう事情があってこんなバイト引き受けてるのか知らんけど、あんたみたいなお坊ちゃんじゃあ、いろいろ無理だろう」

「無理って……なんで……」

なにか、未直の知らない明義の事情を知っているらしい男の言葉に、背筋がぞくっとする。かすかに怯えを滲ませて上目に見た男は、ゆるくかぶりを振ってみせた。

「知らないなら知らないでもいいと思うがあんた、ほんとに早くうちに帰りな。やばいから」

「やばいって、明義さんがですか？」

問うと、男は呆れたように言った。

「あんただよ。そんなナリでいま、あのひとのそばうろついちゃまずいだろう。ほんとになにも知らせてねえのか？　それとも……」

ひとりごとのような言葉を切り、男は再度、制服姿の未直をじっと眺めた。その動作は、先日はじめて会ったときと同じもので、にわかに膨れあがる不安感と混乱から、未直は急いた口調でたたみかけた。

「だから、なにが……なんなんですか？　この間、手段選ばないとかなんとかおっしゃってたけど……どういうことなんですか？」

「まいったな、いや、これは俺の邪推《じゃすい》かもしれないから」

苦い表情から察するに、男は見た目ほどすさんだ性質ではないようだった。むしろ未直に対して同情的な目を向けてきて、危ないことに関わるなと告げてくる。本能的に、あと少し揺さぶればなにかを知ることができると察し、未直は彼の腕を掴んだ。

「教えてください。おれ、本当になにも知らないんです。でも知らないままで危ないことになるの、やです」

未直の必死の形相に、男は相当に悩んだ顔をみせつつも、低く唸った
「あのひとが、ちらっと言っただけだから。俺も全容《ぜんよう》は知らない。ただ……」

言いよどみつつ、男はちらりと未直を眺める。身がまえつつ、言ってくれと目顔でうながすと彼は深々と息をつき、「俺がばらしたって言わないでくれよ」と念押しをして口を割った。

「いまの仕事、学生がターゲットになってるヤマなんだよね。それで三田村さん、囮《おとり》が必要みたいなこと言っていたから、もしかしたらと思っただけだし」

「学生……囮？　いったい、なんでそんなの」

そもそも仕事とはどういうことだ。いやなふうに鼓動を乱しながら未直があえぐように問うと、男はここまで言えば同じと小声で口早に言った。

「どうしても引きずり出したい相手がいるらしい。あんた、脱法ドラッグって聞いたことあるかな」

「し……って、ます、けど」

テレビのニュースでは耳にしたことがある危うい単語に、未直は息を呑んで青ざめた。その表情をみとめ、男は眉をひそめる。

「あのひとが関わってんのは、そういうヤマだ。もうわかったろ、悪いこと言わないからおうちに帰って、ママのスカートのなかにいなよ」

「ヤマって……あのひと、いったいなにしてるんですか」

真っ青なまま唇を震わせて未直が問うと、男は怪訝そうな顔をする。

「待ってくれ。あんた、それも知らないのか」

「教えてくれないんです。明義さん、いったい、どういう仕事してるんですか。どういう状態なんですか」

未直の問いに、男は本気でしまったという顔になった。そしてあわてて周囲を見まわし、未直に対して手をあわせてきた。

「すまん！　そういうこととは知らずに喋りすぎた。とにかくその書類だけ渡してくれ、中身は見るなよ！　それじゃあ！」

「あ、ちょっと！」

男は逃げるようにして未直の腕を振りきり、走り去ってしまった。呆然としたまま、未直は取り残される。ざわりと首のうしろが総毛立ち、その場にへたりこんだ。

（ドラッグ……囮？　なにそれ、どういうこと）

ぐるぐると、男の残していった物騒な単語ばかりが頭をかけめぐった。日常を平穏にすごすだけなら、けっして関わることのないような言葉の羅列《られつ》に、未直はどうしていいかわからない。

やはり明義は、未直が怯えつつ予想していたとおり、裏の世界に生きるひとなのだろうか。

手のなかに残されたのは、重たい書類袋と、メモを入力しかけた携帯。中身を見るなと言い置かれた、これはいったいなんなのか。

がくがくと手が震え、未直は茶色い封筒を凝視した。感触から、ぎっしりと書類の詰まっていそうな感じがする。

「なにが……あるんだろう」

呟いた自分の声が、他人のもののように嗄れていた。そして、怯えから来る好奇心を捨てきれず、未直はその封筒を開いてしまう。

現れたのは、大量の書類コピーと複数の写真だった。

書類は化学記号のようなものと、おそらくはパソコン等で用いられる専用のプログラム言語ではないか、というもの。写真はどうやら望遠レンズを使ったか、隠し撮《ど》りしたらしく角度はすべて不自然なものだが、【A】と付箋《ふせん》が貼られたものには学生らしい数人の男性と、スーツを着た男性が写真には納められている。

そして、その連中がいる店の内装に、未直は覚えがあった。

「これ新宿の、あの喫茶店？」

明義が近づくなと言った、寂れた店のなか。男たちはなにか密談を交わすような気配で顔をつきあわせている。そしてべつの写真には、どこかのクラブらしい店に、これは学生のみで、同じ面々が集っていて、それには書類が添付されていた。

『ＣＬＵＢワン・アイド・マリア六本木《ろっぽんぎ》。Ｘデイは金曜１９３０。写真ＡはＳＮＪＫにての

〈張〉と〈対象A〉接触後。ターゲット十代、小遣いの範囲内で購入可能＝【7】は一、【5】は二パケ?』

写真から察するに、ＳＮＪＫは新宿のローマ字表記から母音《ぼいん》を抜いたものだろうが、それ以外はどういう意味だろうか。

暗号のような文章をまじまじと見つめ、未直はさきほどの男の伝言を思い出す。

――ＳＪから伝言、チャンの書類を受け取りって、そんだけ言えばわかる。

張、とはたしか、中国語で『チャン』と読むのではなかったか。少しも意味はわからないけれども、このクラブで、なにかが起きるのだと思う。

金曜。今週の金曜のことなのだろうか。そして『１９３０』は、おそらく夜7時半。つまりは明日、ここでなにが起きるのだろう。

「そうだ……検索」

未直は携帯のメモを保存すると、検索サイトにアクセスする。明義のメールを保存するためだけに最新機種に買い換えていたため、このところネットを見ることはしていなかったが、フルブラウザ対応型のそれは強力な検索サイトを見ることができる。

「あった！」

ワン・アイド・マリアで検索をかけると、たしかに六本木のクラブが引っかかった。そして明日の夜十時半から、ＩＤフリーのＤＪイベントがあるという告知がなされている。

イベント自体は学生のイベントサークル主体で、フロアを借りきってのものらしい。そのため、店のサイトではなく外部リンクでイベントの告知ページが表示されるようになっている。

そして未直が引っかかったのは、DJの名前やドリンクワンコイン、などの詳細の下、告知ページの末尾にあるごく小さな字で表示された一文だった。

『通常フロアはノーID。ただし7：50のVIPルームスペシャルイベントは、事前告知メンバーのみ通過可能』

（七時五十分……なんでそんな半端《はんぱ》な時間なんだ）

そして書類にある文章と、クラブのサイトを見比べ、未直はしばし考えた。その間も、耳に残る、男の言葉がずっと脳内に反響している。

――囮……ってのと、学生がターゲット、って話を耳にしただけだ。

七時五十分。【7】と【5】。これがおそらくドラッグかなにかの隠語か、符丁《ふちょう》なのではないのだろうか。おそらくは、この書類の束も、なにか重要な意味があるに違いない。

その意味や目的、出来事の全容は未直には皆目《かいもく》わからない。けれどおそらく彼が、明義が未直をその囮にでも使うと考えたのであろうことは予想がついた。けれど未直は、いっそかたくななまでにこのことを知らされてもいないし、できる限り身辺《しんぺん》に気をつけろと言われてもいる。

（それだけは、ない。でも――）

ここに行けば、なにかを知ることはできるのだろうか。未直が目を瞑《つむ》り続けてきた、そして明義が隠し続けてきたなにかが。そして、その『ヤマ』とやらが片づいたなら、明義は——帰ってきてくれるように、なるかもしれない。

（おれ、できるかな）

未直は、囮になれるだろうか。明義の役に立てるだろうか。そうしたら、褒めてくれるだろうか。もう少しだけでも未直をかまってくれるようになるだろうか。

ふとした思いつきは、そのときの未直にはなぜかすばらしい考えのように思えた。

（失敗してもどうせ誰も、哀しくないし）

親兄弟に見捨てられたのに、面倒をかけている好きな男にまで家に帰れと言われてしまったのだ。どうせ行くさきもないのだから、なにもかまわないのではないだろうか。

未直はしばし考えこんだあと、さきほどの男が残していった伝言のメモを携帯から削除した。開けてしまった書類袋のなかに、丁寧に写真と書類を戻す。

そして未直が携帯のアドレス帳を開き、メモリから呼び出したのは——明義ではなく、クラスメイトの松田のナンバーだった。

「松田？　おれ。あの……あのさ、六本木のワン・アイド・マリアって、知ってる？」

＊　　＊　　＊

クラブ遊びなどというものをしたことのない未直の誘いに、松田は驚きつつも乗ってきてくれた。

六本木にあるというその店は、店名のとおり片目を手で隠したマリア像が下からのライトを浴びて、青白く荘厳《そうごん》に客たちを見下ろしている。本店は渋谷にあるというが、この店の系列店には必ずこのオブジェがあるのだそうだ。店内構成は、地上二階地下一階から成り、一階はエントランスとバー、地下一階がクラブスペース。二階部分にはどうやらオフィスがあるらしい。

「すげえ意外、真野がこういうところ来たいなんて」

「急に呼び出して、ごめんね。ちょっとね……興味出たんだけど、ひとりじゃ怖くて」

「いや、わかるよ。俺もここ来たことないんだ。ふだんＩＤチェック厳しいんで、遊びの範《はん》疇《ちゅう》からはずしてたから」

未直の高校では比較的遊ぶほうでとおっている松田だけれども、このお高そうなクラブには足を踏み入れたことがなかったらしい。やっぱレベル高い、と少し興奮気味にはしゃいでいて、未直はいささか申し訳なささを覚えた。

「あの、連れてきてくれただけで充分助かったから、あとは好きにしてていいよ」

「なに言ってんだよ、一緒に遊ぶんだろ？　俺、真野に誘ってもらえて嬉しかったのに」

「え……なんで」

さしてつきあいも深くなく、親しいというほどでもなかったのに、と未直が首をかしげると、松田はわかってないなという顔をした。

「真野って静かだから目立たないけど、感じいいじゃん。でもまじめそうだから、俺らとか相手にされてねえかなと思ってた。合コンとかも断られるの、くだらねーからかなって」

「えっ、そんなことないよ！　あれは用事があって」

未直がそれは誤解だとあわてると、松田はからっとした笑いで肩を叩いてきた。

「うん、わかってるわかってる。これからも遊んでな」

「う……うん」

「それに真野、ルックスいいからオネーサン系に人気出そうだしな」

にやりとしてみせたのはわざとだろう。思わずつられて笑ってしまいながら「それはどうかなあ」と未直は眉を下げた。

「あ、ともあれなんか飲もう。ここワンドリンク必須《ひっす》だろ」

「うん。あ……とってこようか？」

「いいよ、俺行ってくるよ。真野、テーブル確保しといて。あ、変なやつにナンパされないように気をつけろよ！」

「わかったよ」

ナンパしようと言ったりするなと言ったりどっちなのだ、と苦笑する未直はこのとき、友人がなにを案じたのかわかっていなかった。

（別世界って感じ）

ＤＪイベントということで、フロアスペースは踊れるようにと広く取ってある。壁際にスタンドタイプのテーブルが数組あるだけで、そこはすでに奪い合いだ。店の後方、出入り口付近にはカウンターがあって、そこには制服のシャツとキャップをかぶったバーテンがいる。

フロアではすでに音楽にあわせてリズムを取っている面々も多いが、まだ真打《しんう》ちの人気ＤＪとＭＣがいないせいか、ゆるやかな空気だ。

未直はむろん、こんなクラブに足を運んだことなどない。音楽についても兄や父母に連れられていったジャズかクラシックのコンサートくらいしか知らないし、ずんずんと足下から響いてくるクラブサウンドにお腹《なか》が落ち着かない気分だった。

だが、臆している場合ではないだろう。どうにか松田を言いくるめてまかないと――と考えつつバーテンのいるほうを見やると、友人は早速《さっそく》きれいな女の子を捕まえて話しこんでいた。

「心配するまでもないか」

あの調子なら、しばらくは戻るまい。未直はきょろりと目を動かし、手元の携帯で時刻をたしかめると、七時四十分になろうかというところだった。

店の入り口にあったプログラムでは、その人気ＤＪは十九時五十分から登場予定となっていた。つまりは『７：５０』。おそらく、このＤＪイベント自体が、真打ちの『イベント』の目くらましで、楽しんでいる彼らの大半は、なにも知らないのだろう。

（あと十分か。急がなきゃ）

内心で松田に詫《わ》び、こそりと未直はその場を離れた。幸い、三百平米《へいべい》弱というフロアスペースはひとの波に埋められているため、一度はぐれればお互いを見つけるのは少しむずかしい。

ＶＩＰルームはいったいどこにあるのか。本来のそれは一階のバーから通過する奥向きにあるらしいが、のこのこと未直が行って入りこめるものだろうか。

あらためて、なにひとつ考えてもいなかった自分に気づくけれど、いまさらのことだ。

今日のために、一夜漬けながらいろんなサイトをめぐっていた。それから明義の漏らした言葉や、あの謎の男が残した資料からいろいろ読みとって、危なげなことは店の奥向き、もしくはトイレ付近で行われるらしいことを知った。

緊張に、未直は震える。自分がとんでもない世界に足を踏み入れようとしているのもわかっていたけれど、もう決めたのだと注意深くあたりを観察した。

こっそり近づいてよく見ていると、顔色の悪い何人かがバックヤード付近で出入りしている。あきらかにこそこそしているわけではないけれども、耳打ちをしたり、手のなかに素早くお札《さつ》のようなものを握らせたり。

時刻はそろそろ七時五十分になる。フロアはいよいよＤＪが登場し、わっと歓声があがっている。誰も彼もが、盛り上がりを見せはじめたステージパフォーマンスに夢中で、店の隅《すみ》の暗がりなど見てもいない。

だが、未直はその怪しげな一角に、どうしても近寄ることができないでいた。

(怖い)

覚悟を決めたなどといっても、なにができるわけでもない。遊び慣れてさえいない、ただの高校生が、本当にこんなことをしていいんだろうか。不安と、いまさらしりごみする自分への情けなさで未直が唇を噛んでいると、いきなり肩を叩かれた。

「なにしてんの?」

「あ……」

見るからに派手な金髪で、唇にピアスをした男が、笑いながら未直の肩を抱いてくる。顔立ちはかなり端整で、けれど覗きこんでくる目は濁り、少しも表情がない。ぞっとするような冷たいそれに未直が震え、とっさに周囲を見まわすと「おっと」とさらに強く抱きこまれた。

「さっきから、あっちずっと見てるけど。ステージ見ないの?」

「あ……あ……あの……」

物腰も口調もやわらかいけれど、喋るたびにちゃらりと揺れるピアスチェーンがまがまがしい空気を醸《かも》しだしている。小さく震えながら、未直はつい、あの暗がりのほうを見つめてしまった。

「なにか、気になるものでもあるのかな……? はじめて見る顔だよね、ひとりで来たの?」

「ともだち、一緒だったけどはぐれて……どうしようって」

だが、よく気をつければ男に恫喝するような気配はない。未直の肩も力任せに掴むと言うより、撫でまわすように触れてきていて、もしかしてこれは——と未直はとっさに頭を働かせた。

「……あ、の。噂《うわさ》。聞いた、んです」

「噂？　なんの」

「なな、と、ご……って。なんか、いいこと、あるって」

怯えと緊張に、未直の声はひどく幼くなった。怖くて涙目になったまま、じっと上目に男を見つめつつ、ばれたらどうしよう——と身を硬くしていると、なぜか相手は息を呑む。

「ねえ。かわいいね。いくつ？　その服、いいね。似合ってる」

「え、あ……十八……ありがと」

男にかわいいなどと言われたのも驚いた。未直なりに気を遣い、クラブに来る前に、松田のアドバイスで遊ぶための服を購入して着てきたけれども、似合っているのかどうか自信はない。どう答えればいいかわからないのだが、褒められたのでとりあえず、褒めて返すことにした。

「そっちも、ピアス、かっこいい、ですね」

「そ？　ありがと。ね、ここだけじゃなく、こういうとこ来るのひょっとしてはじめて？」

嘘をついてもしかたないので、こくんとうなずく。

「だろうな。目立ってるもん。慣れてなさそうで」

「あ……やっぱり、浮いてますか。ダサイのかな」

肩を落とすと男はそこで、本物の笑いを浮かべてみせた。

「ダサくないよ。言ったじゃん、かわいいし、センスいいよ。みんな見てるし」

「あ、ありがとう……?」

また褒められても、腑に落ちない。おまけに肩を抱いていた腕はするりと下がって、未直の腰まで降りてきた。

(なに、なんだこれ)

未直は、ただ混乱する。本来のあどけなさや頼りない雰囲気の顔立ちが、やたらと周囲の注目を集めているのだが、それが主に男性からのものであることに、ほかのことに気を取られた未直はさっぱり気づいてもいなかったし、腰を抱く腕の意味もわからない。

そもそも未直はゲイである自覚はあるくせに、自分が誰かにそういう目を向けることはあっても、相手から向けられるという意識がまるでないのだ。

だから、自分が濡れたような目で震えながら男を見あげ、淡い唇から困惑の吐息を漏らすことの意味も、それに男が目を光らせることの意味も、理解できない。

「ウブっぽいのに、案外悪い子だなあ」

「え、な、なんで?」

ぐっと腰を引き寄せられ、いきなりの近さと嫌悪に身が固くなる。だがそれをただの驚きと取ったのか、相手はさらに未直の身体をまさぐってきた。

「自分で言っただろ。【7】と【5】、欲しいの？　いくら、持ってる？」

「あ……」

「あとね。びびる子は多いけど、そんなにあからさまじゃまずいよ？　怒られちゃう」

未直はその言葉に、自分のおどおどした態度のおかげで売人《ばいにん》に声をかけられたのだと悟った。

そして下手な芝居を打つよりも、素直に接してみようと思う。

夜遊びには慣れないくせに好奇心はある、頭の悪い子ども。いまの未直はきっと、男の描いているイメージそのままだ。ただ、その好奇心は危うげなことに向けられているわけではなく、明義のために知りたい『なにか』であるだけで。

「お金あんまり、ないんだ。う、噂聞いただけで。気持ちよくなるって、ほんと？　やなこと、忘れられる……？」

おどおどとしながら見あげると、男はにんまりと笑って未直の腰を撫でまわす。

「その話は、こっちに来てしようか。予定とは違うけど、きみかわいいから、特別にＶＩＰにしてあげてもいいよ」

「う、うん。……あの、お尻……離して？」

ゆっくりと未直の尻を揉んでいる手に自分のそれを重ねたのは、やめてほしいという意思表示のつもりだった。だが相手は誘いと取ったのか、さらに手つきを卑猥にしてくる。

「誘うのうまいね。ほんとは慣れてるのかな。感度いいし」

「やん！」

ソフトな素材のパンツ越し、ぐ、と指を強く突き立てられたのは、未直の尻の奥だ。明義しか知らないはずの場所を、布越しとはいえ触れられたことがショックで身を硬くすると、手を離した男はにやっと笑ってみせる。思わずあとじさると、強く追っては来ない。けれど未直の腕だけは掴んだまま、男は囁くように言う。

「その反応じゃ、少なくとも男は知ってんだな。……それなら楽しめそうだ、こっちおいで」

「怖いこと、しない……？」

「第七天国に連れてってやるだけさ。全部、忘れて飛べる」

芝居がかった口調の男は、甘いのにぞっとするような響きだった。このまま連れられていったさきに待つのは、天国なのか――地獄か。

「ちょ、ちょっとだけ待ってもらっていい？」

「なに？」

未直が脚を踏ん張ると、男がにわかに殺気立つ。やはりやさしげなのは見せかけだけかと固唾を呑み、未直は精一杯の言い訳をした。

「のど、渇いちゃった。あと、ともだち心配するといけないから、メールだけ。ここ、電波通じますか？」

「ドリンクならなかでも飲める。いまちょっと交渉してくるから、その間に早くしな」

いきなり横柄《おうへい》な態度になるのは、やはりあまり正気ではないからだろうか。未直は震えつつうなずいて、男がこちらを見ないうちに手早くメールを打ちこんだ。送信先は、明義。

『75VIPOEM』
7、5、VIP、ワン・アイド・マリア。たぶんこれで明義には通じるはずだ。念のためすぐにメールは削除し、続いて松田宛にメールを打つ。
『はぐれちゃった、ごめん。空気に酔っちゃったんで、さきに帰るね』

「終わったのか？」

男が携帯を覗きこんできたのは、その瞬間だった。いま打ち終わったから、と口のなかでぼそぼそ答えつつ、未直は内心ひやひやしながら携帯をしまった。

「じゃ、来いよ。こっちだ」

未直の腕を掴んだまま、男は階段をのぼりはじめた。引きずるようなそれに怯えつつ、なにか知ることができればと未直はこらえる。バーのなかを横切り、バックヤードらしいほうへと向かう途中、ドアを閉めるといきなり音がかき消えた。

「こ……こっち、静かなんですね」

「防音だからね。部屋のなかは、フロアと同じ音楽流れてるよ」

つまり、逆をいえばこのなかでどれだけ叫んでも、誰にも聞こえないと言うことだ。ぐびりと喉を鳴らし、いったいこのさきになにがあるのかと未直は身がまえる。

そして——男が「ここだ」と開けた、VIPルームとプレートのかかった部屋のなかに足を踏み入れた途端、衝撃に身動きひとつできなくなった。

「いい感じだろ？　もうみんな、できあがってる」

「あ……あ……」

がちがちと歯が鳴ったのは、そのあまりに異様な光景のせいだ。半裸《はんら》の男、全裸《ぜんら》の女、十数人はいるそれらが相手かまわず絡み合い、フロアと同じ大音量の音楽のなかで、折り重なってセックスをしている。

部屋に充満するのは甘ったるいお香《こう》のようなにおいと精液や汗の異臭。皆一様《いちよう》に多幸感をたたえた顔でうつろに笑い、妙な器具を尻や股間に埋めている者もいる。

しかも、乱交というだけで尋常なことではないのに、ときには奇声をあげて相手を打擲《ちょうちゃく》し、鼻血を出しながら腰を振っている者までいて、未直はぞっと全身の肌を粟立《あわだ》てた。

（なにこれ）

異常な光景に思わずあとじさったけれども、男が強く肩を掴んで離さない。

「喉渇いたって言ってたな。こっちにおいで、ドリンクつくってやる」

引きずられるようにしても、未直はもう声も出なかった。大きな目には涙がいっぱいにたまり、どうしてこんなところに来たのかという後悔しか胸のなかにはない。

「いきなりあそこまでやらないよ。まずはこれ飲んで。イイ感じになったら、ゆっくりかわいがってあげる」

「なに……するの……？」

「オモチャとか、遊んだことないだろうからね。どうしようかな？　痛いの嫌いそうだから、最初はいいことだけしようね。だいじょうぶ、軽いのだから」

男の口調だけはソフトで、けれど未直に持たせたグラスを離すことは許さない。もう泣き出しそうになりながら、これを飲まないことにはいつ暴力をふるわれるかわからないと、未直は観念してドリンクに口をつけたが、その味は強烈すぎた。

「……っげふっ」

「おいおい、こぼすなよ。これもけっこうするんだから」

かっと喉が熱くなるのは、酒のせいだけではない。異様なまでに刺激が強く、げほげほと未直は噎《む》せた。それでも無理やりグラスを押しつけられ、半《なか》ばほどまで嚥下させられる。

「あとはちょっと、そうだな。あそこのソファででもごろんとしてなよ」

空間を遮断されたＶＩＰルームの奥には、一面ガラス張りの窓があった。そこからは踊り狂うフロアが一目瞭然《いちもくりょうぜん》で、けれどあのフロアにいたときこんな窓は見えなかったから、おそらくマジックミラーか、なにかの目隠しがされているのだろう。

「我慢できなくなってきたら、言って。あと吐きそうなら、それもね」

「は……い」

少しゆっくりしていれば、そのうちなにか効《き》いてくるといわれ、怖くてたまらなくなった。

寝かされたソファはパーティションで区切られていたが、その向こうは男女入り乱れての乱交状態。おまけに、男は寝ころんだ未直の尻や胸を揉んでくる。

「いや……」

「さすってるだけだよ。いい気分になるまではしないから、リラックスして」

触れられるのは鳥肌が立つほどいやなのに、酒のせいか、そのなかに仕込まれていたもののせいか、身体がだるくて、これでは逃げようにも逃げられない。おまけに、さするだけと言いながら、男はあきらかに興奮して股間を膨らませている。このままではまずいと怯えた未直は、どうにか気を逸らせようと、うまくまわらなくなってきた口で話を本題に切り替えた。

「さっき飲んだの……が、7とか、5、なの？」

「いや？　のっけでそれはハードだから、まだ軽いのだけ。本物は、こっち」

もう共犯と見なしたのだろう男は未直に笑いかけ、尻ポケットからピルケースのようなものを取りだした。

「飲むタイプが7……5のほうは、ここから、入れる」

「ふあっ」

未直の尻をぐっと掴み、さきほどと同じように奥まった場所を指でつついてくる。ぶるりと未直が震えると、男は自慢でもするかのように言った。

「7は7th Heaven《セブンスヘブン》、5は5meo-dipt《ファイブ・メオ・ディプト》。通称で、ゴメオっていうんだけどね。数年前にいろいろ厳しくなって、入手がむずかしくなったんだ」

「ん……やっ」

レアなんだよと語りつつ、男は未直の横たわるソファのなかほどに腰かけた。片手で未直の身体を触りながら、ボトムのうえから自分のそこを握っている。

「あ……乳首、いやっ」

「胸触るといいの？　乳首とか言っちゃうんだ、やらしいな……ねえ、名前なんて言う？」

「み……みす、ぐ……っ」

きゅんっと小さなそこをつままれると、未直は悲鳴をあげてのけぞる。そして妙だと思った。いつもなら、ここは明義にゆっくり長くいじってもらわないと感じてこないのに、男の指がかすめただけで一気に腰がずんと来る。

「ふふ。ミスグちゃんか。かわいいよね。もっとくりくりしちゃおうかな」

笑いながら、男は自分のそれをいじるより未直をもてあそぶことに決めたようだ。両手でじりじりと、服のうえから胸をまさぐられ、跳ねあがる股間に自分のそれを押しつけてくる。

「あっ、だめっ、いや！　そこいや！」

「やじゃないでしょ、ここ、もうこりこりしてるよ」

強引に、男がシャツをめくりあげてきた。ひりついた肌が視線にさらされ、抵抗した未直の腕は両方、男のそれに掴まれて頭上に押さえつけられる。

「反応いいなあ。はじめてだからかな、効きが早いのか……それとも、もともと淫乱なのかな」

「ちがっ……ちがう……っ」

未直はもう、半ば意識も働かなくなってきた。時間が経つに連《つ》れ、甘い泥《どろ》のなかに思考が引きずりこまれ、そのくせに皮膚感覚だけは鋭敏《えいびん》になっていく。

（なにこれ、変……おかしい……）

乳首がふだんの十倍にも膨れた気がした。そのうち、乳嘴《にゅうし》の部分が勃起したペニスのように思えてきた。男が胸を撫でるだけで、そこから射精してしまうかもしれない。混乱した状態で未直は悲鳴をあげ続ける。

「いや……乳首がちんちんになっちゃう、おっぱい、出ちゃう……」

「出ちゃうんだ？　吸ってあげるよ、ミスグちゃんのおっぱい。俺に飲ませて」

相手もおそらくトリップしているのだろう。興奮しきった状態で息を荒くした男は、「んー」と言いながら未直の小さな胸に吸いつき、歯を立ててくる。じゅわっと濡れるのが男の唾液とわかっているのに、本当にそこからなにか出そうで怖かった。

「だめ、なんか出ちゃう……っ、やだ、やだやだ！」

「身体もかわいいなあ。あいつらに遊ばせないで、俺専用にしちゃおうか」

「ひ……」

ぎらついた目をする男の腕はかなりの力で、その痛みに未直は少しだけ正気づいた。そして、こんな真似をしてしまったら、明義は許してくれないのではないかと、それだけを思った。

(護れって、言われたのに)

ナンパもされるな、ほかの男に触らせるなと言ってくれたのに、いったい自分はなにをしているのだろう。どっと涙が溢れて、未直は泣きじゃくった。

「い……いやあ……しないでっ」

「怖いことしないってば。ふつうのセックスだけしてあげるよ、ねえ？　暴れるなよ」

ぐいと未直のシャツを頭抜きで脱がせ、それで腕の自由を奪った男は、次にボトムに手をかけてきた。快感を覚えているのに、股間は勃起する気配はない。そのことだけはほっとしたが、未直のそこを撫でさする男はにやにやと笑いながら一枚ずつ服を剥《は》いでいく。

「いま飲んだやつ。ここは使えないけど、うしろすげえよくなるよ。尻に突っこまれるのがよくなりすぎて、二度と勃起しなくなるやつもいるくらい」

「え……い、いや……っやだーっ！」

「だいじょうぶ、クスリ自体はくせになったりしないから。ただ、覚えちゃうだけ」

そんなことを覚えたくない。絶対にいやだと未直はきつく膝を閉じ、下肢をばたつかせた。だが鈍った身体ではうまく抵抗もできず、ついにずるりとボトムが引き下ろされる。そこには、男の言うとおり勃起もしていないのに、なぜかだらだらと体液を漏らす性器があった。

「うっわ、ここもピンクでかわいい……さきに舐めてやろうか？　勃たないけど、出るよ」

「もう……やあ……っ」

重低音の音楽と、パーティションの向こうから聞こえる享楽《きょうらく》の悲鳴。そんなものをBGMにして、未直はいまから犯される。

（もうだめ、助けて）

助けて、明義さん。嗚咽を漏らしながら未直が内心で叫んだ、その瞬間だった。

店の非常ベルが鋭く鳴り響き、フロアでは煙のようなものがあがっているのが見えた。慌てたように、店内の客たちが一斉《いっせい》に逃げていくのが見える。

「——っ、なんだ？　火事か!?」

未直から身体を離した男が顔に焦りを浮かべたとたん、ばちんという音のあとにVIPルームの灯りが落とされた。室内はクラブスペースの照明を受けた、曖昧な明るさしかなくなる。

「ちょっとおい、なにがどうなってんだよ!?　……うわっ」

なにがなんだかわからない、と男が鋭く叫んだ瞬間だった。パーティションが派手な音を立てて蹴倒され、薄暗がりのなかに男が吹っ飛んでいくのが見えた。

「あ……っ」

未直は状況を把握《はあく》し損ねきょとんとしつつも、さきほどのピルケースがソファのうえに転がるのを見落とさなかった。とっさにそれを、くくられた両手で拾いあげる。

「やったっ」

「やった、じゃねえだろ……っんの、クソガキっ」

目的を果たした安堵に息をついたとたん、頭上から聞こえた呻きにはっとなる。続いて、ごつっと重い音とともに頭をげんこつで殴られた。

「いたーいっ！」

「痛くしたんだばか！　なにやってんだおまえはっ、なんなんだその格好は！」

すさまじい怒声《どせい》を浴びせたのは、明義だった。さきほどのメールで駆けつけてくれたのかと、未直がほっとしたのもつかの間、冷えきった目で睨まれて息を呑む。

「ちょっとそこで待ってろ！　いいか、ここから出るなよ！」

「え、なにっ」

ばさりと自分のスーツの上着を未直にかぶせ、明義は未直を抱えあげると、さきほど自分で蹴倒したパーティションで未直を壁際に覆うようにして隠してしまった。

「声たてんな、出てくるな、守れなかったら速攻殴るぞ、わかったかっ」

「は、はいっ」

未直がびくっとしてうなずくと、憤懣《ふんまん》やるかたない顔で彼は騒がしい室内へと戻っていく。

パーティションで目隠しされているからわからないが、複数の人間が暴れている気配と、怒声、そしてパトカーのサイレンが聞こえてきて、数十分もすると室内はしんと静まりかえった。

（なにがどうなったんだろう）

未直自身、飲まされたなにかのせいで、思考がうまくまとまらない。ぼんやりとしながら、とにかく言いつけを守ってじっと小さく身を丸めていると、パトカーのサイレンが今度は遠ざかっていくのが聞こえた。

（誰も、いないのかなあ）

店内はフロアの電気も落とされてしまったらしく、完全な暗闇だ。暖房も切れたのか、寒さが襲ってくる。脱がされかけた衣服を戻したいけれど、腕が拘束されたままでうまくいかない。置いて行かれてしまったら、どうしよう。未直は不安になってほろほろと涙を落とした。どうもさきほど強引に飲まされたものは、感情や感覚を異様に増幅《ぞうふく》させ、制御できなくさせるらしい。頭の隅ではわかっていても、子どものようにしゃくりあげるのが止められない。

「うっ……ひっく……」

声を出すなと言われたのに、すすり泣きが漏れてしまった。寒いし、変な格好でいるせいであちこち痛いし、そのくせ熱っぽい身体はどうにも変で、どうしてこんなことになったのかと一気に世界に絶望を覚えてしまう。おまけに、暗闇のなかなのに目の前がチカチカして、ハレーションを起こしたような光を感じた。

（きもちわるい……なんか、ぐにゃぐにゃする）

そのままバッドトリップに入りかけた未直だったけれど、足音荒く近づいてきた誰かの怒声に、意識がどうにか引き戻された。

「俺の予定もなにもめちゃくちゃだ、まったく！　だいたいてめえは話が遅いんだよ、未直からのメールがなきゃ、ポイント絞《しぼ》れなくてどうなったかわかんねえじゃねえか！」

「んなこと言ったって、俺はちゃんと昨日、書類渡しましたよ。言《こと》づててくれって頼んだし」

「あれには伝言もなにもすんなって言っておいただろうがっ」

明義と、もうひとり誰か男の声がする。未直は聞き慣れたそれにほっとして、もぞもぞとパーティションのなかで身体を起こそうとした。

だが、それよりも早く、強い腕に引きずり出される。部屋の灯りをともされ、明暗差《めいあんさ》に未直が目をしばたたかせていると、明義が鬼のような顔で睨みつけてきた。

真っ黒なシャツは乱闘の名残か、よれて一部が破れている。頬にもまた疵のようなものをこしらえていて、未直は思わず腕を伸ばした。

「けが、したの?」

「なんでおまえがここにいる。どうしてこの場所を知ってんだ」

あどけないような声には応えることはせず、明義はまず未直の腕に絡んだシャツをほどき、衣服を直す。ひどく怒った気配に戸惑《とまど》いつつ、未直はまだどこか現実味の戻りきれない気分で問いかけた。

「どうしてって……俐、いるって聞いたから。なんかできるかと思ったから」

「なに？」

　まだ視界がおかしいようだ。ゆわんゆわんと耳鳴りもするし、灯りがついているのに明義の顔もよく見えない。それが、自分がぼろぼろと涙をこぼし続けているせいだとわからないまま、末直はふわりと笑ってみせた。

「ねえ。おれ、役に立ったかな？　ちゃんと、できた？」

「末直？」

　怒鳴っていた相手に泣きながら微笑み返され、明義は怪訝そうな顔になる。

「明義さん、このひとたち、捕まえたかったんだよね？　さっきこれ、見つけた」

ずきずき、張り裂けそうな胸をこらえて末直はさっき拾ったピルケースを差し出す。明義は無言のまま睨むばかりで、褒めてくれない。

「どしたの？　おれ……囮、できたでしょ？」

　そんな無表情でじっと見ないでほしい。胸が壊れそうでそれでも必死に我慢しているのに、泣いてしまうかもしれないから。

　もう目が見ていられない。利用されてもいいと思ったけれど、まるで感情のない目で見られることに耐えられないと末直は俯《うつむ》き、なんでだよ、と涙声を出した。

「ねえ、褒めてよ。ちゃんとおれ、明義さんの、役にっ……」

「ばかかおまえは！」

だが、拗ねた泣き声に戻ってきたのは激しい怒声と、頬を張る手だった。ぱあんと響いたそれは加減はされていただろうけれども、未直の頬を真っ赤に染めあげる。

「誰がこんなことしろっつった⁉　誰が囮だなんて言った！」

激しく怒っている明義の意図がわからず、未直はきょとんとするしかない。

「えっ、だ、だってっ」

「だってもなにもあるか、ばか！」

いままでの比ではないほど、明義が怒っている。出会いのころによく見た怒りのレベルとは、質の違う真剣な表情に、切迫感が滲んでいた。

「考え違いするな、囮ってのは本来きちんと打ち合わせして、動きを確認して行うもんだ！　こっちになんの連絡もなく無謀《むぼう》なことされちゃ、たまったもんじゃねえだろうが！」

「あ……」

聞き慣れたはずの罵声が、ずしんと胸に落ちた。硬直したままの未直を睨み、明義はばりばりと苛立たしげに頭を掻きむしった。

「そもそも声かけてきたやつには絶対近寄るなっつっただろうがっ……クソ、やっぱり家に戻らすんだった」

悔恨《かいこん》すら滲む言葉に、胸の奥がざっくりと傷つく。そしていまさらながら、自棄《やけ》に後押しされ無謀すぎた自分の行動は、明義にとって邪魔にしかならなかったのだと知る。

「迷惑だったの？　おれ、いないほうがよかったの？」

　感情の欠落した声、壊れそうな言葉を耳にした明義は、はっとしたように目を瞠る。

「未直？」

「おれ、やっぱり……いらないんだよね」

　目を潤ませたままうつろな顔で笑い、ひきつった口元で細い声を発した未直は、全身が震えるのをこらえきれない。明義は痛ましげな目を向け、またいらいらと髪を掻きむしったあと、だんとテーブルを拳で叩いた。

「誰がそんなこと言ったんだ……ああくそ、もうっ」

「ごめんなさっ……」

　その手が未直に伸ばされ、殴られるのかとびくっとした。だが明義が与えたのは暴力ではなく、痛いくらいの抱擁だ。

「このばかが。なんで心配ばっかかけさすんだ」

　ため息混じりの声に、苦さと安堵を同時に教えられ、未直は小さく洟をすする。

「明義、さん……？」

「いいか、二度と無茶するな。これでおまえがオーヴァードーズでも起こして、どうにかなってみろ、俺はどうすりゃいいってんだ」

　ごめんなさいと小声で告げると、なおいっそう広い胸のなかにと抱えこまれた。明義の鼓動がひどく乱れていて、本当に心配をかけたことを実感すると、申し訳なさと同時に嬉しくなる。

「あんな格好で押し倒されてやがって。血の気が引いた」

自分がどうにかなっても、誰も哀しまないなどと、どうして思えたのだろうか。こんなに取り乱してくれる明義を、なぜ疑ってしまったのだろう。

「ごめん……ごめんなさい、明義さん、ごめんね？」

「いい、もう、無事なら。殴って悪かったな、痛かったか」

滲んだ涙を手のひらに拭われ、叩かれるようなことをした自分が悪いと、未直はかぶりを振る。目があって、ずきりと触れられた部分が疼いた。

いっそこのままもっと、強く抱かれていたいと願い――だが、甘い時間を取り返すには、いささかギャラリーが多かった。

「……あのー、じゃあまじで？　ただの知りあいの子っすか？」

ぼそりと問いかけてきたのは、あのジャンパーの男だ。興味深そうに未直と明義を見比べる彼に対して、我に返った明義は威嚇するような目を向けた。

「てめえ新生《しんじょう》……いらねえ話未直に吹きこみやがって。なんでそうてめえは口が軽いんだよ！」

歯を剝いてがなった明義に、しかし新生という男は悪びれもしない。

「えー、俺が口軽くなかったら、情報やれねえでしょうよ。じゃあ囮に使う気がどうとかってあれは、なんだったわけですか」

「そりゃ俺自身のことだばかが！　なんのためにあんなクソな店に、用心棒もどきでこき使われて、潜《もぐ》りこんでたと思ってんだっ」

ひとの話を聞けと怒鳴る明義に、新生はなおも冷めた目をする。

「あんたがこんな調子でスタンドプレーすっから、森本《もりもと》さんは入院するし、その子だって巻きこまれたんじゃないんですかね。知りませんよ、今日のコレ厚労省《こうろうしょう》の連中から突っこみくらっても。もう少し泳がすはずだったのにさあ」

「麻取《まとり》じゃどうにもなんねえから俺がこうなってんだろうがよ！」

なにか、未直にはよくわからないことで揉めているふたりにおろおろしていると、明義の怒りの矛先《ほこさき》が再度自分に向けられ、未直はびくっと飛びあがる。

「未直も未直だ、アパート付近で声かけられても、俺とは関係ないって言えつっただろうが」

「だ、だって……おれ、それくらいで役に立つなら、いいかって」

「いいかもクソもあるか。ったくおまえら、なに考えてんだっ」

ぐるぐると唸る明義の形相におそれをなしたのか、新生は無意味に愛想笑いを浮かべた。

「ま、三田村さんもそう怒らないで。べつに暴力ふるわれたわけじゃなし、無事だったんだし」

「……無事だあ？　そうか。無事か」

だがその声に、明義はいっそう目を釣り上げる。ぎくっとしたのは未直のほうで、思わずあとじされば、じろりと睨《ね》めつけてくる明義の視線になおも小さくなった。

「男に押し倒されて、服剥かれて犯されかけて、無事か。なあ未直」

「いやあ、だから、三田村さん。男の子なんだしそれくらいは――」

もはや新生のとりなす声など無視したまま、明義は逃げかけた未直の腰を強引に抱いた。

「どうなんだ、未直？　本当になんにもなかったわけか」

「え……えっと」

なにも、というのがどの範囲までのことかわからず、未直は目を泳がせる。

（お、お尻掴まれたのとか、乳首いじられたのは言わないほうが、いいかな）

だが、黙りこんだことに答えを見いだしたのか、明義は目だけは鋭いまま、にいっと口だけを笑みの形にするという、凶悪な顔で嗤《わら》った。そしておもむろに、自分で整えた未直のシャツを、がばりと下からめくりあげる。

「ぎゃっ！」

「さっきは暗くて見えちゃなかったがな。なんだこれは、ええ？」

眉間には凶悪な皺を寄せた明義の、口の端がひくりとうごめく。未直の薄い胸には、さきほど金髪男がいじり倒した痕がくっきりと残り、小さな乳首は卑猥な赤みに染まっている。

「なにされた、未直」

殺されるかというくらいの勢いで明義が睨んでくる。未直は怖くて声も出せず、ぶんぶんとかぶりを振ったけれど、明義はどうにも容赦《ようしゃ》がなかった。

「おまえな、俺以外にこんなことされてたら、どうする気だった……？」

「え、なに、なんっ……んん!?」

こんなこととはなんだと問うより早く、未直の唇に明義のそれがかぶさってくる。嘘、と声にならぬまま呟いた唇の隙間には、しっかりと舌が忍んできた。

「んん、ふっ……ん」

新生が見ているというのに、明義は舌を絡めて派手な音を立てる。それだけでも恥ずかしいが、片方の手は残された痕を上書きするというように乳首をつねりあげ、もうひとつの手は尻を掴んで抱えあげるようにして、自分の長い脚のうえへと身体を引きずりあげた。

「や、やあっ、やっ！　だめっ」

「やーじゃねえだろ……ん？　言うこときかねえやつはお仕置《しお》きするしかねえだろが」

「あ、ん、ばか……ち、乳首くりくりしちゃだめっ」

「俺以外に乳首触らせといて、なに言いやがる」

明義のいやらしい声で問われると、もう反射で卑猥な言葉が出る。涙目で、やめてと言ったら鼻の頭を舐められ、未直はさらにかぶりを振った。

「もっとキスしたくなるから、やめて……」

「そんな感じでさっきのクソヤロウも誘ったのか」

「誘ってないっ、もうやだ、恥ずかしい、許して！」

どこからどう見ても、熱烈なカップル以外のなにものでもない姿に、新生は呆然としている。

「あー……えっと、三田村さん。それじゃその子は……」

「正真正銘、俺のコレだが、なんか文句あるのか？」

「いにゃあんっ」

明義は怒りすぎて相当キレているらしい。遠慮もなく、ぐい、と重なった腰を動かされて未直は悲鳴をあげた。甘ったるい、感じているのがばればれのそれに脳が沸騰しそうだと思う。

だが新生は平然としたもので、あらまあ、と目を丸くして口笛を吹くだけだ。

「あーらーら。いいんですか、そんなにいじめて」

「クソ。せっかくの計画はパーになるわ、こいつは無駄に勘違いして泣くわだ。多少の憂《う》さ晴らしでもしなきゃ、やってられっか！」

「ふや……あ、あ、あきよし……い？」

抱っこしたまま怒鳴られると、振動があそこに響いてじんじんする。せつない、と涙目で訴えると、あらがうでもなくくたりとする未直の様子に気づいたのか、男は鋭く舌打ちした。

「おい、えれえ反応早いな……なんか呑んだか、店で」

「わかんにゃ……らんか、にがい、じゅーしゅ……あえ？」

いよいよまわってきたのか、舌がまわらなくなっている。おまけに身体の火照《ほて》りが尋常ではない。どうして、と赤い顔のまま目を丸くする未直を抱えて、明義は新生を睨みつける。

「おい。ドリンクに仕込まれるっつったらなにがある？」

「あ、ああ。せいぜい脱法系の軽いのだけでしょ。Xとかまでは行かないと思いますが。リキッドならそこまでは強くないと思うし」

「だいじょうぶだろうな」

「うーん、たぶんこの子想定外のゲストだし。そこまでやんちゃしないでしょ。せいぜい、アルコールと合わせると興奮する程度のだと思いますけどね」

なにを話しているのかさっぱり理解できないまま、未直は明義にすがりついた。

（なんか……熱い。変……？）

身体が、倦怠感《けんたいかん》を覚えているのに変に過敏で、熱い。はちきれそうにあちこち苦しくて、ふうふうと息を切らしながら未直は自分のシャツに手をかける。

「あーあ、ボクちゃんキマっちゃってる？　三田村さん、その子まずくないっすか」

気づいたのは、話題に集中していた明義より新生のほうが先だった。明義がほったらかしている胸を自分の手でいじり、小さく身悶《みもだ》える未直に気づいた恋人はぎょっとした顔になる。

「脱ぐなばか、っていうかこら、なにしてる未直っ」

「や……あちゅい……」

ろれつのまわらない舌、朦朧《もうろう》とする意識ではもう、身体の疼き以外なにもわからない。手首を掴まれ、よせと言われても未直はぐずって、いやいや、とかぶりを振った。

「したい……したいよう……っ」

お願い、とすすり泣いて明義の身体にしがみつき、ひりひりする乳首を彼の広い胸板にこすりつける。そうすると、ぎりっと音がするほど奥歯を噛みしめ、明義はさっきの上着を頭からかぶせ、未直を隠すように抱きしめてきた。

「したいったって、どうしろってんだよこれはっ」

「ひんっ、あ、あ、あっ」

耳元で怒鳴られただけでもびりびり痺れて、未直は身体を震わせる。においも、痛いほどの抱擁もすべてが性感に直結してしまうのは、何度も煽られては逸らされた熱が行き場をなくしているからだ。

「つうかこの部屋使ってどうにかしてやったらどうです。しばらくお仲間は来ないっしょ」

「だったら新生、てめえどっか行け、見るなこれを！」

どーぞ、と呆れたように告げる男は「さっきは自分で煽ったくせに……」とぶつぶつ言っている。それに対して明義が「ここまでイイ顔みせる趣味はねえっ」と怒鳴っていたが、未直はやっぱりなにがなんだかわからない。

「誰か来たら足止めしとけ」

「ごゆっくりー。つうかいっこだけいいっすか」

なんだ、と未直を抱いた明義は苛立ちもあらわに振り返る。怯まず、新生は冷めた声で批判した。

「そんなに大事大事なら、関わらせないように遠ざけるべきじゃないんですかね。あんなとこに住ませて、事情もなにも内緒《ないしょ》ってのはないでしょうよ」

「んなこた、わかってんだよ」

だったらどうしてだと目顔で問う男に、明義は舌打ちして言い放った。

「それでも俺のを、こいつを、どうでも目の届くところに置いときたかったんだ。こうなりゃ辞職も覚悟のうえだ、なんか文句あんのか」

「……ございませーん」

「じゃあ口出すな！　どっか適当に失せてろっ」

新生を追い払った明義は、さきほど未直がいじられていた革張《かわば》りのソファへと大股に近寄った。クッションのきいたソファへびりびり痺れる身体が放り投げられ、未直は目を回す。

「ちょっとだけ待ってろ」

「え……」

すぐ抱いてくれるのかと思っていたら、明義はまた部屋を出て行ってしまう。どうして、と思いながらもう疼く身体がこらえきれず、未直は自分で脚の間をぎゅっと押さえた。頼りなく寂しい身体を包むように、明義の上着にくるまったとたん、彼のにおいが鼻先にくゆる。

「ひっん……」

明義のにおいだ、と思った瞬間、びりっと脳まで刺激が走り、甘く呻いて腰を揺する。

（もう、痛い……）

ボトムのなかで張りつめたそれが、粘膜を剥きだしにして濡れている。明義に抱きしめられた安心感から一気に身体は頂点へと向かいだし、もどかしい手で下着ごと引き下ろした。

なにも考えられずに、引きずり出した性器を未直はしごきだした。ふだんなら痛みを覚えるくらいの力でこすっても、まだ刺激が足りない気がする。男が言ったとおり、勃起しないのだ。そのくせ射精感はすさまじく、おまけにうしろもじんじんして、どうすればいいのかわからずにソファのうえで身悶えた。

「あ……あ、あー……！　出る、出ちゃうっ」

激しく腰と手のひらを上下させ、しがみついたジャケットで胸をこすってはしたない声をあげていると、頭上にすっと影がさす。未直がはっとするよりさきに、グラスを手に戻ってきた明義は一瞬目を丸くして、そのあとにやっと悪い感じに笑った。

「――なんだ。未直。待ちきれないでなにしてる」

「ご、ごめ……」

指摘されれば、さすがに少し頭が冷える。けれど、濡れたそこから手を離すことはできなくて、どうにか股間を押さえてもじもじしていると、長い腕が伸びてきた。

「なにちんちん濡らしてんだ、んん？」

「あ、……あ、はや、早く……」

ぬるっとするそこを、指先でいじられる。意地悪言うより、どうにかして。そう涙目で訴えるけれど、明義は「まずこれを飲め」と大ぶりなグラスに入った水を差しだした。

「もうまわっちまってるだろうが、多少薄めるだろ」

「飲みたくない……」

そんなものより、愛撫《あいぶ》が欲しい。訴えても明義はすげないことを言う。

「飲まなきゃなにもしてやんねえぞ」

唸った未直は、妙に粘つく喉へと水道水を流しこんだ。口をつけると案外喉は渇いていたようで、一気に飲み干してしまう。

「飲んだ……から」

「ああ。イイ子だな」

もうだめ、と腰を揺らすと、思いきり脚を開かされて、やわらかいのに濡れそぼったものを明義がくわえてくれた。こっちも、とシャツをたくしあげて胸を開くと、乳首をいじる代わりに自分で脚を持っていろと言われる。

そして軽く舐められ、尖りきった胸を両方つねられただけで、未直は一気にのぼりつめた。

「ああんっ、あんっ、い……いっちゃ、いっちゃう」

「おまえ、たいしたことなんもしてねえぞ、まだ」

「だっても、もう……っ出ちゃう」

ふるふる腰を振っていたら、しょうがねえなと笑った明義に、それを思いきり吸われる。

「ほれ、一回出せ」

「あ、吸っちゃだめ、いく、だめ、いくいくいく……っ」

こらえきれずに叫んで射精したら、明義は全部飲んでくれた。出している間中吸われるので、いつまでも絶頂感が途切れず、未直は剥きだしの脚を震わせる。

「少し落ち着いたか」

「ん……あ……まだっ……」

断続的に痙攣した脚に唇を落とされ、未直は細い息を漏らした。闇雲な射精感だけは少しおさまったけれど、まだ体内に異様な熱がこもっている。目で訴えると、苦い笑みを漏らした男は「どうしたい」と問いかけてくる。

「なにしてえんだよ未直。言ってみな」

愛撫も欲しいけれど、それよりも、疼くうしろをどうにかされたい。けれど意地悪く光る目にうながされている気がして、未直はまだ少しろれつのまわらない舌でねだった。

「……おちんちん、食べていい？」

「ああ。好きにしろ」

大きい明義に触れるのもひさしぶりで、いっぱいに口を開いてくわえた。足下に膝をつき、懸命にそれをしゃぶっていると、長い腕を伸ばした明義に剥きだしの尻をゆったり撫でられる。

「あー……いい、そこ」

「ほんふぉ？　これれ、いい？」

はむはむしながら問いかけると、喋るなばか、と明義が笑った。嬉しくていっぱいしゃぶっていると、もういいと顔をあげさせられる。

「で……なにがあった、未直」

唐突な問いかけは、鋭く真剣なものだった。ぎくっとして未直が目をうろつかせると、許さないとばかりに明義はたたみけてくる。

「いきなり新生の言うこと鵜呑《うの》みにしたのも変だし。あとさっき、なんだか言ってたな。『やっぱり』いらないってのは、なんのことだ。誰がそんなこと言った？」

勘のいい明義は、やはりささいな言葉ひとつで未直の内心を読んでしまう。だがいやなことを話したくないから、未直は曖昧に笑った。

「なんでもない……おれ、明義さんが、すき」

ごまかすつもりかと、明義は眉をひそめて「おい」と睨むが、未直は聞こえないふりをする。

「ねえ、それよりこれ、欲しい……食べていいでしょ？」

思わせぶりに舌を出して、目の前にあるものを舐めた。最初は上手にできなくて、噛みついてしまったりぜんぜんよくなかったり、さんざんな目にあわせたのに、明義は覚えの悪い未直にちゃんと上手なフェラチオの方法を教えてくれた。逆をいえば、明義の感じる方法を、もう未直は知り尽くしている。せっせと舌を動かすと、嘆息した男は未直の頭を叩いた。

「いったい、いつからそんな、うまそうにくわえるようになったんだよ」

「ん、だって……おいしい、もん」

男の性器は不思議なにおいとえぐみがある。そんなことはあたりまえで、けれど未直はこの形もにおいもいとおしかった。

(だってきっと、いまだけだ)

あと半年もない高校生活が終わったら、未直はどこに行けばいいのだろう。明義はそのあとも未直と一緒にいてくれるだろうか。

いずれにせよそんなに長い間は、きっと無理だから、それまでいっぱいエッチしてほしい。そう思って懸命に男をくわえる未直のなにを見透かしたのか、ぽつりと明義が問いかけてくる。

「おまえ、こんなんばっか覚えてどうすんだ。……受験とかいいのか」

「んー……」

場に不似合いないきなりの質問に、未直は一瞬硬直した。明義はやはりこの程度でごまかされる気はないらしい。答えずにまだしゃぶっていると、言えとうながすように頭を叩かれる。

「おい。訊いてんだろ、答えろ」

「いいんだ。そんなの。……あ、そうだ。おれこっちの商売できるくらいには上手になった?」

「……なに?」

「え、だから……前に、言ったじゃん。名器だって。だから、卒業したらそれで……っ」

冗談のつもりだったのに、次の瞬間また頬を叩かれた。今度はぺちっという程度の、あんまり痛くないのだったけれど、ものすごく明義が怒った顔をしている。

「言っていいことと悪いこととあんぞ。売り専にでもなる気か、てめえ」

「ごめ、んなさい……」

いままで見たことのないくらいのおそろしい形相に、未直は呆然と呟くしかない。だがその鈍い反応にも苛立ったように、明義はつけつけと言った。

「だいたい、俺以外の誰のナニしゃぶる気だ。男なら誰でもいいってのか?」

「ちがっ」

「ひょっとして今日のこれは、男あさりでもする気だったのかよ」

ふざけんな、と突き倒されて、未直は表情を変えないまま、静かにうつむく。泣きたかったけれど、あまりのことに涙も出なかった。

(結局、そう思われてるのかな……)

嫌われたのかと思って哀しかった。だが上からのしかかってきた明義はもっと哀しそうな顔をしていて、未直の心臓を握りつぶそうとする。

「冗談じゃねえよ。ここまで仕込んだの誰だよ」

「明義さ……」

鋭い目の奥に、炎が燃えているような気がした。苛烈《かれつ》なまでの視線に焼かれて、怖くてしかたがないのに胸が震え、両腕が明義に向かって伸びていく。

「誰が、ほかの男におまえの口汚《よご》させるか。許さねえぞ、ふざけんな」

「ごめんなさい、ごめっ……！」

噛みつくみたいに、フェラチオしたばっかりの口にキスをされて、ごめんね、ごめんね、と言いながら舌を咬《か》まれた。そのうち、ごめんという言葉は意味がない喘《あえ》ぎになって、ソファのうえにふたりでもつれ込む。遠慮もなく身体中をまさぐられ、さきほどの男に尖らされた乳首を噛まれながら、未直は自分で脚を開いて誘った。

「お尻、もっとして……」

「いじってんだろ」

「違う……指じゃいや……指、いや……っ」

ぐるぐる、太い指をまわされながら未直は腰を振りたくる。煽られたまま終われないでいる性器が激しい腰の揺れにつられて動き、エロい眺めだと笑いながら明義が舌を当ててきた。敏感な粘膜をざらりと強く舐められ、痛くてたまらないのに、たらたらとした体液が漏れる。

（すごい、すごい、すごい）

わんわんとこめかみのあたりで血がたぎっている。指だけといっても、もう三本も飲まされたそれがひっきりなしに未直のなかをいじめていて、挿入されているときと同じくらいに感じるし、腰の動きも止まらない。

気持ちいい、お尻がすごく感じる、もっといじって、もっといじめてと泣きわめいた。

「あ、も……っ、もう、入れてっ」

「早くしてほしけりゃ、ちゃんと言え」

未直も変だが、今日の明義もちょっと変だ。すごくしつこいしすごく意地が悪い。過度の快楽に、内腿はずっと痙攣している。腰はかくかくと壊れた人形みたいに上下して、こんなにしたら明日学校に行けなくなるなと思った。

(もう、いっそそれでもいいか……)

朦朧と、未直は喘ぐ。やっと触れてくれた明義の舌、指、口づけがあるだけで、もうほかのなにもいらない――欲しくない。これさえあれば、なにも怖くない。だからなにも考えたくない。ただただあえいでいたいのに、明義はなおも「言え」と言葉をうながしてくる。

「なに、ゆー……の」

「わかってんだろうが、ほら。言えよ」

それでもやっぱり明義は意地悪だった。覗きこんでくる目になにか、深いところを見透かすような色があった気がするけれども、もはや未直にはそんなこと、わからない。

(いきたい、いじってほしい、セックスしたい、したいしたいしたい)

もう頭のなかがセックスのことだらけだ。とろとろに煮つまったハチミツのようなものが未直の全身にぱんぱんに詰まっていて、ちょっと押されたらすぐに出そうでたまらない。

「あん、あ、おれ……おれの、未直、の」

「んん？　なんだ」

第三者の目がなくなり、開放感もあったのかもしれない。さっきの、乳首から射精しそうなくらいの感覚が、そばにいる明義のにおいのせいでもっとひどくなっている。

(なか、もっとぐりぐりされたい。ふといの、ほしい)

だから息を切らして太い腕に爪を立て、啜り泣きながら未直はいやらしいことを口にする。

「みすぐの、おし、お尻に、おっきい、ちんちん、ください……っ」

精一杯、まわらない頭で考えたおねだりの言葉は、しかし明義の顔色を違う意味で変えた。

「……っ、ばか、そっちじゃねえよ！　エロいこと言うな！」

うっかり出るだろうが、と明義があわてて身体を離す。なんで、と未直は目を丸くした。

「だって、してほしけりゃ、言えって……」

「あーもー……違うっつの。おまえなにがあったか言え、ちゃんと！」

「え……？」

「さっきからはぐらかしやがって。なに隠してるんだか知らんが、さっさとぶちまけろ、いつもみたいに！」

咎めるように尻を叩かれ、涙目を瞬《しばた》かせていれば、明義が怒ったみたいに言った。どうやら明義が暴露させたかったのはまったく違うことだったと気づく。

「ぶちまけることなんか、ないよ？」

一瞬どきっとしたけれど、未直が微笑んでかぶりを振れば、今度は心配そうに目を細めた。

「……言ってくれ、未直」

「明義さん……？」

「まだわかってねえのかよ。おまえがぶっ壊れてんのは、クスリのせいじゃなくてストレスだろうが。そんなことも知らないと思ってんのか」

真剣に言われて、びっくりした。どこまで受けとめていいのかわからないでいると、ふう、とため息をついた明義はなかを広げていた指を未直から抜いてしまう。

「あんっ……」

ぶるっと震えた身体を、すごい力で抱きしめられた。つむじに唇を押しつけた明義は、苦い声でこう告げる。

「おまえ、いいかげん俺をセフレのまんまにしとくのやめろ。言っておくけど、俺がそうしてるんじゃなくて、おまえがしてんだ」

意外な言葉に、未直は目を瞠る。けれど、それには承伏しかねると、潤んだ目を尖らせた。

「だってセックスしか、しないって言ったの明義さんだよ」

「もののたとえだろうが、真《ま》に受けるなばか」

どういうたとえだ。混乱しつつ未直が眉を寄せると、明義は深々と息をつく。

「たしかに時間ねえからな、ろこつなつきあいにもなる。それにおまえがいて、やんねえでまるとかね。まごとくさいことする柄でもねえし。ただ、高校出たあとどうすんのかとか、そういう話になると全部逃げてるようじゃ、ほんとに俺はおまえにとっちゃ、セックスだけの存在だろうが」

その言葉に、未直は驚いた。正直そういうつもりでいるのは、明義のほうだと思っていた。たしかにやさしくはしてくれるが、あくまでかりそめのものだろうと決めつけて。

「いいかげん、俺にもセックス以外でおまえのこと慰《なぐさ》めさせるなり、なんか世話させるなり、させろ。俺に遠慮してねえで、ちゃんと話も、しろ」

だが、便利な、家事もするダッチワイフでもいいとまで思いつめ、かたくなになった未直の心は、なかなか素直になれはしない。

「そんな話して、どうするの」

「そりゃ場合によっちゃ、いろいろ考えるんだろ」

「考えるって、なにを？　……ああ、おれ、心配しなくてもちゃんと、別れてあげるよ？」

薄笑いを浮かべて告げると、今度は平手じゃなくていつものげんこつが振ってきた。けっこう痛いそれに「なにすんだよっ」と抗議すると、じろりと睨まれる。

そして明義の大きな手は、叩くためではなく、涙に濡れた頬をやわらかく撫でた。

「そういう台詞《せりふ》はなあ、べそべそ泣きながら笑って言ったって信憑性ねえんだよ。だいたい、おまえがはすっぱぶったって、身についてねえから笑えるぞ」

痛みにも、言葉にも、もう笑えないとほろほろ泣きながら、未直は洟をすする。子どもっぽい顔に苦笑して、明義は今日二度叩いた頬をそっとついばんだ。

「おまえは俺が好きなんだろうが。何遍《なんべん》もああしてしつこく食い下がった上に、初物食ってポイ捨てするような男だと思ってんのか。今日だって、無理言って仕事抜けてんだぞ」

「でも、……だって」

だってなんだと片眉をあげる明義の手がやさしくて、未直はめそめそしながらぐずってみた。

「あき、明義さんおれに、仕事のことも、なんも教えて、くんないよ……」

「……あ？　ああ、だってそりゃ……」

ここでまだその話題なのかと、明義は驚いたように目を瞠る。だがべそをかく未直には、彼の戸惑う表情は見えなかった。

「け、怪我してもなんでもないって言ってばっかで……や、やくざ屋さんだから、言えないのかもしんないけど、でもっ、おれに話せっていうなら、そっちだって言えよ！」

「あ⁉　なんだ、やくざ⁉」

「ちゃんとそういうのも教えてほしいのに。お、おれ、明義さんが犯罪者でもべつにいいから、ちゃんと教えてほしい……っ」

泥道にはまりこむのなら一緒についていくのに。ぐすぐすと鼻をすすりながら言うと、明義は頭が痛いというように首を振った。

「待て。おまえ。新生に聞いちまったんじゃ、ねえのか?」

「なにを?」

「なにをって……あー……そういうことかよ」

未直が濡れた目を丸くすれば、明義はうつろな笑いをこぼす。

「しっかしよりによってやくざかよ……ああ、まあなあ……似たような状態にしちゃいたが」

ショックだ、と肩を落とした彼は、さきほど未直にかけた上着のポケットを探る。

「ほれ。……もうこれ以上わかりやすいもん、ねえだろうよ」

ぽい、と投げてこられたのは小さい黒い手帳のようなもの。だが開くまでもなく、それがなんだか未直にはわかった。桜の代紋《だいもん》、とかよく言われるマークが、ついていたからだ。

「これ……って」

「なかも見てみな」

縦開きのＩＤ証の証票《しょうひょう》部分には、鹿爪らしい、髪の短い明義の写真と名前、そして『警部』という肩書きに、『警視庁』の文字。

「こ……れ。本物?」

問いかけると、明義は黙って肩を竦めた。これで信じなければしょうがない、そういう態度に未直はいっそ、信じるしかなくなったと思う。

「でも警部って、えらいひとなんじゃないの？　あんまり、捜査しないってテレビで観た」

「なるだけなったが、いろいろやらかすもんでな。まあこっからさきには出世しねえだろな」

けろっと言ってのける明義は、じつはいわゆるキャリア組なのだそうだ。じつのところ日本でトップレベルの大学を卒業したらしい。

「まだるっこしいやり口がきらいなんだよ。出世コースにばっかりしがみつくために刑事になったわけじゃなし。検挙《けんきょ》するには手段選んでられねえし」

明義のキャリアでは本来、この年齢であれば警視正《けいしせい》まで昇進している可能性も高いのだそうだ。しかし警視庁に入って一年経つころ、肩書きは自動的に警部になったが、保守的な組織においてはあまりに問題児なのが発覚して、据《す》え置きになっているらしい。

「さっき非常ベルぶったたいたのも発煙筒《はつえんとう》、新生にぶっこませたのも俺だ」

「……それ、よくないんじゃないの」

「よくねえよ。おかげで庁内じゃなく、新宿だの渋谷だのの所轄《しょかつ》に放り投げられてんだ。そっちでも鬼子《おにご》扱いで、勝手するなって年中睨まれるが、一応検挙だけはするから表《おもて》だってはどうしようもないらしい。まあ、気楽でいいが、おかげで年がら年中訓戒《くんかい》だ」

あっさりとした語り口ながら、言葉ほど簡単なことではないのではないかと未直は眉をひそめる。そして、かつて明義に兄の話をしたとき、妙に辛辣《しんらつ》なことを言っていたのを思い出した。

――特権階級意識の強い人間に、案外多いって聞くけどな。俺としちゃ、むしろそっちが病気だろうと思うが。

頭でっかちだとか、体面を気にするタイプであるとか、そういうものを彼は非常にきらっているらしい。未直も兄が学閥《がくばつ》エリートの世界に身を置いているため、ああしたところが保守的で息苦しく、出世に対して過敏なほど気を配《くば》るのはなんとなくわかる。

(あれって実体験から……なのかなあ)

そういえばさきほど誰かが入院したとか言われていたのを思い出した。

「あの……森本さんって、なに?」

「ああ。この件で一緒にコンビ組んで捜査してたんだが……相手さきにしっぽ掴まれて、襲われた。あのひとくらいしか、俺についてこれねえし」

警察の捜査は基本ふたり組で行うのだそうだ。だが明義の強引かつ無茶なやり口――今日のように現場に乗りこむなどの件が知れ渡っていて、誰も一緒に動きたがらない。

「便宜《べんぎ》上、相方《あいかた》になってるやつはいるが、全部さっきの新生通してしか連絡してねえ」

相方であった森本は本来、警察側と明義とのパイプ役でもあったそうだ。だがその過程で怪我を負わされて入院し、しかたなく子飼《こが》いの新生をその役目にあてがった。

「もしかして、あのアパート借りてるのも……本当のうちじゃ、ないの?」

未直の問いに、「案外鋭いな」と明義は感心したように目を丸くした。

「だって、変だもん。ふつうにひとが暮らす家じゃないみたいだ」

「なるほど。……まあ、ここまで巻きこんでおいていまさら、隠しごともねえか」

じっとみつめる未直の頭を軽く叩いて、明義はいままで黙っていたことを打ち明けはじめた。

「森本さんの件があってから、こっちもいろいろ足がつくとまずいかと思ってな。本当は警察の独身寮に住所があるんだが、目くらましに借りてる」

あのアパートは明義が相手方に尾行されたり、素性を調べられた際のカモフラージュらしかった。そこまで告げて言葉を切り、明義は未直を抱きしめなおした。

「もうわかっただろうけど、俺はここ半年以上、内偵《ないてい》捜査中ってやつだった。守秘義務もあるし、だからおまえにも素性は明かさなかった。表向き、それ系の飲み屋でバーテンやったり用心棒みたいなことやったりして、探り入れてたから」

怪我が多いのは、その店で酔客《すいきゃく》と揉めたり、ミカジメ料を強引に取り立てに来たやくざと渡り合ったりしたせいだそうだ。未直は危ないのには変わりがないと身を震わせてしがみつく。

「でも……最初に会ったとき、やくざのひとたち、明義さんのこと知ってたみたいだった」

恩田という男のそれは、同じ世界の住人に対してというより、もっと上位の人間に対する態度だった気がする。どういうことだと問うと、明義は苦笑した。

「おまえ、ほんとに頭が回るな。……いま俺は正式には、警視庁組織犯罪対策第一課所属だ」

いわゆる、外国人マフィアの日本進出や、それに伴う犯罪に対応する部署らしい。

「黑社會《くろしゃかい》、って聞いたことあるか。香港系マフィアのことだが」

「うん……なんとなく」

「そっちの関係者が、学生グループを使った違法ドラッグの販売をしてた。それに絡んで、学生相手の連続暴行事件も起きてる。売るのも買うのも十代だから、まだ表だってのニュースにはならないように報道に規制をかけてるが」

明義はそれを追うため、飲み屋の店員を装《よそお》って、いろんな人間に接触していた。未直がなかを見てしまった書類は、どうやらその件の証拠となるデータで、入院前に森本が入手したものだったらしい。

「恩田なんかは、前の部署での顔見知りだな。まあ、その顔があるから引っぱられたんだが」

もとは日本の暴力団対策にあたっていたため、暴力団関係者の間には顔が知れている。しかし新宿近辺の組関係者は、海外からの勢力がシマを荒らすのを快《こころよ》く思わないため、明義の動きについては黙殺《もくさつ》——というか、ある種の協力をはかっていたらしい。

「新生さんは、なんなの？」

「あれはライター崩れの情報屋だ。重宝《ちょうほう》してるが、金と情次第で口が軽いのが難《なん》だ……まあ、俺の場合はいろいろ弱みも握ってるんで裏切りやしないが」

「えと……あと、さっきのひとたち、どうなったの」

「無事に留置所《りゅうちじょ》に入ったところだろうな」

パーティションの向こうでトリップしていた連中は、クスリも効いて裸だったせいか、ほとんど無抵抗だったそうだ。店の支配人と店長は、どうやら貸し切りということで関わりはなかったらしいが、念のためすでに任意同行《にんいどうこう》済み。

「まあ、おまえをひん剝いた男だけは、一発くれてやったが」

未直を誘った男だけは最後まで抵抗したそうだが、明義にのされてパトカーに連れられていった。そして、未直はなぜ明義が、自分をパーティションに押しこめたのかおぼろに悟る。

「おれ……顔出したら、逮捕された？」

「までは行かなくても連行はされたな。まあ、ぶっちゃけ隠蔽《いんぺい》した。ばれたら訓戒か、減棒《げんぽう》……どころじゃねえなあ。懲戒免職《ちょうかいめんしょく》もんかな」

「うそ……」

のんびりとした口調で告げられ、未直はいまさらながら自分のしでかしたことを悟って真っ青になる。

「ごめ……迷惑かけ、……んっ？」

謝ろうとした唇をキスで塞《ふさ》がれて、びっくりして目が丸くなった。言葉を封《ふう》じる以上の意味はなかったらしく、すぐに離れたそれを指先で拭って、明義は抱きしめなおしてくれる。

「謝らなくていい。そもそもおまえに、ああだこうだ喋らなかったのは、守秘義務ばっかじゃねえからな」

「え……どういうこと」

「さっき新生に言ったとおりだ。俺と関わると、危ないことに巻きこむ可能性がないとは言いきれない。ほんとなら、ほかの誰にだって相談して、家から離れるにしたって方法がないわけじゃあ、なかった」

広い胸に顔を埋《うず》めて、未直はどきどきとしてしまう。なにかとても大事なことをいま、明義は打ち明けてくれているのがわかったからだ。

「正直、警察官相手ってのは引かれることも多いんだよ。それでおまえが、びびって逃げるのがいやだったんだ。おまえが泣いて帰りたくねえって家に、俺が帰したくなかったんだよ。だめな大人だな」

自分は勝手だと呟く自嘲《じちょう》混じりの声に、ぎゅうっと心臓が痛くなる。

「びいびい泣くくせに、あきらめ悪く俺のことはつけまわす。こんなところにいきなり乗りこむ妙な行動力だけはある。強いか弱いか、頭はいいのか悪いのか、わかりゃしねえ。面倒くせえったらねえのに……ほっとけやしない。わけわかんねえよ、おまえは」

「褒められてる気がしない……」

「褒めてねえからな」

ひどい、と口を尖らせつつ背中に腕を回し、この甘い痛みを分かち合いたいと願いながら、未直はあえぐように問う。

「いっこだけ教えて。明義さん、おれ……おれのこと、好き？」

「惚れてなきゃ、ここまで言うか。少しはその頭でっかちな脳みそ使え、ばか」

ぺんと額を叩かれ、思う以上にあっさりと、恋《こ》うる気持ちは同じと教えてもらった。違う意味で泣きだしながら、それでも未直は幸せそうに笑う。

「だって、帰れって言うから……おれ、いらないのかって」

もう邪魔になったのかと哀しかった。そう告げると「やっぱりばかだ」と明義は嘆息する。

「危ないから近寄るなっつったんだろうが。おまえになんかあったら、どうすんだ」

「え……」

「俺だって、あんな家に戻したいわけじゃねえよ。けど状況考えりゃ、近くに置いといたって、もっと危ねえだろうが。だったら多少居心地悪くたって、扶養家族の立場使って居座《いすわ》っとけって――説明しそこなってたが」

気持ちばかりでなにも言葉を与えていなかったと、未直を抱きしめた男は呻く。そして、ぎゅうぎゅうと未直を抱いたまま、「悪かった」と言った。

「明義……さん？」

「時間がねえだの なんだの言って、俺の近くにおいといたのは失敗だ。もう少しおまえのため考えて、学校の先生なりにちゃんと相談させりゃよかった」

悔恨を滲ませる声に、すうっと血の流れが変わる気がした。数日ぶりに指先まで温度があると感じられて、未直はじんわりと目が潤んでくる。

「……おれ、邪魔じゃなかったの？」

「邪魔なわけあるか。手が回りきれねえのに、それでも、近くにいさせたかったんだ。けどそれで放っておいたんじゃ、どうしようもねえよな……」

結果、なにもしてやれなかったけれど。苦い声で呟く明義に、未直はかぶりを振った。

許せと乱れた髪を撫でる手が、不器用に震えている。未直はまだどこか現実感のない抱擁をただただ受け入れるしかできない。

「いさせてくれるだけで、よかったよ。おれ、明義さんのごはん作って、シャツ洗濯してるだけでも、嬉しかった」

どこにいればいいかわからなかった未直に、帰る部屋を、居場所をくれたひと。未直をちゃんと見つめて、叱ってくれるひと。

誰がダッチワイフ扱いなんかしたというのだろう、こんなに大事にしてくれていたのに。

けれど、気持ちと現実は、きっと噛みあうことはないのだ。

「ボロアパートで、不自由しただろ。まあ……もう、あそこも引き払うけどな」

明義の言葉は、予想していたとはいえ未直の胸をえぐった。

（充分だ）

あのアパートはもう用済みになるから、未直はきっとあそこにはいられなくなる。終わりは終わりなのだろうと悟りながら、未直はできるだけ明るい声を発した。

「おれね。お金もらった。……家から」

「なに？」

「好きにしろってことじゃないかな。通帳ごと、兄さんに渡されたよ。これでしばらく、さきのこと考えて、住むところも……探そうかな」

つっかえながら、未直は、このところずっと言えなかった家のことを全部ぶちまけた。

「ほ、ほんとはこんなお金……いらないんだけど。でも、じゃあいらないって突っ返すにも、おれ、なにもないし」

「金はあるにこしたことない。もらえるもんはもらっとけ」

「あはは……そうだね。……でもおれ、なんか……お金もらったときさあ。しんどかった」

この金額で自由にしてやる、だから早く消え失せろ。そう言われたようでつらかったと、未直は涙をこらえつつ、苦しい胸の裡をうちあけた。

そうして最後まで全部明義は訊いてくれて、すごく苦い顔をしたあと、ぽつんと言った。

「金はそんだけあるなら、大学には行け。おまえ頭は悪くねえんだから、ちゃんと勉強してひとりで食っていけるようにしろ」

「でも、住むとことか考えると……就職しないと」

生活を考えれば、さして余裕があるほどの額ではないのだ。成人までの猶予《ゆうよ》期間をくれたと考えるのがせいぜいだと言う未直に、明義はあきれ顔で言った。

「住むとこなら、広いとこにでも一緒に住めばいいんじゃねえの」

「え……？　だって、一緒って誰と？」

「おい、なんだよ。誰って俺以外の誰がいんだよ」

ぎゅうぎゅう抱きしめたままぶっきらぼうに言われた。気負うでもなく告げる明義に、そんなまさかと未直は固まってしまう。

「ほんとに、……いいの？　だって、寮は？」

「んなもん、家買うとでも言や出られる。あっちも手狭で鬱陶しいしな」

「買うって、だって、そんなお金……」

「てめえ刑事の給料舐めんなよ。使い道なくて貯《た》まり放題だ」

「お金、そんなにないって言ったじゃん」

はじめて抱かれた日、本気かと再三《さいさん》問われたときのことを蒸し返すと、明義はしゃあしゃあと言ってのける。

「無駄な遊びに使う金はな。けど、どうでも必要なことに使うぶんならそれなりにあんだよ」

にやっと笑う、いつもどおりの明義の表情と、どうでも必要という言葉に胸が詰まった。

（おれのこと、必要なの……？）

なにも言えないまま、まばたきも忘れてじっと彼を見つめると、帰るなら自分のところにしろと、明義は口説《くど》いてくれる。

「勘当《かんどう》されちまったんなら、もうおまえいっそ、嫁に来い。そのうちタイミング見計らって、籍《せき》入れてやる」

「そっ……そんなこと……できんの？」

「ものごと、なんでもやろうと思えばできねえこたねえんだよ」

涙目の未直を抱きしめたまま、明義は心配するなと笑う。屈託のない、未直の大好きな、おおらかな表情で。

「お、お嫁さん……してくれるんだ……？」

「ああ。だからもう危ない真似すんな。おまえは、俺んとこいりゃそれでいいんだから」

すごく嬉しくて未直はひしっと抱きついた。うなずきながら、ふと腰に当たる硬いものに気づいて赤くなる。

「……途中だった、よね？」

「あー、まあでもほっときゃ……って、おい、未直っ」

まだかちかちのそれを握って、涙に濡れた頬のまま、未直はうっとり微笑みかける。

「おれ、これしかしゃぶらないし、ぜったい、あそこにも入れない。触らない」

「……あたりまえだろ」

「だから……ちょうだい?」

　上目遣いにねだると、明義はぐっと息を呑んだ。未直もう、めちゃくちゃに抱かれてしまいたいと、疼く胸を押しつける。だが、伸びてきた腕は抱擁することもないまま、未直の肩を引き剥がした。

「残念ながら、タイムアウトだ」

「えええっ」

「くっちゃべってたからな。このあと鑑識《かんしき》の連中が現場見に来ることになってんだよ」

　そんな、とあからさまにがっかりした顔をすると、明義は未直の鼻の頭をぴんとはじいた。

「こんな中途半端なの、やだよっ」

　恨《うら》めしげに睨んだ未直に、明義は意地悪く笑ってみせる。

「そうまで不満な顔することたねえだろう。さっきおまえはいってんだし、ぼちぼちクスリも抜けたろ」

「だって……ひさしぶりなのに」

　いつもほったらかしにされて、つらかったのに。今日こそはと思って嬉しかったのにと、未直はつれない男にしがみつく。だが笑う明義はさらに最低なことを言った。

「んだよ。どうせ俺がいない間、オナニーくらいしてんだろうが」

「な、なん、なんで知ってっ」

あまりのろこつな単語に度肝《どぎも》を抜かれ、うっかり語るに落ちた未直はあわてて口を押さえたけれど、すでに遅い。にやにやとした明義は「やっぱりな」とうなずいている。

「なんでってそりゃまあ、おまえくらいで覚えたてっつったら……なあ？」

「あう……」

なあってなんだ。というより未直が悶々《もんもん》としているのを知っていて放っておいたのか。言いたいことは山のようにあるけれども、真っ赤に茹《ゆ》であがったまま声もない未直に、明義はふっと真顔《まがお》になって言った。

「あとな、ラリってるときにやったらクセになって抜けねえだろ。そこまではまずい」

「……途中まで、したじゃん」

「無茶したお仕置きだ、我慢しろ。まあ、いろいろ途中になっちまったから、それも保留な」

こんな熱を持てあます羽目になって、保留というのはどういうことだ。いろいろ不服だと据わった目で語るが、明義は相手にもしてくれない。そして乱れた衣服をもう一度整えながら、ぽつりと言う。

「それにまあ、まだ片づいてねえことも多いだろ。こういうのはそっちが終わってから、だ」

「なに？」

まだなにかあるのだろうか。もう事件も片づいたし、いろいろわからないこともはっきりしたのに。そう目顔で問えば、真剣な顔を向けられてどきっとする。

「おまえの家のこと」

「そんなのもう、あれで……」

終わったことだと言いかけた未直の口を視線でふさいで、明義は真声《まごえ》で諭してくる。

「終わってねえ。だいたい、親とはまだ話してねえんだろ。兄貴の一方的な口ぶりじゃ、どこまでどうかわかったもんじゃないし」

「でも、だって、話なんか聞いてくれないよ……」

どうせ話などする余地もないとぐずる未直にも、彼はきっちりと言葉をつくして説得した。

「いまのまま、宙ぶらりんで逃げてたって、なにも解決しやしないだろ。大学に行かないにしても、たとえばこのまま就職するにしたって、未成年のおまえがまともな勤めに就《つ》こうとしたら、どうあったって親の承認は必要になるんだぞ」

「でも、そんなのバイトとかならなんとか……」

皆まで言う前に、明義はじろりと未直を睨んで言葉を封じた。

「一生フリーターでいるつもりか。食ってくってのはそんな甘いもんじゃねえんだよ。それに俺はおまえがそんな半端な状態でいることには納得できねえからな」

「明義さん、でも」

「でもじゃねえ。いいから家に連絡入れろ」

未直自身、甘い考えでいるのはわかっていたので、それ以上は反論もできない。だが、電話をする前に、ひとつだけ確認させてくれと明義を見つめる。

「帰ってこいって言われて、閉じこめられたらどうする？」

いちばん怖いのはそれだ。また強引に、病院や施設にでも連れていかれたらどうすればいいのかわからない。未直が不安を口にすると、明義は力強く抱きしめてくれる。

「安心しろ。人権問題だってある、本人の了承なしに強制入院なんてことはできねえよ。非行矯正《きょうせい》の施設なんかにしても、未直みたいなおとなしいタイプを強引に放りこむなんて不可能だ」

「でも……」

本当にだいじょうぶだろうか。不安になって見あげると、明義は未直の額に派手な音を立てて口づけた。

「どうにもならないときには、ちゃんとさらってやるから安心してろ」

「……お巡《まわ》りさんもついてるし？」

「そういうことだな。まあ、ついでにもういっこ言えば、だ」

雑《ま》ぜ返す余裕のできた未直の、皺だらけのシャツをひっぱって、明義はにやっと笑った。

「嫁をもらうには、それなりの手順ってもんがあるんだ。俺はめちゃくちゃはやるが、筋は通したいほうだからな」

見つめあって、今度は唇を触れあわせた。怯えも不安も蕩けさせるようなやさしいキスに、もはやあらがう術《すべ》など未直にはなかった。

＊　＊　＊

とんでもない事件に巻きこまれた数日後の土曜日。未直の家では、未直の今後についての話しあいをすることになった。

真野家のリビングには、父と母、そして兄の姿があった。未直はしばらくぶりに足を踏み入れた我が家のソファで、緊張でがちがちに身体を強ばらせていた。

今日の明義は髪をきちっとセットし、スーツも上等のものを纏っている。そしていつもの少し悪い感じの彼もいいけれど、品のいい格好《かっこう》をしたらしたで似合うのだなとしみじみした。

緊迫《きんぱく》する空気のなか、口火《くちび》を切ったのは、家長でもある父だった。

「それで、本日はいったいどのようなご用件でしょうか。警視庁の刑事さんと、うちの息子がいったいどのような関係が？」

明義の差し出した名刺を手に、父はうさんくさい顔をした。休日には大抵、接待ゴルフに出る父が自宅にいる姿などろくに見たことはないなと、未直はどうでもいいことを考える。

母親の出した茶を悠然《ゆうぜん》と啜っていた明義は、問いかけにゆったりとうなずいてみせた。

「単刀直入《たんとうちょくにゅう》に申しあげて、未直くんが性癖の件でずいぶんお悩みの折に、相談に乗らせていただいていました」

　本当に単刀直入な言葉に、家族は全員固唾を呑んだ。そしていっせいに非難するかのような目を未直へと向けてきて、思わず縮こまれば、明義がその肩を大きな手で支えてくれる。

「その前に、お話したいことがあります。きちんと聞いていただきたい」

「……どんな話だ」

　答えたのは、この場でもっとも挑戦的な目をした直隆だった。未直はまたびくっとなるが、明義はいっさい動じた様子もなく、淡々《たんたん》と言葉を紡ぐ。

「未直くんとわたしが知りあったのは、彼が新宿の二丁目で暴力団員に絡まれていたときのことです。事件になる前に保護させていただきましたが、大変危険な状態でした」

　丁寧な言葉遣いに、大柄な身体に纏う迫力。どこにも隙のない明義の言葉に、兄は腰を浮かせていきりたった。

「暴力団⁉　なぜそんな面子と……おまえは、そういう悪い連中とつきあっているのか⁉」

「な……ちがっ……！」

　まるで未直が悪いと決めつけようとする直隆に、未直は顔をひきつらせ、明義は一瞬不快な顔をのぞかせる。だがそれを見咎められる前に、明義は表情を冷静に戻し、言葉を続けた。

「少し落ち着いてください。なぜ、未直くんがそんな場所に行くような真似をせざるを得なかったのか、考えていただけませんか」

「なぜもなにもあるか！　いかがわしい場所に行って、いったいなにをする気だったんだ！」

「兄さん、だからそれはっ……」

だが、明義とは対照的に、兄はその神経質そうな頬に血の気をのぼらせる。未直は説明しようとしたけれど、侮蔑《ぶべつ》混じりに吐き捨てられてしまう。

「そんなことをしているから、ホモなんてものになるんだ！　少し考えをあらためなさい！」

頭から未直の言葉など聞く気もない、という勢いでまくしたてる直隆に、未直は絶望感さえ覚える。一方的にまくしたてる兄の隣で、父と母も困惑顔のまま黙っている。

（やっぱり、話しあいになんか、なんないじゃん……）

結局、兄のこの決めつけに場の空気は固まっていく。明義がいろいろ考えてくれたことも、未直自身が向きあおうとしたことも、すべて無駄だったのではないか——そんな気分でうつむいていると、背中を叩かれた。

「おい、未直くん。黙ってていいのか」

「え……」

「自分の話だろう。俺がしゃしゃり出るばっかりじゃ、なにもどうにも、ならないだろう」

しっかりしろ、ともう一度背中を叩かれ、未直ははっとなった。丁寧な口調は変わらないながら、明義の視線も声もいつもに同じ、あの強く激しいものを含んでいる。

「俺には、いっぱい話しただろ。あれは、本当はこのひとたちに言いたかったことだろ」

「おれ……おれは」

緊張に、まだうまく言葉はまとまらない。それでも末直が懸命に、言葉を綴ろうとしたときだ。直隆の興奮気味に裏返った声が、その場に響き渡る。

「なんの話だっ、聞く耳なんか持てない！　だいたいあんたが末直をたぶらかしたんじゃないのか⁉」

頭に血がのぼった兄は、見当違いの罵りを明義にまでぶつけてくる。結果として、現在の関係を考えるならうしろぐらいところがないわけでもないのに、明義は平然としたまま言った。

「たぶらかす、ねえ。……まあ、ご家庭がこんな状態だから、思いつめた末直くんが危うい場所に近づく羽目になったんですね。よく理解できました」

ふっと鼻先で笑う明義の見せたあからさまな挑発《ちょうはつ》に、直隆はあっさりと乗せられる。

「なんだと⁉　たかが刑事ふぜいが偉そうに！」

「兄さんっ、失礼なこと言わないで――」

末直はあわてて口を挟もうとしたが、それを明義の静かな、しかし重い声が遮《さえぎ》った。

「あんたらがそんな調子だから、信用して相談した末直の気持ちを踏みにじったんだろうが」

「な……」

さすがに取り繕ってもいられないのだろう。声こそ荒らげることはしないまま、明義は言う。

「だからこいつは思いつめて、二丁目に行ってホモの仲間に相談したいなんてばかなこと考える羽目になったんだ。もう少し子どもの話を、弟の話をまじめに聞いてやれないのか？」

びん、とその場の空気を震わせるような迫力ある声に、直隆は青ざめる。とっさになにかを言い返そうとしたらしいけれども、何度言えばわかるんだ。そもそも、そんな場所に考えなしに出向いて、危ない目に遭うなんて自業自得でしかないだろう」

「た……他人が口を挟むなと、ぱくぱくと口を開閉する以外に彼はなにもできなかった。

「……考えなしなのはそのとおりだが、自業自得ってのはどうでしょうね？」

「そもそもあんたもあんただっ。補導《ほどう》したんだかなんだか知らないが、子どもの言うことを鵜呑みにして、他人の家に来てなにを非難がましいことを言ってるんだ!?」

飲まれまいと、精一杯の虚勢《きょせい》を張ったような直隆の反論に、明義はいよいよ視線を鋭く尖らせ、いままでの穏和な声音をかなぐり捨てる。

「ふざけんな！　俺がたまたま通りかからなかったら、もの知らずな未直はタチ悪いやくざ連中に拉致《らち》されて、いまごろ殺されてたかもしれねえんだぞ！」

「なっ……なっ……そんっ……」

突然の激しい叱責《しっせき》に、直隆は黙りこんだ。もともと、神経質なくらいの兄だ。明義の全身から放出されている、純粋な怒りのオーラに勝てるわけはない。

「泣きながら、どうしていいんだかわかんねえって、見ず知らずの俺にすがるしかなくなって、どんだけ未直が傷ついたと思ってんだ。そのあともいきなり病院に連れこまれそうになって、おまえは頭がおかしいって家族に追いつめられて、こいつがどんな気分だったと思ってんだ！」

吠《ほ》えるような明義の叱責に、父と母は青ざめ固唾を呑んだ。震えあがった直隆は、それでも言葉を引っこめることはしない。

「そ……そんなこと、わたしが知るかっ。な、なんなんだきみは、やくざみたいな物言いといい、その乱暴さが本性なんだろう⁉」

「はあ？　やくざ……？」

逆ギレした兄のあまりの取り乱しように、明義はさすがに目を瞠り、未直は呆気にとられた。

（なんだろ、このひと……なに言ってんだろ）

身分証明書まで提示し、刑事だと告げた人間相手にやくざみたいと決めつけるのはどうなのか。たしかに明義の乱雑な物言いは激しいが、冷静に考えて正論を口にしているのはどちらなのか、そんなことさえ直隆にはもう判断がつかないらしい。

「だ、だいたい、家族の問題に他人が口を挟むな！」

「他人ねえ……まあ、他人ですけどね」

この場で言うことか、と明義は鼻で笑った。直隆は、その表情に侮蔑を感じたのか、さらに声を張りあげる。

「それに、なんなんだ。一方的にこっちを悪者と決めつけて。そうだ、おおかた、きみが唆して未直を変な道に引きずりこんだんだろう⁉」

「変な道ってのはどんな道なわけですかね？　……話になんねえな」

理屈もなにもなく、目をうろつかせて勝手な言い分を告げる兄と、落ち着き払った明義の対比が、いっそあっぱれなくらいで、妙に冷めた気分になった。

「こりゃ、おまえが逃げ回るわけだよ、未直。ひとがおとなしくしてりゃ、まあこの兄ちゃん、言いたい放題してくれるなあ」

「う……ごめんね、失礼なこと言って」

あげく呆れかえって笑い出した明義を見ていたら、いままで自分が怯えていたものがなんなのかすらすっかりわからなくなり、未直はため息をついて、きっと兄に向き直った。

「兄さん、おれのこと助けてくれたひとに、なに失礼なこと言ってんの？」

「未直は黙ってなさいっ」

「やだよ。おれの話じゃないか。なんでおれが黙らないといけないの」

きっぱりと反論すると、直隆はぎょっとしたように目を瞠る。父と母は無言のまま、口を挟む様子もなく、成り行きを見守っているようだった。

「さっきの話ちゃんと聞いてた？　明義さんは、おれが失敗して絡まれたの、助けてくれたんだよ？　いまごろ、あそこに明義さんいなかったら、おれそれこそSMの変態なおじさんにホテルに連れこまれて、殺されてたかもしれないんだよ!?」

「お、おまえがそんないかがわしいところに行くから——」

精一杯偉そうに振る舞っているが、直隆の震える声には情けなさが滲んでいる。往生際《おうじょうぎわ》の悪い言葉に、末直は「まだそんなことを言うのか」とかっとなった。

「しかたないじゃないか、相談した兄さんはいきなり父さんたちに『末直が変態になった』なんて言って、あんたたち誰も話聞いてくれないんだから。そういう趣味のひとに話するしかないって、そう思ったんじゃないか！」

「だから、そんなことを考えること自体がおかしいだろう」

「おかしくってもおれは考えちゃったんだよっ」

たしかに短絡的《たんらくてき》で、ばかな真似をしたと思う。けれど家からはじき出された末直に他人以外の誰を頼ればよかったと言うのか。そうして反論しつつ、末直は奇妙に冷静に考えていた。

「兄さん、あと、父さんも、母さんも。おれが、二丁目なんかに行ったのは……自分で、自分のことをたしかめたかったから、だよ」

理解しなくてもいいから、せめて事実を認識してくれ。目の前でいらいらと歯ぎしりをしている兄に向けて、きっぱりと言った末直を、彼らは見慣れないものを見るような目で眺めた。

「なにをたしかめるって言うんだ。どうしたいって言うんだ。同性愛なんて」

「……それ、もしどうしても心の病気にしたいって言うなら、一緒に病院に行ってもいいよ。でも、間違いなく、そういう認定されるの、兄さんだからねっ」

おとなしい末直のずけずけした物言いに、家族は呆気にとられていた。だが吐き捨てるように告げた言葉に、案の定直隆は激昂《げっこう》した。

「わたしのどこが病気だっ」

「異様にホモを嫌うのはホモフォビアっていうんだからねっ。わかる？　ホモ恐怖症！　立派な病気なの！」

「おまえと一緒にするな、やめろ！」

明義の受け売りでしかないが、ぶつけられた暴言《ぼうげん》と同等のそれを投げ返してやると、兄はおもしろいくらいに青ざめ、取り乱した。

「……おー、言うじゃないか未直くん」

どんどんエスカレートする罵りあいに、明義はどこかおもしろそうな顔をしていた。未直はその揶揄《そうかいかん》を「うるさい」と睨んでたしなめつつ、興奮状態で言葉が止まらなくなる自分に、なぜか爽快感《そうかいかん》さえ覚えていた。

「だいたい、そんな偏見《へんけん》持ってる時点で頭かたいんだよっ。いいじゃないか、べつに恋愛は自由だろ、ホモの弟がいるってことくらい隠すとか、そうじゃなきゃ、縁切りするとかすれば、兄さんの出世には迷惑かからないだろ！」

言いたいことを言って、わだかまりはできるかもしれない。けれどあの得体《えたい》の知れないような怖さはない。ただ、解りあえないもどかしさと苛立たしさだけが、胃の奥を熱くする。

（おれ、このひとのなにが怖かったんだろう）

傷つくかもしれないけれど、もう取り返しもつかなくなるかもしれないけれど、もともと未直に失うものなどなにもないのだ。

明義のくれた愛情以外、失って恐いものも、もうないのだ。

肩で息をしながら兄と睨みあっていると、父親のひどく疲れた声がした。

「……もうやめなさい、未直、直隆も」

さすがに見かねたのか、父はふたりの息子を双方《そうほう》黙らせた。そして明義に向かい、深々と頭を下げる。

「愚息《ぐそく》がご迷惑をおかけしました。大変に申し訳ない。自分自身、混乱するままに物事から逃げていたばかりでした。未直の危ういところを救っていただき、感謝しております。三田村さんのおっしゃることは、正直極論《きょくろん》な部分もありつつも、事実と思います」

「いえ。ご理解いただければ充分です」

父の謝罪に、明義は淡々と答えつつも少しも表情をゆるめない。それは、続く言葉を予想していたからだろうか。

「ですが、ここからさきは家族の話だ。それについて、口を挟むのはご遠慮願いたい」

部外者が、と吐き捨てた直隆と、それではなにも変わらない。未直は青ざめながら、父の顔を睨みつけた。

「父さん。それでおれのこと、措置《そち》入院でもさせる気なの」

「……なに?」

暗く陰鬱な声で、未直はもう勘弁してくれとうめき声をあげる。

「世間体《せけんてい》気にして、いやなもの見ないことにして、そういうのがエリートさんのやりかたなんだったら、おれはそんな世界で生きていきたくないよ!」

「誰がそんなこと言ってるんだ。おまえは、なんの話をしているんだ?」

困惑気味の父親は、最初から未直の言葉など聞くつもりもないのだろう。こうして訴えても、残るのは、通じない言葉とわだかまりだけ。そうと知りつつ、未直は言葉を止められない。

「言ってるじゃないか! 最後にお金くれたのが思いやりかもしんないけど、でも……おれは、家族に手切れ金よこされると思わなかった」

言いつのりながら、あの瞬間の惨めな哀しさを思い出して未直は涙ぐんだ。冷静でいようと思いながらも、さすがにあんなろこつな捨てられかたはないと訴えた。

「自分で自分のこと、売ったみたいな気分だったよ。おれ、こんな家にはもう、どっちにしろいたくないけど……ひととして、軽蔑するよ。あんたたちのこと。外聞《がいぶん》が悪いって言うのなら、戸籍《こせき》からおれのこと、抜いてかまわない。最初からいなかったことにすればいいよ」

真っ赤に潤んだ目で、かつて親と兄弟であった他人を未直は睨みつける。だが、その言葉に反応したのは直隆ではなかった。困惑気味に、父は兄を振り返る。

「未直。……手切れ金、というのはなんの話だ」

「とぼけないでよ。お金振り込んで、通帳ごとやるから出ていけっていったのそっちだろ」

いまさら自分だけ言い逃れをする気か。唇を噛んで、卑怯だと未直が睨みつけると、明義が軽く肩を叩いて言葉を引き取った。

「そうまでおっしゃるなら、わたしからもひとつ。たしかにわたしは他人ですが……その他人の家に何ヶ月も未成年の子どもをほったらかしていたのはどちらさまですかね」

「そっ……それは未直が勝手にしたことだろう！　分別《ふんべつ》のつく年で、親に迷惑をかけようと」

言い訳じみた兄の発言に対し、明義の全身が怒りで膨れあがるようだった。

「勝手に。まあたしかに未直くんは十八歳になってますしね。児童の規定からははずれていますし、法的にはひとりだちできる年齢です。けれど、現実問題としてまだ未成年の学生だ。それが、うちに来ている間一度として、ろくに心配の連絡もない。そんな状況で、他人がどうこうと言われたくないですね」

「それは、だからっ」

「本人の意思を無視しての心療内科でカウンセリングの強要。挙げ句の果てには、金を渡して家を出て好きにしろというのは常識で考えてどうかと思います」

はっきりとした非難のそれに兄は黙りこみ、父は目を瞠って絶句した。

「それがあなたがたの言う、他人から見た事実です。場合によっては家族間でも、充分に人権蹂躙《じゅうりん》で問題になります。さらに言わせて頂《いただ》ければ、未直くんはもはや、あなたがたから離れて生活しなければ、心がまいってしまうところまで追いつめられています。その事実を、ちゃんと理解していただきたい」

明義の厳しい声に、目を回していた父はあえぐように言った。

「カウンセリング？　人権蹂躙？　直隆、いったいどういうことなんだ……？　そういえば、さっきも三田村さんが病院がどうとかおっしゃっていたが」

当惑《とうわく》しきった父の目が兄に向けられる前に、ようやく口を開いた母は青ざめた顔で「待って」とあえぐように言った。

「連絡を、するなって言われたのよ。未直がいま混乱しているから、連絡しないようにって」

線の細い、未直によく似た面差しの母の声に、明義は少しだけ鋭い視線をやわらげる。

「それは事実ですか」

「はい。直隆が、あの……あの件以来未直も悩んでいるから、少し親とも距離を置けと……だから、あまり、話しかけたりくどくどと言ったりしては未直も追いつめられると」

思いがけない母の言葉に、未直は首をかしげてしまった。数ヶ月間、無視をされて放置されているとばかり思っていた親たちの態度に、明義という他人がいる前で取り繕おうとしているのではないか、という穿った考えも浮かんだ。だが、それにしては母はあまりに必死だった。

「わたしも、夫も、言いすぎた感はありましたし、未直にどう接すればいいかわからなかったので、それに甘んじたところはありました」

未直とよく似通った部分のあるおとなしい彼女は、お嬢様育ちのおっとりとした専業主婦そのものという性格で、とっさの言い訳を思いつくなど、狡猾《こうかつ》なことをするタイプではない。

つまり彼女の言葉は、保身から来る嘘などではないのだ。

「なのに……どういうことなの直隆？　病院だなんて、聞いていないわ。それに預金ってそれも、……たしかに、あなたの関係で口座を作ったほうが、のちのちいいからって通帳を預けはしたけれど。そんな大金を振り込んだなんて、わたしは知らないわ」

「わたしもだ。いったいどうなってるんだ」

どうやら本当に両親らは、まったく事情を知らなかったらしい。たしかに、あの銀行に勤めている兄が、なんらかの言い訳をして通帳を管理すると言えば親たちも疑うまいとは思う。だが、ならばなおのこと、直隆の行動の理由がわからなかった。

「兄さん、なんでそんなことしたの……？」

そうまでして未直を追い出したいというのだろうか。真っ青になって未直が問うと、兄は思いもよらないことを言った。

「わたしは、未直が間違いのないようにしたかっただけだ。迷子になっているだけなら、ちゃんとした道に戻したかった」

「え……？」

「おまえはおとなしいくせに強情で、ばかなことを言い出した手前引っこみがつかないんだと思った。病院だって、本当にカウンセラーの知人を頼んであったし、べつに強制的にどうこうしようと思ったわけじゃない」

まるでふてくされたかのように兄が言う言葉が、にわかに理解できない。呆然としていると、明義の、呆れを隠さない声が居間に響きわたる。

「それが通帳つきつけてさっさと出て行け、ですか」

極端すぎるという突っこみに、直隆はきっとまなじりを決《けっ》した。

「ああまで言えば未直が折れると思ったんだ！　それに通帳に振り込んだ金額は、もともと未直の大学進学のためにわたしが積み立てていたものだっ」

「積み立てって……兄さん、なんで」

「うちは、わたしと未直の年齢が離れすぎてる。父もそろそろ定年だし、未直が大学を卒業する前に、そういう意味ではうちの家計を支えるのはわたしになる。そんなこともきっと、未直はわかっていなかっただろう」

むすっとしたまま言う直隆に、たしかにそこまでは考えていなかったと未直は肩を竦める。

「たしかに、最初は厳しいことを言いすぎた。だが、この間病院で待ってもらっていたカウンセラーにも、あのあと、頭ごなしに言っていいことはないとそれこそ諭されたんだ」

ふんぞり返ってはいるけれど、どうやら兄は兄なりに学習し、また反省もしていたようだと、その言葉にはじめて知る。

「本人の意思もあるだろうに、治すだの薬を使うだの、素人《しろうと》の思いこみで勝手を言うなと……悩みを聞こうと思って待っていたのに、これじゃ台無しだと。これ以上、弟さんを刺激しては思いつめてまずいことになりかねないから、しばらくそっとしておけと言われた。だから、父や母に言ったのはそのままだ」

「……それでなんで預金通帳なんだよ。あれじゃ出ていけって言ってると思うよふつう」

いたって真剣らしい兄は、未直の呆然とした声にふてくされた態度を見せた。

「おまえが帰って来ないからじゃないか！」

「だから、それがさあ。どこでどうなって帰って来れるんだよ？」

「家族に心配をかけているのだから、自分で反省して、自発的に戻ってくるのがあたりまえだろう！」

「あたりまえ……って」

その言葉に、未直は頭が痛くなった。どうやら兄のなかに、未直が戻ってこないという可能性はみじんも存在していないらしい。もともと、融通《ゆうずう》の利かない優等生だと思っていたが、兄の思いやりは不器用をとおりこしてはた迷惑だ。

唖然としているのは父母ばかりではなく、当然明義もで、未直はもう冷や汗が止まらない。

「明義さん……なんかもう、ごめん」

「いや。おまえの兄ちゃん、すでにおもしろいわ……すげえキャラだな」

「おれも、こんなひとだと思わなかった……」

なんとも屈折《くっせつ》した兄弟愛だ。脱力するような気分でいながら、それでも未直は兄の言葉にくすぐったさも覚えていた。

——迷子になっているだけなら、ちゃんとした道に戻したかった。

そういえば昔から、迷子になった未直を連れ帰るとき、やさしいことなど言ってくれたためしのない兄だった。小言と文句とを帰り道に延々聞かされ続け、その叱責にへこんで泣きじゃくっていたのが大半だったのだ。

「……ともあれ、話を戻させていただいていいでしょうか」

妙な沈黙に包まれた場を戻したのは、やはり明義だった。

「いずれにしろ、まだご家族間にわだかまりはあると思います。しかし、未直くんの問題については、考えをあらためるだとか、そういう話ではないことは、もう皆様にはご理解いただいたかと思います」

「そう、ですね。正直、まだいささか認めがたい部分も……ありますが。べつに未直が憎いわけじゃない。ただ、どうしていいのかわからないのです」

静かな声で答えたのは父だった。母はどこか困惑気味な表情で、明義と未直を見比べ、兄はもう完全にそっぽを向いている。

「冷静になるためにも、お互いに、少し距離を置いてはいかがでしょうか」

切りだした明義の言葉に、反対の声はあがらなかった。最悪の断絶は免《まぬが》れたとはいえ、まだ未直の打ち明けてしまった事実について、家族たちが戸惑っているのは事実なのだ。

（……ごめんなさい）

ややこしい問題をこの家に持ちこんでしまったのは自分なのだ。なんでもばか正直に打ち明けるのではなく、隠しとおすのもまた思いやりだったのだろうと、あさはかな自分を未直は悔いる。

けれど、そのことがなければ、いま隣にいる男との出会いもまた、なかったのだ。

「未直くんはすでに十八歳ですし、自由意思で家を出ることは可能です。本人もまた、預けられた金をもとに生活の基盤を作り、働きたいと言っています。だが彼はまだ未成年で、ご家族と完全に断絶するにはいささか、むずかしい面もあると思います」

「……べつに、あの金はそういう意味ではないんだから、家を出る必要はないだろう」

むっつりと呟いたのは直隆だ。苦い顔をしつつも、ばかなことを言うなと兄は告げる。

「脅《おど》かしたって結局は戻ってこない強情さはたいしたものだが、現実問題として、おまえはどうする気なんだ。高卒でろくな仕事なんかないんだぞ」

「それは……」

明義とまったく同じことを諭してくる兄に、未直は具体案のない自分を再度思い知らされる。

世間知らずの自分では、いま彼らを説得するような材料がなにもないのだと、あらためて噛みしめた。うつむく未直の背を軽く叩いて、明義は続けた。

「提案しますが、いずれにせよ数ヶ月後には彼は卒業です。卒業を機に、ひとりだちするのもひとつの道です。それが少し早まったと思って、大学進学を前提に、正式に家を離れるのはいかがですか」

「しかし……いまのいまからひとり暮らしというのも、むずかしくはないですか」

心配そうな父の声に、どこかすがるような色が混じった。未直は、この短い時間のうちに、明義が完全に父の信頼を得てしまったらしいと知る。そして明義はここぞとばかりに「案ならある」と言ってのけた。

「わたしのほうで、先日マンションを購入したのですが、現在仕事が忙しくてほとんど帰れない状態です。そちらに下宿するという形であれば、いかがでしょうか」

「刑事さんのお宅に、ですか？　それはたしかに安心ですが、ご迷惑なのでは……」

「管理人としていてくれれば、わたしとしても助かるのですが」

いかにも善意からの申し出だと、厚顔《こうがん》にも言ってのける明義には少し呆れたが、頼もしくもある。息を呑んで状況を見守っていると、そこで血相を変えたのは、やはり兄の直隆だ。

「待ちなさい、冗談じゃない！　べつに家を出る必要なんかないし、他人のうちに預けるなんておかしいじゃないかっ。絶対許さないぞ」

「許さないって言っても、兄さん。少し冷静に考えてよ。おれ、どっちにしろここで家に残っても、お互いに気まずいだけじゃんか」

そうだろう、と未直が諭すと、直隆は承伏しかねるとまた声を張りあげる。

「だからそういう点でも、この間のカウンセラーに皆で相談すればいいだろう。未直だけじゃない、わたしも、父さんも母さんもみんなで話しあって考えるべきじゃないか。家族なんだから、それがあたりまえだろうっ」

「だから兄さん、いままでの会話はなんだったの。もう、充分話しあったでしょ……」

どうやったら兄のなかにある、堅牢《けんろう》な『常識』を覆すことはできるのだろうか。いや覆すことが不可能でも、せめて妥協点《だきょうてん》は探れないのだろうかと未直はげんなりしつつ目を据わらせる。明義も、どうしたものかという顔で苦笑するばかりで、ひとり意固地《いこじ》になる兄を持てあましていると、父が深々とため息をついた。

「……少なくとも、直隆と未直の平行線の会話だけはどうしようもないことは、わかった」

「父さん？」

苦悩の唸りを漏らした父に「未直」と名を呼ばれた。

「おまえは、どうしたいんだ。……少し、離れたほうが、いいのか」

問いかけに、未直は一瞬押し黙る。そうしたいと言いきるにはやはり、ためらいもあった。わだかまりの残るいまだからこそ、家を出たいということがイコール彼らを疎んじているというふうに受けとられまいかと、そんな気もしたからだ。だが、父は未直の躊躇《ちゅうちょ》を見透かすように、ことさら穏やかに問いかけてくる。

「大学は、行きたいのか?」

「はい。許してもらえるなら、そうしたいです」

問いかけに、きっぱりと答えると、父は「そうか」となにかを考えこむように呟いた。

「そうだな。毎日こんな膠着状態が続いては、いちばん疲れるのは未直だ。それこそ、受験どころじゃない精神状態になってしまうだろうし……」

そして言葉を切り、父は未直と明義を交互に見つめ、深く息をついた。

「たしかに、おっしゃるとおりにしたほうがよさそうだ。未直を頼みます」

「そんな、父さん」

未直はあっさりした了承に目を瞠った。兄は思いきり顔をしかめたが、父はとりあわないいま明義だけをまっすぐ見つめる。

「わたしの不甲斐《ふがい》なさを、三田村さんに埋め合わせて頂くようで、申し訳ない。けれど、いま無理をして体裁《ていさい》だけ整えても……傷つくのは未直だと、そんな気がします」

苦渋の滲んだ、しかし静かな声で父は、明義に向かって、深々と頭を下げた。そして、まだためらいと戸惑いの強い未直にむかって、こう告げる。

「大学に行くなら、ちゃんと勉強はするように。それから直隆が振り込んだ金は、それはそれとして持っておきなさい。そのくらいの甲斐性は、まだあるつもりだ」

三田村さんに面倒をかけず、きちんとしなさい。数年ぶりに父から直接聞かされた小言は、なぜだかいっそやさしくも響いた。

正式に家を出るのは高校卒業後の話になるが、もうしばらくの間は明義の家に世話になることになった。未直はしばらくぶりの自室に戻り、着替えや必要なものを鞄に詰めた。

（なんか、思ったよりあっさりしてたな）

思ってもいなかった兄の発言などはあったけれど、いろいろ、うまく片づいたほうだろう。大学についても進学はすることになり、明義との同居も認められた。こんなに、なにもかもうまくいっていいのだろうかと未直が部屋で惚けていると、ノックの音がして母が入ってくる。

「未直、ちょっといい？」

「あ、なに？」

「これも、持っていきなさい。男のふたり暮らしじゃ、たぶんあんまり食べないでしょう」

差し出されたのは、いつの間に用意したのか、母の得意な野菜の煮物だった。タッパーに詰められたそれを、未直は素直に受けとる。

「ありがとう」

親不孝をしている事実は、変わらないのだろう。複雑な顔のままじっと自分を見ている母

が、この煮物はただのきっかけで、ほかになにか言いたいことがあるらしいと気づいた未直は、

「なに?」と首をかしげてみせる。

するとと、母は彼女らしくないきっぱりとした口調で、ずばりと切りこんできた。

「未直。……あのひとなんでしょう?」

なにが、ととぼけることはできなかった。一瞬前までどうにか浮かべていた曖昧な笑みが崩れ落ち、蒼白な顔で未直は母親を凝視する。

「好きなのは、あのひとのことなんでしょう?」

「おかあさ……」

「父さんとお兄ちゃんは、まだ現実として受けとめきれないからわからないんでしょうけど……お母さん、わかったわ。あなた、あのひとが好きなのね?」

母親のカンとでも言うべきものなのか、それとも女のカンだろうか。言い当てられ、未直はうなだれる。よく見れば、母の両手は小刻みに震えていた。

「正直言って、まだどうすればいいかわからないの。でもあのひとも、いちばん未直が困らないように、ちゃんとお話をしにきてくれた。あれは、つまりそういうことね?」

確信的に告げる母に、ごまかすべきか否か迷った。ばか正直にするばかりが誠実さではないと、さきほども反省したばかりだった。けれど未直は、震えながらそれでも、母がこれを『ふたりで』と差し出してきたその気持ちを思った。

まだほのあたたかい包みを胸に抱いたら、とても嘘はつけないと思った。

「……うん。おれ、のこと、もらってくれるって」

そうなの、と複雑な顔で母はうつむいた。困るとうつむくくせは、このひとに似たのだろうかと、未直は小さく映る母をじっと見つめる。

「変な息子でごめんなさい。でも迷惑はかけないから」

謝れば、涙ぐんだ母親が「あなたは女の子になりたかったの？」と聞いてきた。

「おかまさんになりたいんじゃないから、ちょっと違う。でも、おれ、女のひとは好きになれない……」

「そう。……ずいぶん、悩んだ？」

こくりとうなずくと、明義がどういうひとなのかを聞かれた。明義は言ってもいいと告げてくれていたから素直に話した。

「すごく、やさしくて、頭もいいよ。兄さんは、刑事なんてってばかにしたけど……たぶん、あのひとの大学名聞いたらひっくり返ると思う」

兄は、東京の私立ではトップクラスの大学に進んだが、学閥の厳しさで現在の勤め先ではかなり苦労していると聞いた。たぶん、学歴を放り捨てるような真似をしている明義のことを知ったら、憤りのあまり血管を切るのではないだろうか。そう未直が告げると、母は苦笑してみせた。

笑みはぎこちないけれど、それでもできるだけ自然に振る舞おうとしているのがわかって、痛々しかった。

「そう、じゃあ、未直がお嫁さんになるようなものなのね……」

ひととおりの話を聞いた母はあきらめの息をついたあと、力のない声で言った。

「お父さんはああいうひとだから。あなたのことをちゃんと理解できないと思う。お母さんも正直いえばよくわからない。でも、未直が女の子だったらと思うことにしたわ」

「……お母さん」

「ずっと逃げていてごめんなさい。お兄ちゃんの言うことばかりを鵜呑みにしたのも、怖かったせいだわ……でもね、未直」

そっと、母の細い腕が伸ばされる。母は女性にしては背の高いほうで、未直とさほど身長も変わらない。ゆっくり抱き寄せられ、清潔なにおいに包まれると、なぜか鼻の頭がつんとした。

「いがみあうことだけは、よしましょうね。わかりあえないことがあるなんて、家族でもいくらでもある。けれど、それで完全に離れて楽になるとは、お母さん、思わないわ」

「……うん」

「わかってあげられることばかりじゃない。けれど、わかってあげたいとは思っているの」

それだけは忘れないでと告げる母の声に、未直は我慢しきれずに涙をこぼした。

これが母親にもらう最後の抱擁だと思うと、せつなくていとおしくてたまらなかった。

涙目のまま階下に降りると、すでに帰り支度をすませた明義が玄関で待っていた。父と兄はやはり複雑さを隠せないのか、見送りに立つこともしていなかった。

「また、荷物は取りに来ると思う……」

「わかった、気をつけて。それから、三田村さん」

未直とともに降りてきた母が、深々と頭を下げる。

「未直を、どうぞよろしくお願いします。不甲斐ないことを申しあげる親ですが……幸せにしてやってください」

「か、母さん？」

突然のそれに、未直はぎょっとし、明義もまた目を瞠った。だが、うろたえる未直の頭を軽く撫でた明義は、母に向かって頭を下げてみせた。

「精一杯、そうつとめます」

きっぱりと言ってくれたことが嬉しくて、赤くなりながら涙ぐんだ未直の腕を、明義が取る。

そして、ふたり連れだって、家を出た。

＊　＊　＊

「さすがに肩凝《こ》ったな……」

疲れたと呟き、運転席に座るなり早速煙草に火をつける明義に、お疲れさまでしたと頭を下げれば、彼はなんでもないとかぶりを振った。

「そういやおまえ、あの日クラブに一緒したともだちとか、平気だったのか」

「あ、うん。松田、あの発煙筒騒ぎですぐ逃げてたし、はぐれたおれも同じころに帰ったと思ってたみたい」

明義が強行突破で検挙に乗り出したあの日。未直がいちばん懸念《けねん》していたのが、フロアでなにもわからず踊っていたひとたちと、巻きこんだ友人のことだった。

正直言えばあんなやりくちをしては、一部関係者が逃げる可能性がないではなかったらしい。けれど、未直の身の危険を考えれば、どうでも乗りこむ以外になかったのだと教えてくれたのは新生だった。

――まあぶっちゃけ、会議にかかっちゃったらしいですけどねえ。本来査問《さもん》ものだったらしいんだけど、これがまた、手柄も立てちゃったんでどうしたもんだかと。

相変わらず一匹狼ぶりを発揮する明義は、ぬかりなくあの学生グループのバックにいる組織の資料をちらつかせ、処分するならこれを厚生労働省の手柄にしてもいいかなどと上層部を脅したらしい。

未直はあまり詳しくないのだが、違う組織であるにもかかわらず、警察と厚生労働省の麻薬取締機関は微妙にターゲットがかぶってしまう。手柄の取り合いに発展する可能性もあり、面子を潰されては困ると判断した上層部は、毎度の明義の暴走には目を瞑ったそうだ。

「ちょっとこれから行きてえとこあるけど、いいか」

「え、いいけど……」

突然の提案に、未直は少し驚く。このままあのアパートに戻るのかと思っていたのだが、いったいどこに行くつもりなのだろう。

「でもおれ、母さんに煮物もらったんだけど」

「あー。行ったさきで食えばいいんじゃねえのか」

あまり遅くなりたくないと告げれば、暢気な声がそう答える。

「あの、さあ。ほんとにどこ行くの」

「どこ行くってそりゃ、ホテルに決まってんだろが」

「ホテル？　なんで」

このまま帰ればいいのに、わざわざ泊まりに行くというのか。なんのためだと首をかしげると、にやりと明義は片頬で笑った。

「おまえ、カマトトなのか？　ホテルっつったらやるしかねえだろ」

「やる……？」

なにをだ、とまだ赤い目のままの未直が目を丸くすると、明義はからからと笑った。

「なんだよ。しろしろ言ったのそっちだろうが。忘れたのか？」

「しろって、え……ええっ⁉」

明義がいったいなんのことを言っているのか悟り、未直は盛大に赤くなる。そして、そんなまさかと思っているうちに車はするするとした走りで渋滞を抜け、かつて未直が雨のなか、泣きながらたたずんだ246号線を進んでいく。

「本気……?」

「本気も本気だ。つか、やっと親御さんに挨拶したんだから、ここは心おきなく初夜《しょや》だろ」

「ば、ば、ばかじゃないのっ。今日の今日だよ⁉」

あの重苦しい話しあいのあとで、よくもまあそんな気になれるものだと、呆れるような気分になる。やはりデリカシーが欠落《けつらく》しているのか——と惚けていると、明義は「今日だからだろう」と言ってのける。

「言ったろ。カタついたらって。それに悪いけど、俺はおまえの親だの兄貴だのに悪いことしたなんざ、これっぽっちも思ってねえからな」

「え……?」

「ついでに言えば、惚れた相手とやるのにいちいち罪悪感持ってられるか」

「……明義さん……」

「未成年ったって十八なんだから、もういいことにする。俺のことだ、いまさら職業倫理《りんり》もあったもんじゃねえしな」

明け透《あす》けに言ってのける明義に、きっぱり食うぞと言われてさすがにうろたえた。どうして大きな道路沿いにはホテルが多いのか。それも用途が休憩メインの、けばけばしい看板を眺めて未直は真っ赤になる。

「安心しろ、えげつねえとこには連れこみやしねえから」

「どういうこと……？」

なにを意識しているのか悟ったのだろう、含み笑った明義は、「スケベ」と未直を小突いたあと、なにをどう問いかけても答えてはくれない。

（えっち、するんだ）

はじめて寝るわけではない。けれどいままではどこかしら、彼の気持ちを信じきれなかったり――それは自分の劣等感《れっとうかん》のせいだけれど――不安だったりして、セックスに逃げていた部分があった。

けれど、本当になにもかもがきれいに片づいたいま、好きだから抱くと言われた未直の気持ちは、最初に抱かれたとき以上に舞いあがり、また緊張もしている。

（指、震えてきた……）

胸が、期待にずきっとした。膝のうえで握りあわせた指先も、ずきずき痛む。まだなにをされてもいないのに、肌がざわついて呼吸があがる。恥ずかしくて目をあわせられない、そう思うのに、気づけばじっと明義の整った横顔を見つめてしまう。

「あんまこっち見んな」

「どうして……？」

濡れた目をしている自分を意識しながら問うと、キスしたくなると視線を流された。

キスしてほしいのは未直も同じで、けれど走る車のなかではそれもままならない。

「明義さん、キス、してほしい」

「いま言うな。事故るぞ」

「停まったら、してもいい？」

問いかけには言葉は返らなかったけれど、信号待ちを狙って、何度か唇をあわせた。薄暗くなってきたとはいえ、四車線の隣の車からは男子高校生にキスするスーツの強面の色男の姿は丸見えだっただろうけれど、明義はまるで気にもしていなかった。

「舌、入れてえな」

「や……」

軽く触れて離れるだけのそれでお互い焦らしあい、ときどき空いた手でいたずらもされた。

もうラブホテルでもどこでもいいから、連れこんで、やっちゃって、と胸がはずんでたまらず、未直はすっかりできあがった身体を持てあます。

だが、連れていかれたさきは、未直の予想をいろいろな意味で裏切った。

「……ホテルって、ここ？」

明義が連れていきたいというホテルだから、てっきりラブホテルとかそんなたぐいだと思っていた。なのに、自宅から未直を引き取った彼が向かったのは、都内でも有名な高級ホテル。エステやプールも併設《へいせつ》されていて、ホテルリゾートを楽しめるクラスのそれだった。

「まあさすがにスイートってのも行きすぎだから、スーペリアツインで」

「……充分すぎるけど……」

未直は広々とした部屋に、目を丸くしてばかりだ。おまけにナイトビュー、川沿いの夜景の見事さには思わず見惚れてしまう。

そしてまた、いつもよりフォーマルな印象の明義の姿はこの部屋にもしっくり馴染《なじ》んでいて、つくづく不思議な男だと思った。新宿の町を柄シャツで歩こうと、安アパートでジャージを着ていようと、高級ホテルにいようと、どこでも明義はそこを自分の場所にしてしまう。

だが、堂々としている彼の慣れのようなものに、複雑さを覚えたのは事実だ。

「明義さん、こういうの……よくするの？」

「いや、めんどくせえ。けど、未直はこういうの嫌いじゃねえだろ。頭でっかちだし」

ちょっと乙女思考なところがあるだろうと突っこまれ、うっと未直は言葉に詰まる。

「いくらなんでも初体験があんな場所ってんじゃな。可哀想とも思ってたんで、まあ……がんばったご褒美と、ついでに」

「え？」

会話の途中、いきなり腰を掬《すく》われて、目を丸くした未直はぽんとベッドに倒れこむ。そしてにんまりと笑う明義にのしかかられ、反射的にぎくりと身を硬くした。

「このあいだのやんちゃのお仕置きが、まだだよなあ？　未直」

「お、お仕置き……？　なんか、したっけ？」

「クラブでしてやるつもりが、まだ途中であのまんまだろうが」

ネクタイをしめた彼を見慣れず、うろたえていた未直はその言葉にかあっと赤くなった。思わず身じろげば細い手を取りあげられ、指先のひとつひとつを味わうように舐められる。末《まっ》端《たん》の鋭敏な神経が直接彼の舌に撫でられているようで、未直は「いや……」と小さく悶えた。

「いや、じゃねえだろ。この間心配かけた件について、なかったことにはしてやんねえぞ。つうか、保留って俺はちゃんと言った」

「え……あれ、まだ、有効だったの」

「有効だなあ」

にやりと笑って濡れた唇を舐めた明義は、襟元に指を入れ、首を振りながらネクタイをほどく。そんな仕種のなかに、どこか獣じみた獰猛さと、だからこその優美さが同居している。

（し、死にそう）

心臓が破裂しそうで、未直ははあっと熱っぽい息をついた。まだなにもされていないのに、明義のにおいが近くて、それだけで身体が疼いてくる。

「なに……するの」

「そうだな、とりあえず」

わななく声で問う未直の唇を、明義は長い指でゆっくりなぞった。そうしながら、未直の耳朶をゆるゆる噛んで、腰に来る声で囁いてくる。

「クスリなんかなくても泣きわめくまで抱いて、いきっぱなしにさせてやる」

声だけで痺れて、完全に動けなくなった未直は、泣きべそをかいて呟いた。

「……もお、いっちゃいそう……」

「まだ、だ。触ってもねえのにエロい声出すな」

とりあえず車のなかで手加減したぶんだと、ねっとりしたキスを贈られて、好き放題貪《むさぼ》られた未直は、せっかく整えていた明義の髪を、指先でくしゃくしゃに乱してやった。


シャワーを浴びる間は、一緒に入らないでくれとお願いした。うしろを洗うときのあれこれはさすがに、性的な意味ではなく恥ずかしすぎる。明義はとりあえず今日のところは勘弁してやると言ったけれど、目が笑っていなくて怖かった。

それから、入れ替わりでシャワーを浴びた明義の腕に捕まえられ、またあの濃厚な口づけに息も絶え絶《だ》えにされて、全身に唇を這わされ、爪先《つまさき》までずっと痺れてたまらない。

お仕置きだからと言い張る明義は、甘ったるくて心底意地悪かった。胸を吸うというより噛みつくようにされて痛くて、だがはっとしたように未直は、短く叫んで明義の頭を押し返す。

「だめ……ほんとにっ……あ、ほんとにだめっ」

「なにがだめだよ」

「そんなにしたら、痕ついちゃう……体育、来週あるんだ」

いきなり冷静なことを言う未直にむっとしたように、明義は「知るか」とうそぶいていきなり乳首を噛んだ。びりっとした刺激に未直はわななき、だめ、だめ、と言いながら明義の頭を抱えこむ。

「そんな、し、したら、めっ……ほんと、にっ」

「……誰にも見せなきゃいいだろが。サボれ体育」

「無茶ばっかり、あ、ひゃう！」

「無茶じゃねえよ。この間はなんだかべたべた痕つけてたじゃねえか。やっと消えたけど」

たぶんここにしつこくこだわるのも、あのクラブでの一件があるからだ。金髪の男が舐めまわしていじったせいで、あの日未直の胸元にはかなりのキスマークがついていたのを、明義は相当怒っている。

「なあ？　どうだったんだよ、このちっちぇえ乳首、ほかの男にいじられて」

「もうやだ……ごめんって言ったじゃんっ」

「許さねえっつの。どんな感じだった」

千切《ちぎ》れるかと思うくらいつねられ、悲鳴をあげた未直は、飲まされたもので正気を失った自分が、どんな淫猥な幻惑《げんわく》に陥ったかも白状させられた。

「そこっ……そこが、……んちん、みたいになって」

「聞こえねーえ」

「ちっ……乳首が、ちんちん、みたいに感じたっ……あ、やだやだやだ、痛い！」

素直に白状したのに、明義はさらに怒りをたたえた笑みを浮かべ、未直のそこをさらにつねってくる。

「もう取れちゃうっ、ごめんなさい！　やめてください！」

「んじゃどうしてほしいんだ」

もうさんざんいじられたところが、言葉だけで疼く。言えない、とかぶりを振れば親指の腹でころりと小さい粒を転がした明義は、周囲の赤いところだけずっと撫で続ける。

「未直、乳首いじってって言えよ」

「やっあ……やだぁっ」

「言わないと吸ってやんねえぞ」

いじってと泣くと、なにをだと追及される。吸ってほしいと告げても同じで、たどたどしく要求された言葉を告げると、全部つなげて言いなおさせられた。

「乳首、いじって、吸ってくださっ……あ、ひっ、あうん！」

ものすごく卑猥なそれに未直は泣き出し、けれどよくできましたと言わんばかりにきゅうっと吸いあげられて、感じすぎて仰け反った。おまけに胸ばかりではなく未直の未成熟な性器も、もういいというくらいにこねて撫でられて舐められた。そのくせなかなかいかせてもらえず、未直は息も絶え絶えになる。

「もおやだ……も……い、いきたい」

「だったら、二度とスキ見せんな。危ないとこにも行くなよ」

「ふぁい……」

こんなにいじめられるくらいなら、おとなしくしているほうが百倍ましだ。こくこくとうなずいて未直は泣きべそをかく。もうすっかり真っ赤に腫れた胸からやっと唇を離され、ほっとしたのもつかの間。

「もお、やだ、もうや……っ」

「やじゃねえ。もっと尻あげて、脚開いとけ。へばるなよ」

全身がどろどろになったところで、明義は未直のいちばんいやがる格好をさせた。

「そこ舐めちゃやーっ！」

「だめだ。今日はおまえが悪いからな。ふやけるまで舐めてやる」

「うあ、舌っ、だめ！」

感じすぎるうしろを、犬みたいな格好でお尻をあげたままずっと舐められて、舌まで入れられた。汚いからだめ、と言ったのに、ちゃんと洗ったくせにと見透かされて、意地悪くずっと舌と指で捏《こ》ねられる。

（ああ、もう、どろどろになって、溶けちゃう……っ）

溶けるのは身体だけではなく、意識も思考も、なにもかもだ。そうして羞じらいもなにも失わされると、未直は明義に教えられたとおり、淫乱な反応しかできなくなる。

「お尻、いっちゃうよう……っ、ちんちん、こすってっ……そうじゃなきゃ、いれてっ」

はしたない言葉を口にしながら、快楽を欲して乱れてしまう。小さなやわらかい尻を疼かせる未直に、けれど明義はとことん容赦がない。

「してやんねえよ。ほら、指でいけ。こっちでもう、いけんだろ」

「やああっ、ひど……ひどい、いっちゃう、ああっ、……あああ！」

こりこりする中のいけないところを、長くて太い指でぐりぐりされて、未直は射精した。ぴゅくぴゅくと出ていく精液を大きい手に受けとめられて、それをまたうしろに塗りたくられながら、萎《な》える暇もなくまた勃起した。

「もう、や……指だけ、や……」

「よかっただろうが」

「いいけど、やだ！　ちゃんと、抱いてよ……っ」

のっけからこんなに飛ばされたら、ばててしまう。だいたい明義が満足するまでつきあうには、未直の体力はなさすぎるのだ。また気絶したらどうしようと思いつつ、それ以上に。

「せっかくなのに、ちゃんと、入れて、ちゃんと抱いて……」

ようやくできるのに、こんな意地悪しないでほしい。未直が欲しいのは快楽だけではなく、気持ちごとひっくるめての明義そのものなのに。そんなことなどとうに知っているはずの男は、今日はとことん意地が悪い。よほど、未直の無茶を腹に据えかねているのだろう。

「入れてほしいなら、なに言うんだ、未直」

「……だ、さい……ああ、あうっ」

聞こえない、と笑うから、ふっくり腫れたみたいなそこを自分の手で拡げさせられながら、早くとねだった。そうして、死ぬほど羞じらいながら、大きいおちんちんください、と未直は言った。

「ここ……に、明義さんの、おっき、の……ください」

お願い、とつけ加えると、明義が獰猛な笑みを見せながら高ぶったものを未直のそれに押し当ててくる。放熱でもしているかのような逞しさにぶるっと震えたのは、怖いからか期待しているからなのか、もう未直にもわからない。

おまけに、そんな程度で許してくれるほど、明義は甘くない。

「そんだけじゃだめだな。……おまえ、上に乗れ」

それで自分で入れてみせなと意地悪を言う明義に、鼻を啜ってうなずくしかなかった。もうとにかく今日は徹底的に、この暴君《ぼうくん》ぶった彼氏に従うしかないらしい。

もじもじとしながら、ベッドに転がった男に乗りあがる。挿入するにはどうあっても脚を開かなければ無理で、しかし遠慮もなにもなく見つめてくる男の視線が痛すぎる。

「……そんなに見たら、やだ」

「なんのためにまたがらせてんだよ。小さい尻もじつかせてないで、やってみろ」

ただでさえ恥ずかしいというのに、そこまで言うことはないだろう。ろこつなからかいに、未直は顔から火を噴きそうになってわめいた。

「もーやだっ、明義さん、なんでそういう言いかた多いんだよっ」

「じゃあどういう言いかたすりゃいいんだ」

揚げ足を取られ、未直は中途半端に彼の腰に座ったまま、口を尖らせた。どうと言われても、正直よくわからない。ううむと唸ったあと、未直はうまくまわらない頭でどうにか、文句をひねり出した。

「今日の……昼間のみたいな、ああいうふうに喋ってくれれば、ちょっとは……」

丁寧な、大人らしい口調。父や兄たちと対峙しているときの明義は、ときおり睨みをきかせた以外はかなり紳士的にも思えた。

（ああいうふうに抱いてくれたら、こんなに恥ずかしくないのかな）

少しはやさしくしてくれないか。どきどきしつつ言ってみれば、明義は「あー？」といやそうな声を出した。

「なんだそりゃ、敬語プレイか。肩凝るんだぞ、あれ」

「自分が、どういう言いかたすりゃいいんだって、言ったじゃん……」

眉をひそめつつも「まあリクエストなら聞いてやる」と軽く咳払いをする。なんだかそのプレイという言葉が引っかかったが、とりあえず言うことを聞いてくれたのが嬉しいと、未直は一瞬だけ喜んだ——のだが。

するり、と内腿を撫でられた。あまり知らないようなねっとりした手つきにびくっとすると、明義は微笑を浮かべてこう告げる。

「じゃ、未直くん。イイ子だから、そこで脚を開いて」

「え、な、なに……」

声の調子まで変わっていて、未直はぎくっとなった。未直が怯えると、いつもなら卑猥な揶揄が飛んでくるはずなのだが、相変わらずにっこりと笑った明義はほがらかでさえある声で続ける。

「わたしのうえに乗ってるだけじゃ、どうしようもないでしょう。早く、ここに」

「やっ、ちょ……あ、あわっ！」

口調は丁寧なくせに、もじつかせていた内腿をいきなり掴んで開かれた。悲鳴をあげそうになりつつ未直が茹であがっていると、汗やジェルやそのほかのもので濡れた狭間を指先でつうっとなぞられる。

「ほら、もっと開いて……」

「あ、あ、や……そんな、触りかた、しちゃ」

からかわれているのはわかっているのに、どうしようもない違和感があるのに、いつもより甘く穏やかな声になぜか逆らえない。すりすりと腿を撫でる手も、きわどくていやらしい。

「……かわいいお尻に、わたしのこれを、自分で入れてください」

「ひ、あ」

囁かれ、ずうんと腰の奥に甘いものが落ちていく。ぐずぐずになった未直はどうにか腰を浮かせて、おそるおそる凶悪なそれのうえにまたがった。

「あ……ん、ん、んっ」

「……ああ、入っていくね」

ぬぐ、とそこが拡がるのがわかる。明義のそれはいつでも未直の身体を壊しそうなくらいにすごいのに、入ってくる瞬間どうしてか甘い。はじめてのときは、さすがに痛くてつらいと思ったけれど、この硬さと強さが未直をめちゃくちゃにしてしまう。

「上手にできたら、こっちもいじってあげよう。かわいいおちんちんだね、未直くん」

いつもと同じ、気持ちのいい明義のセックス。けれど、観察するような目が、穏やかすぎる口調が、未直の身体を硬直させる。

「でき、ない……」

「どうした？　未直くん。まだ半分だが」

奥まで、本当は欲しい。でもこんな明義は欲しくない。中途半端な状態でまたがったまま、未直は「うえっ」としゃくりあげた。

「も……や……」

「未直くん？」

「もーやだ、もーやだ、ふつうに喋って！　恥ずかしいっていうよりきもいーっ」

真っ赤になって泣きわめくと、明義がぶふっと噴きだした。

「きもいっておまえ……自分がやれっつったんだろうがよ」

「でもやだ！　変なオッサンみたいだ、やだ！」

そしてげらげら、声をあげて笑いながら起きあがり、未直の身体をしっかりと抱きしめた。

「おまえだめだなあ。ああいうときは多少なりとノってこいよ」

よっぽどおかしかったのか、肩まで震わせて笑い続ける明義の背中をひっぱたき、未直は涙目で抗議した。

「だってやだ、あんなの明義さんじゃないみたいだもん、怖い」

「んん？」

クラブで、あの金髪の男にされたことが蘇り、ぶるっと未直は震えた。

「おれ、明義さんとじゃないと、エッチしたくないもん。ほかのひとに、触られたって、気持ち悪いしやだもん……っ」

なにを思い出したのか悟った明義は、笑いをほどいてよしよしと未直の頭を撫でる。

「……俺だけだな、未直？」

「ん……っ、だから、……だから、もう、いじめないで」

「わかったわかった」

「ちゃんとかわいがって、ちゃんと――」

して、と告げるよりさきに、両方の尻を掴まれて腰が浮く。ああ、来る、と思っていると、あやまたず一気に太いもので貫かれた。

「――ふぁあっん、あんっ、あん！」

「ああ、もう、のっけでそんなに締めんじゃねえっての……」

「締めて、ないもっ……おっきい……」

膝の上に乗ったまま、未直のなかが馴染むまで、明義は激しく動くことはしなかった。ただゆらゆらと、ずいぶん長く揺らされて、未直の腰の奥がとろとろになるまで甘やかす。だからすぐに、未直の身体は全部溶けて、ぐずぐずと甘く濡れてしまう。

「ふや……あっ、あっ」

明義はじっとしてくれているのに、ベッドがゆらゆらと揺れている。うずうずする未直の腰が前後に揺らぐせいで、明義は当然それを黙って見過ごす男ではない。

「なんだ、もうかよ。んっとに顔に似合わずスケベだな……腰振ってんぞ、わかってんのか」

「やぁっ、して、ないも……」

「してんだよ。うねうね吸いついてきやがって」

ぱちんと尻を軽く叩かれ、もっと締めてしまった。気持ちよすぎて怖くてしがみつくと、そのままぐらぐらするまで下から突かれる。そのまま立て続けに激しくされて、わけがわからなくなりながら、明義の引き締まった腹にずっと未直のあれがこすれ続ける。

「ほら、これが好きだろうが」

「いいっ……い、ひあっ、あぁあ！　ああ、……すきっ、すきぃ……」

ずぶっと奥まで突き刺さる。明義のそれは、体格に見合ってすごく大きいから、未直はいつでも身体が破裂しそうだと思う。それが未直の中でぬるぬる動くたび、あそこからじゅんじゅんと溢れてくる。もったりと腫れたような粘膜はどんなに激しくされても気持ちいいだけだ。

「うー……っ、ふ、うう、そこ、だめぇ、だめっ」

「エロい声出して、ったく……たまんねえだろ」

荒れた息を吐く口元、滴る汗を明義が無意識に舐めた。とたん、じんっと爪先まで痺れが走って、未直は両手を伸ばしてせがむ。

「なに、じっと見てる？」

「キス……キスしたい……っ」

「ん……？」

して、と甘えればすぐにキスをくれる。音を立ててついばむ彼の首筋に腕を回し、もっと深いのをせがむと身体をふたつ折りにされた。未直の細い脚は明義の肩に担《かつ》ぎあげられ、舌と性器でかき回されるから、もうどこもここもぐちゃぐちゃになる。

「はひっ……あは、あー……はっ、はあっ」

ひっきりなしに声をあげ、唇を噛んでこらえれば強く突かれて、未直はしゃくりあげながら明義を見あげる。言葉は荒く、仕種も強引だ。けれど、けっして乱暴にも痛くもしない。

（だいすき）

甘やかすようにやさしくやさしく未直の感じるところをずっとこすってくれているから、どろどろに溶けておかしくなる。好きすぎて、痛くて、嬉しいのに泣きたい。

「うう……いっちゃう……もお、いっちゃう……っ」

「あー……出そうか、未直。もうちょっと待ってろ」

「うん、うんっ……んあ……あ……っ」

がくがくとうなずいて、早くと訴えるのは身体の奥、痙攣じみた動きをする粘膜をずんずん突きまくられた。もう声も出ないまま、乳首を噛まれた瞬間また未直は少し出してしまって、明義をぎゅうぎゅう締めつける。

「あ、いく、いく、……いっぱい、いく！」

「ああ。ほら、いけ」

手伝ってやるよとひくついた性器を大きな手に包まれたとたん、こすられるまでもなく未直は射精した。あ、と大きく口を開いてのけぞり、ひくひくと震える舌を明義に吸われる。

「ん……ん……んん」

舌を吸ってもらいながら、残りを絞り出すようにそれをこすられた。未直はキスがほどけても、とろんとした目をしていた。濡れた唇を明義の長い指が拭ってくれ、甘やかすような仕種に思わず笑みを浮かべたけれど、身体の奥にはまだ硬いものが挟まっていることに気づく。

「いっしょ……いって、ない？」

「ああ、まあな。けどおまえ、もうばてたろ」

笑いながら言われて、未直はむうっと口を尖らせた。ひくひくと余韻にうごめくそこで、明義が脈打《みゃくう》っている。甘やかされるのは嬉しいけれど、そういう気遣いはあまり嬉しくない。

「しようよ。ちゃんと、いってよ」

よくなかったのかとしがみついて言うけれど、汗に湿った髪を梳《す》いた明義は余裕のままだ。あげく、未直の腰を抱えてそれを抜いてしまうから、未直は「えっ」と目を瞠る。

「少し休憩しろ。おまえ、グダグダになってんぞ」

そんなことを言って寝かしつける気ではないか。じとっと上目に睨めば、どうやら図星だったらしい。明義は苦笑して、未直の身体をシーツに横たえてしまう。

「だって明義さん、いってないよ……この間も、そうだったじゃん」

「気にすんな。いじりまわすだけでも、けっこう楽しいぞ」

「そういうオヤジくさいのやだっ」

「……きもいだのオヤジだのさんざんだな。オッサンじゃねえっつったのおまえだろ」

だからいやだと膨れて、未直は逞しい肩に噛みついてやる。けっこう力を入れたので、明義は当然痛いと悲鳴をあげた。

「なにすんだこのっ」

「ねえ、もっと……もっと、いっぱいしたい」

疲れなんかどうでもいい、やっと心おきなく抱いてもらえるのに、遠慮なんかされたくない。

「おれ、明義さんにここで、いってほしい。もう、中途半端なの、いやだ」

「おい、未直……」

「きれいに、したんだよ？　明義さんに、ゴムとか使われるの、やだから……ここに、出してほしいから」

ね、と小首を傾《かし》げて脚を開けば、なんだか動物が唸るような声を発して明義がのしかかってくる。怖い顔をされてもちっとも怖くなくて、未直には世界一かっこいいと思える鋭い顔にたくさんのキスをすれば、鼻の頭をかぷっと噛まれた。

「へとへとのくせに煽るな、クソガキ」

「平気だもん……あっ、あっあっ……やん……おっき……っ」

広くて逞しい背中に腕を回して、ぬうっと入ってくるそれを受けとめる。いつもの十倍くらい感じるのは、やっとちゃんと気持ちが通じたからだろうか。

さっき出してしまったから、お互いの身体はもうべたべただ。肌がこすれあうたび、ものすごくいやらしい音がして、それにも煽られながら未直は明義のために腰を動かす。

「……ったく、いつからそんな、スケベな動き、覚えたっ……」

「お、教えたの、明義さんだよ」

よくなってほしくて、未直にもっと夢中になってほしくて、しがみつきながら卑猥な揺らぎを作り出す。さすがにからかう余裕もないまま、激しく求めてくる明義の背中に爪を立て、未直は「好き」と泣きじゃくった。

「くそ、出すぞ未直っ」

「ん、ん、出して、いってっ……あ、うああ、んん！」

ぐん、となかにいる明義が大きくなって、未直は声をあげてのけぞった。身体を叩きつけられ、奥の奥まで侵略する勢いで射精されたとき、折り曲げられた体勢のまま放った未直の飛沫《ひまつ》が首筋から頬まで飛び散っていく。

自分の身体が甘い毒に焼かれて焦げつく気がした。終わってもびくびくとした痙攣がおさまらなくて、なかにいる明義を啜るように動く粘膜がひりついている。

(すごい、なか、溶けちゃった……)

声もなく息を切らしながら目を見交わして、汚れた頬を拭ってくれた明義に口づけをねだると、さきほどの激しさが嘘のようにやさしいキスをされた。絶頂の余韻に痺れた舌を舐められながら、高ぶったせいでまた涙ぐんだ未直は小さく喉を鳴らす。

「明義さん……いろいろ、ありがと」

「ん?」

小さな声で囁くと、明義はなんのことだという顔をした。未直は精悍な頬の汗をお返しのように手のひらで拭いながら、彼の乱れた前髪を手櫛《てぐし》で整えてやる。

見つめあって、引き合うようにまたキスをした。いくらしても飽きないと思いながら、身体のなかでゆっくり萎えていく明義を感じる。

「きつくねえか。抜く?」

「ん……まだ、入れてて」

正面から抱きあうと、未直はけっこう腰がつらい。けれどぴったり重なっている充足感には替えがたく、もう少しとねだると、身体を横倒しにされた。

「このほうが少しマシだろ」

脚を絡ませたままの状態で、たしかに楽は楽だがちょっと恥ずかしい。ついでに振動で少し感じつつ、こくんとうなずいた未直は、ふとあることを思い出した。

「あの、さ。マンションなんか、いつ買ったの？　ていうかあれ、嘘も方便ってやつ？」

勢いに負けて忘れていたが、親との話しあいのときからずっと気になっていたことを、あらためて問いかける。

いずれもらってやるなどと言われていたが、事件の後始末からこっち、明義はかなり慌ただしくしていたはずだ。今日の休みも、同僚らに相当睨まれながらもぎとってきたと聞いている。そんなんで不動産屋をまわる暇などないだろうにと首をかしげれば、明義はあっさりと言った。

「もう半月くらい前か、知りあいに頼んで手配だけはしてあった。ぼちぼちあのヤマも片づくだろうと踏んでたし、いつまでもあのボロアパート借りとくのもアホらしいし」

「え、あ、そうなんだ？」

「おう。けど、まだしばらく手続き関係あるから寮は出られないけどな。来週には物件引き渡しできんだろ。そしたらおまえ、さきに入って片づけ頼むわ」

管理人としてどうこう言っていたのは、まんざら方便ばかりでもなかったようだ。道理で妙な説得力があったと感心しつつ、未直はふと問いかける。

「へえ……けど、いつの間にそんなことやってたの？　なんか、忙しかったよね」

未直が素直な疑問を口にすると、なぜかいきなり目を逸らした明義はいきなり煙草を手にとって、ものすごい勢いでふかしだす。

「どしたの……？　寝たばこ、だめなんだよ」

「うるせえよ」

なにを動揺しているのだろう。やっぱりときどきよくわからない恋人をじっと未直が見つめていると、視線に負けたとでもいうように、大きな手で顔の半分を覆った男はぼそりと言った。

「いつの間にってまあ、暇みつくろって」

「なんか明義さん、顔赤くない？」

「照明のせいだ」

犬でも追い払うような手つきをされたが、未直はなおも目を離さない。なにを言いたいのかと視線で問いかけると、さすがに観念したように、明義は唸って口を割った。

「まあとりあえず、おまえ食っちまうに当たって、俺もいろいろ考えたんだよ」

考えるとはなにをだ。未直が無言で言葉を待っていると、絡んだ脚をさらに引き寄せられ、胸にぎゅっと抱きしめられてしまう。

「おまえわかってんのか。警察官が未成年と性行為ったら、そんだけでえらいことなんだぞ」

「……うん」

うそぶきつつ、ほんの少し耳朶が赤い。この男が必要以上にひねた発言をしたり下品なことを言うのは、照れ隠しらしいと未直はだんだん呑みこめてきた。

「まあ、マンションは、だから、あれだ。とりあえず、察しろ」

そのくらいの覚悟を決めたから抱いたんだろうと、赤い顔で明義が言う。未直はえへへと笑いながら、また泣きそうになる。

「幸せにしてやってくれ、なんて言われて、わかりましたっつったんだから。公認だろ。ついでに、こういうのを悪いこととか思うな。いちいち、寝たあとに、ありがとうとか言うな」

うん、とうなずいたらまたぽろっと涙が落ちた。するといつものように、頭を叩かれる。

「だから、もう泣くな。おまえは……笑ってろ」

未直は笑いながら、それでも睫毛のさきにたまった雫を引っこめることはできなくて、小さくくすんと洟をすする。

「おれ、明義さん好きになってよかった……」

「そうかよ」

ぶっきらぼうに言われて、痛いくらい、抱きしめられた。肌のにおいと体温を感じながら、涙ぐんだ目元をこすりつけて甘える。

大好きなひとの、あたたかい抱擁。うっとりとその甘さに酔っていた未直は、しかし絡んだ脚の奥に起きた変化に「ん？」と目を瞠った。

「あ……あの、明義さん？」

さっきまでなんとなくやわらかかったそれが、妙に力強く脈打っている。かあっと顔が熱くなり、またなのかと上目に見れば、明義もいささかばつが悪そうだった。

「……あー。悪い。つうか、いや、これはおまえが悪い」

「な、なんで……おれ、なにもしてないよ」

「うるせえ、全部おまえのせいだろうがっ」

どうしていきなりこうなる。わりとしんみりした会話だったはずなのに——と目を白黒させていると、腰を掴んで体勢を変えられた。

「犬っころみたいに泣いてすり寄ってきやがって、いちいちかわいいんだ、ばか！」

「えっ、かわいいって、えっ⁉ ……あ、ん、やあっ！」

怒鳴りながら言われた言葉が脳内で咀嚼《そしゃく》される前に、腰を掴んで揺すられた。そしてそれが、この口も柄も悪い男には大変めずらしい睦言《むつごと》だったと気づくより前に、未直は嵐のような快感に巻きこまれ、まんまと溺《おぼ》れさせられたのだ。


くたくたになるまで抱かれた夜、未直は新宿で迷子になっていたときの夢を見た。

あの日未直は、大事ななにかを探しながら、でもそのなにかがわからないまま、泣いて途方にくれていた。

それからはジェットコースターみたいな毎日で、たくさん迷って、傷つきもしたし、悩んだけれども――強引で、デリカシーも足りなくて、けれど未直のいちばん大事な男は、未直がどうすれば嬉しいのかだけは、やっぱりちゃんと知っている。

なにも知らない顔をして、そっけなく乱暴な口調で、誰よりも未直を大事にしてくれる。

明義と出会って、曖昧だった『なにか』を未直は必死で掴み続けた。そしてモンタージュのようにピースを組みあげ、ちゃんとあきらめずに造りあげたら、恋の形にできあがった。

ピンクのハートの真ん中にある、明義の顔が似合わなくて、未直はくすくすと笑ってしまう。

そして、その寝顔を見つめた男がこっそりと、ゆるんだ唇を盗んだことは、まだ知らない。

end

好きにさせないで

ただいま、という声を自分がかけるのがいまだに不思議だ。とくに、そのまま返事がくる日には。

「なんだ、早いな。まだ昼だろ」

「今日は一限《いちげん》だけで、あと休講《きゅうこう》になったんだ」

三田村明義《みたむらあきよし》が眠たげにあくびをして、のっそりと顔を見せる。中古の3DKだけれど、引っ越し前に内装をきれいにしたので新築みたいなこのマンションは、長身の明義にはちょっと狭そうだ。

新宿から電車でちょっとのこの部屋に引っ越してまだ数ヶ月、でも間取りにも、入学したての大学からの通学にも真野未直《まのみすぐ》はすぐに慣れた。

慣れないのは、一緒に住んでいる恋人の気配と、こういう静かな、なんでもない時間。

「まだ寝っててよかったのに。起こしちゃった？　ごめん」

「あー、つうか神経びりびりして寝れねえんだわ」

昨晩まで十日間ぶっ通しの張り込みで、徹夜の連続だった明義はまだ感覚がおかしいらしい。目の下の隈《くま》が濃くて、だいじょうぶなのかなと思いながらも、居間のソファにごろりと転がる姿がちょっと動物みたいでかわいかった。

「あ、そうだ。おれごはんまだなんだけど、明義さんは？　食べるなら作るよ？」

「おー、わりいな」

ようやくの非番《ひばん》が、今日明日で確保できたと言われて嬉しかった。なのに大学のある未直は「サボるな」と厳命《げんめい》されたから、朝から後ろ髪引かれる気分で登校したのだ。

すぐに作るね、ともうだいぶ着慣れたエプロンをつけ、未直は下校途中に下げてきた買い物袋から食材を取り出す。手早く作れるのはパスタかな、と思いながら、野菜を洗う。

「しかし、おまえが家事得意だと思わなかった」

「……うち、わりと手伝いやらされてたし」

ちょっとだけ未直の声が低くなる。

いろいろとこじれた家族間は、いまだに良好とは言いがたい。父と兄はどこかで、未直が翻《ほん》意《い》することへの期待を捨てきれていないらしい。それでも唯一、明義とのことを見抜き、本気なのかと聞いてきた母は、数少ない理解者だった。

――好きなのは、あのひとのことなんでしょう？

母は、たまに顔を出せと言ってくれて、父と兄がいない間を見計らって実家を訪ねると、初心者向けの食事の作り方を、特訓された。

――未直は、こういうのもちゃんと自分でできるようになりなさいね。

隣に立って包丁を操《あやつ》りながら、タマネギを切っている未直ではなくジャガイモの皮を剥く母のほうがぽろぽろ泣いていた。

たぶん、彼女はとても複雑なのだろう。許したとは言いながら、まだどこかで胸を痛めている。けれど、それでも、未直に触れる手はいつでも、あたたかい。

「……おまえなに、泣きそうになってんだ」

ちょっと思い出してしんみりしていると、鈍感なようでめざとい明義がぬうっと肩越しに顔を出す。

「タマネギ、しみたの」

「……おまえが切ってんのはキュウリに見えるけど？」

「これはズッキーニです」

えへっと笑ってごまかすと、呆れたような息をついた明義に目尻に唇を押し当てられて、ついでに苦い唇を舐められた。

「んん……？」

慰めのキスだと思っていたのに長い。おまけになんだかエプロン越しに、尻をまさぐられている気がする。なに、と口を開きかけるとぬるっと舌が入ってきて、ごりごりしたものを押しつけられ、包丁片手に硬直した。

「ちょっ……明義さん……ごはん」

「あー……つか、わりい。どうも疲れマラだこりゃ」

「つ、つ、つかれっ……」

なんてことを言うかこのオヤジ。そう思って真っ赤になると、「おまえも悪いんだろうが」とにやにや笑われた。

「エプロンして小さいケツ振ってりゃ、食ってくれって言ってるようなもんだろ」

「お、お尻なんか振ってないよ！　それに、おれふつうのエプロンしてるだけだろっ!?」

末直は叫んで自分のエプロンを引っぱった。べつに白いふりふりなんて寒いものではない。紺《こん》色の、機能重視の肩掛けタイプで、色気も素《そ》っ気《け》もないやつなのに。

「俺にはエロい」

「ちょっと明義さん、……あう！」

きゅう、とエプロンの厚ぼったい布の上からなのに、一発で乳首が摘《つま》まれた。かああっと赤くなった末直がとっさに自分の口を覆うと、ねろりと耳が舐められる。

「おい、その物騒なの置け。刺されそうで怖ぇよ」

「え、あ、ごめっ……あ、わあっ！」

包丁をまな板に置いたとたん、いきなりジーンズのボタンをはずされた。そのまますとんと下げられて、あわあわしているうちに下着も剥かれる。足下に落っこちたそれに身動きを制限されていると、脱がせた衣服を踏んづけた明義が脇に手をいれ、すぽんと抜いた。

「だめ、鶏肉傷《とりにくいた》んじゃうっ……」

そのまま腰から抱きあげられ、お持ち運びされそうになって、未直は思わずわめく。

「うっせえなもう……じゃ、冷蔵庫しまえ」

どうにかおろしてもらったものの、裸になった尻を揉まれながらでは逃げようがない。

「つうか、したくねえのか？　最近おまえ、つれなくねえ？」

「そんなこと……ないよ」

じろっと睨まれて、未直は肩を竦める。たしかに以前は、してしてかまってと飛びつくのは自分のほうだったけれど、いまとあのときでは状況が違うのだ。

「なんだよなあ……昔は待ちきれずに、ひとりでしてたくせに」

それを言うなと言うのに。誘導尋問《じんもん》で引っかかって以来、むなしいひとり遊びに淫《いん》した時間のことを、けっこうしつこく明義はからかってくる。

「だ、だって……あのときはおれ、ちょっとおかしかったし……」

最近、闇雲な性欲に駆られることがないのは、たぶん安心しているからだ。かつてはそれだけが明義と自分をつなぐものだと思っていたから、会うたびしてほしくてたまらなくなった。

それから家を出たことで、ストレスが軽減《けいげん》したせいもある。明義と一緒に住んでいるという事実だけで満たされて、セックスをするしないに関わらず、いつも彼の気配に包まれているから、あの凄《すさ》まじい飢餓感《きがかん》は味わわずにすんでいるのだ。

そして、ぐずる理由はもうひとつ。

「そ、それよりさ。ご、ごはんしてからのほうが、ね、ね？　落ち着くよね？」

正式に同居して、長い張り込み仕事明けの明義というのをはじめて知った未直は最初、なんでそんなに機嫌が悪いのだろうと哀しくなったこともある。とにかくびりびりした気配が強くて、だいぶ強面の彼に慣れたとはいえ、本気で怯えそうになった。

しかも——そういうときの明義は、正直すごい。数日間張り込みに神経を使い、睡眠も食事も片手間状態でいたせいか、それこそストレスが溜まりきっている。

それがそのまま、睡眠につながって爆睡《ばくすい》するときはいい。一日寝っぱなしになるのは少し寂しいけれど、寝顔を見ているだけでもけっこう満足だ。

けれど今日のように彼が寝そびれたとき、さっさと食事だけでも与えなければ、そのフラストレーションは全部、未直の身体にぶつけられてしまう。

乱暴にされたりするわけではない。けれど、とにかくこういう時の明義は疲れもあってなかなかいけず、そのぶんいじりまわされ未直が死ぬほどいかされてしまうのだ。

「んだよ……けっきょく、いやなのか？」

「やじゃない、けど」

やじゃないけど怖い。言いきれず、もじもじと涼《すず》しい足下をすりあわせていると、ふんと鼻を鳴らして明義の手が離れていく。拒んだくせにびくっとして、とっさに未直は彼のシャツを握った。

「なんだよ。いやならしねえよ」

べつに怒ったわけではなかったらしい。けれど、苦笑して頭を軽く叩かれた未直がうつむけば、なんだかすごい状態になっている明義が見えてしまった。

「……風呂入るから、飯作っておけ」

「自分で……抜くの？」

おずおずと問えば、訊くなというように頭をぺしっとはたかれた。痛い、と頭を押さえた未直は、どうしようかともじもじしたあと、そのすごいのに手を伸ばす。

「てめ……いやなら触るな」

「やじゃないけど、けど……明義さん、こういうとき、長いんだもん……」

だから、と部屋着のスウェットパンツに手を入れて、かちかちのそれをそっと握った。

「お、俺がするんでいいなら、いいよ……？」

「……なにしてくれんだよ」

にや、と笑った明義が唇を撫でてくる。わかってるくせにと思って長い指に吸いつき、未直はその場にしゃがみこんだ。

＊　＊　＊

一度抜いてあげたのはよかったけれども、失敗もあった。

ただでさえいきにくいのに、出させてしまったらよけい次が長くなることまで計算に入れてなくて、未直はさっきからずっと泣いている。

「……ほら、泣いてねえでしっかりエプロン持ってろ」

「こんな、の、やぁ、だあ……っ」

明義が出すのを飲みきれなくて、ちょびっと顔射《がんしゃ》されてしまった未直は全部脱ぐと言ったのに、エロオヤジと化した明義に却下《きゃっか》された。おかげでいま、靴下とシャツとエプロンという大変中途半端な格好になっていて、変だからやだと言ったのに聞いてもらえなかった。

おまけにベッドに行きたいといったのに、台所の床にぺたんと裸のお尻をついたまま、寝っ転がるのも許してもらえない。

「もう、やだあ、乳首ばっかりやだ……っ」

ふやけて、そのくせ尖ったそれを舐めるためにずっと自分で服をたくしあげた状態にさせられていて、未直はもう息も絶え絶えだ。

「うっせえな。あんまりぐずると、うしろにさっきのキュウリ入れるぞ」

「や、や、やだあ……！　あ、あんなの、はいんないっ」

「そっか？　俺と変わんねえだろ」

「でもやだっ」

　怖いこと言うな、とかぶりを振ると、嘘だとキスでなだめられる。意地が悪いのかやさしいのかちっともわからないと思いながら大きな舌をぺろりと舐めて、未直は鼻をぐすぐすすすって言った。

「ねえ、ねえ、あっちもして……」

「あっちってどこだよ」

「んんっ……お、おちんちん……」

きゅう、と真っ赤になった乳首を両方一緒に摘まれて、びくびくしながら脚を開いた。もうてろてろになっている未直の性器は真っ赤になってひくひくしている。明義が適当にしか触ってくれないから、じんじんして痛くてたまらない。

「濡れ濡れだな。……で、この未直のちんちん、どうしてほしいんだよ」

「ひ、う……しゃぶっ、て、よぉ」

「俺が言ったのと、全部続けて言ってみな」

だから夜勤《やきん》明けの明義はいやだ。いつもの数十倍意地が悪くてS丸出しで。なのにつんつんと先っぽだけつつかれると、未直はがくがく腰を振ってしまう。

「み、未直の、ぬ……濡れっ……のちんちん、しゃぶってぇ、あ、あひん！」

いきなり身体を転がされ、せがんだとおりにくわえられた。ものすごい音を立てて舐めしゃぶられて、「あーっ、あーっ!!」とすごい声が出てしまう。

「おまえ、いくら防音でも隣近所に聞こえんぞ。ここ台所だし」

「ひっ……ひぐっ、んー……!!」

通路に面した台所だとそのひとことに思い出させられ、未直は両手で口を覆った。そのまま性器どころか根本の膨らみまで口に含まれ、「ふぐっ」とくぐもった呻きが漏れる。

（あ、だめ、それだめ。ころころしないで）

うしろに続くラインをしつこく舐められ、ひくひく震える入り口まで唾液が伝う。べとべとになった先端は親指がじっくり撫でまわしていて、いきたくてもいけない。

（いきたい、いきたい。なのに、してくんない）

口を押さえているせいで呼吸も苦しくて、だんだん酸欠になってくる。おかげでよけい意識は混乱し、未直は感じているのか苦痛なのかもわからなくなり、なんだか哀しくなってきた。

「……はは。真っ赤になってなに変な顔してんだ、おまえ」

「……っ」

必死になって我慢していたのに。くしゃくしゃになった顔を笑われて、かあっと頭に血がのぼる。みるみるうちに未直の大きな目には涙がたまり、ひぐっと喉が鳴ったらもうだめだ。

「も、い、……っひ、ひい……っ」

「……んあ？」

「いやぁ……も、や、っ……っひ、ひいん……！」

「うわ、な、なんだよ」

うえええっ、と声をあげて泣き出すと、明義がぎょっとしたように跳ね起きた。そのまま顔中をくしゃくしゃにして未直がしゃくりあげていると、慌てたように抱き直してくる。

「ひいっ、ひっ、やだ、こわ、こわいよう……っ」

「ああ、ああ、悪い、やりすぎた」

ごめんごめんと頭を撫でられ、ぐしゃぐしゃの顔にいっぱいキスされる。ずるずると洟をすればまくり上げたエプロンで「かめ」と言われて、色気もなくちーんとやった。

「あ、明義さんいじわるだ、ひど、ひどい……っお、おれのこと、きらいなんだ」

「嫌いじゃねえよ……まいったなもう。なんでおまえいきなり子ども返りすんだよ」

萎えたじゃねえか、とげんなり息をつかれても知らない。だいたいしつこすぎるのが悪い。

ぼたぼた涙を落としながら睨むと、「あー……」と唸って明義が抱きしめてくる。

「悪かった。許せ。かわいいからやりすぎた」

「……うそだ。明義さんおもしろがってた」

「おまえちょっとしつっけえぞ……」

ぼやかれても知らない。涙目で恨みがましく見つめていると、本当に困った顔になった。

「どうすりゃ機嫌直るんだよ」

「これ、脱がせて」

　はいはい、と言ってぐちゃぐちゃになったエプロンと服を脱がせてくれる。靴下まで全部丁寧に脱がせられたあと、未直が「ん」と腕を突き出し抱っこをねだれば、横抱きにゆらゆらされた。

「ちゃんとキスして」

「ん」

　ちゅ、と唇にあやすようなそれを落とされたあと、ぐすんと洟をすすって未直も抱きつく。

「ベッド、連れてって」

「おう。で、どうすんだ」

　ひょいっと軽々抱きあげられ、明義の耳をかじりながら、半端な身体を押しつける。

「……いじめるんじゃなくて、ちゃんとかわいがって……」

「了解」

　くっくっと笑っている明義は本当に反省しているんだろうか。むうっと口を尖らせていれば吸いつかれて、キスしたままベッドにおろされた。

「もうやなことしねえから、して欲しいこと言え」

「ゆ……指、いれて」

　ベッドに到達するまでに交わした、ねちっこいキスでまたあっけなく身体に火がついた未直は、半端なままの腰の奥が熱くて脚を開く。

「入れたぜ?」

「ん、ん、……いいとこ、ぐりぐりして……っえ、あ、ああん……あん!」

太くて長い指でうんとかき混ぜられて、気づけば自分で腰を振っていた。そのままフェラしてとねだると、ちゃんと今度は焦らさずにいかせてもらって、きゅうきゅうに明義の指を締めつけてやった。射精しながら吸いあげられて、たまんない、と腰をくねらせたあと未直はくたんとベッドにうつぶせに横たわる。

「……で、どうすんだ? このあとは」

「ん……もう……」

好きにして、とお尻を突き出すと、熱いのが奥まで入ってくる。明義のそれは大きすぎて、いつも最初はつらいけれど、焦らされすぎたせいか今日は最初からすごくよかった。

「すげえとろっとろになってんぞ、未直……」

「あー……っんん、うん、うんっ……! おっき……っ」

「おっきいの好きか……? ほら、言ってみろ。もっとしてやる」

「ん、ん、おっき……ちんちん、すき、明義さんのち……ちん、ああ、好きぃっ」

だからもっとかき回して、と腰を振れば、根本までぎっちりにしたまま揺すられた。

「や、だあ、もっとぐちょぐちょしてっ……」

「もうしてんだろ」

「ちが、あ、も、もっと、突っこんでっ……ぱんぱんって、してぇ……！」

抜いたり入れたりして、と自分で腰を前後すると「すけべ」と笑った明義に思いきりがんがんやられた。すごい音がして、立てた膝が崩れてしまっても、上からどんどん突き崩される。頭の奥までずんずん来て、すごくて、明義にあわせて懸命にお尻を締めつけていると、ふうっと気持ちよさそうな息が聞こえて嬉しかった。

「あー、すんげえ締まる……いいか？　ここ？」

「ひっい、いっ……いいっ、いっ、そこ、いいっ」

明義の律動《りつどう》の激しさに、未直の性器がぷるぷる震えた。シーツにたまにこすれる感触がすごくよくて、思わずこすりつけていると見咎められて握られる。

「は、はひっ……い、やあんっ」

「ばか、自分ですんな。……ほら、してやるから」

「あっあっ……だめ、だめえ、いっちゃう、だめえっ」

なにがだめだよと耳を舐められて、くんっと明義を締めつける。凹凸《おうとつ》までぜんぶわかるこの感じがいつもたまらなくて、むずがゆい乳首をシーツにこすりつけた。

「だから、自分ですんなっつってんだろ」

「じゃ、さ、さわって、さわって……つねってっ」

泣きじゃくりながら大きな手を胸にあてがい、未直は腰の奥にあるものへ粘りつくように粘膜を絡め、早く、とねだった。

「ね、ね、いって？　お尻に、出して？　……明義さんの、熱いの、出して……っ」

「ああ。……もう締めんな、痛ぇよ」

それからもう前もうしろもぐちょぐちょにされて、未直はいっぱいいやらしいことを口走りながら、快楽の階段を一気に駈《か》けのぼる。

そして、どくどくする明義の射精を中に感じた瞬間、気を失った。

＊　＊　＊

「あきよしさんー……？　ごはん、できたよ」

「……ああ」

ベッドで丸まっている大きな身体に手をかけると、なんだか歯切れの悪い返事がある。これだもの、と思って未直はため息をつき、布団の上からのしっとのしかかった。

「刑事さーん。……未成年との淫行にへこむなら、毎回切れないでください」

「……悪い。またどっか、頭吹っ飛んだ」

未直が明義の仕事明けエッチをぐずる最大の理由は、じつのところハードなセックスそのものではなく、このめんどくさいオプションのせいだ。

（怒ってないのになー……だからやめようよって言ったのにさ）

セックスしたあと、一寝入《ひとねい》りした明義はあのエロサドぶりはどこにいった、という勢いでめっこり落ちこむ。結局、どんなに口ぶりが粗雑《そざつ》で大雑把に見えても、その仕事に見合ってこの男は根がまじめなのだ。

自分でやっておきながら、未直が泣くのも、あとになってぐさっと来るらしい。――だから、こんなにめろめろに好きなのだが。

「あーきーよーしーさーん。ごはん冷めちゃうよー」

「んー……」

だいたいあのあと誘ったのは未直のほうだというのに。もっともっといっぱい出して、中から溢れるくらいにして、とおねだりしてせがんだのも。

ちょっとだけ気絶したあと目を覚ましてみると、もう明義はぐったり眠りこんでいた。これは起きたらスイッチ切り替わっているだろうなと思いつつシャワーを浴び、べとべとになった恋人の身体を簡単に拭いてやり、寝っ転がっている大きい身体をどけるのは無理なので、シーツだけ剥がした。

で、案の定目が覚めた明義は、布団の中で丸まって顔も見せてくれない。

「ねえ、おれもう十九だよ？　二十歳まで、もうあと一年だし。……結婚も、できる歳、すぎてるよ」

　哀しくなるよ、と乗っかったままゆらゆらすれば、ぬうっと大きい手が布団から出てくる。

「ねえ。おれ、明義さんとこお嫁さんに来たんじゃないの……?」

　それを握って手のひらにキスをすると、ようやくもぞりと顔が半分。皺のよったおでこにキスをすると、やっと顔が全部出た。

「へこむのやめてよ。悪いことされたみたいだよ」

「ん。悪い」

「あやまんないでいいから、ごはん食べて」

　おう、と起きあがった身体にしがみついて、未直はふふっと笑った。

「……激しいの、嫌いじゃないよ」

「けど、泣いたろ」

「でもそのあとあやしてくれたよ？　エッチもすごい、……気持ちよかったよ。明義さんはよくなかった?」

「や……いいけどな。よすぎてああなる」

「じゃ、いいじゃん」

　ね、と首を傾げると、思いきりぎゅうっと抱きしめられた。じんわり幸せになって、未直は思わず笑みこぼす。

不器用でやさしくて、ときどきキレると危ない明義が、世界一好きだ。

(これ以上好きになったらどうしようかなあ)

だからあんまりかわいい顔をしないでね、と、きつくしかめた鋭い目元に、未直は唇を押し当てた。

end

あとがき

こんにちは、崎谷です。

今回のお話は、そもそもは趣味で書いたショートストーリーがベースになっています。勢いで書いたわりにけっこう自分でも気に入っていて、どうせならきちんと書き下ろすか……と思いダリアさんにもとの話を見ていただいたところ、ご快諾いただき、このような形になりました。まあ、もとがある、といっても本当に大元は文庫三十頁にも満たないショートショートで、大筋と設定以外はほとんど新作ですが（笑）。

しかし、そもそもそんな短編だったため、シンプルなストーリー展開でしかなく、落ちもわかりやすく明義の素性がばれておしまい、という感じでした。まあ、いわゆるお約束のため、あまり種明かしが重点に置かれた話ではないのですが、さすがにもとネタの展開のまま膨らますのには限界もあり、ほかにもいろいろな要素をぶちこんでみたら、当初の予定よりもけっこう動きの激しい展開になったかなあ、と思います。

そしてなにより……当初は趣味で書いていたため、ソレなシーンがかなり激しかったわけですが、担当女史が「いいですよ！　エロいいですよ！」と鼻息荒く煽ってくださったため、もうこのままいっとくか……とテンションだけは同等のままやったもので、えー、ぶっちゃけ、たぶん近年の商業誌のなかではかなりの濃さになったかと……。「いいんですか、これほんとにいいんですか」と確認する私に、ずびしと立てた親指が見える勢いで「おっけーです！　むしろもっと！」と力強く言ってくださった担当さま、つくづくと、ここまでエロスに対して心おきなく求めてくださるあの熱さは、なかなか右に出る者はないかと思います（褒め言葉）。てなわけで、担当さん仕様になっておりますこってり濃厚エロス、読んだ方にも気に入って頂けるといいなあと思います（笑）。

まあ、そういうこってり加減になったのもキャラの性質もあったかなと。主役である未直はわりと好んで書くボケ系かわいこちゃんキャラなのですが、今回はとにかく明義（笑）。かなり久々に書きました、がらっぱちキャラ。こういうキャラは得意部門なだけに封印していたんですが、やはり書いてみると楽しく、筆が乗りまくりだったせいかどんどん愉快な性格になり。スマートにかっこいいキャラも楽しいのですが、やっぱこういう2・5枚目って好きですね。

わりとキャラの立ってる話だけに、展開としては、あらゆる意味で相当ストレートなものだと思います。出来事があって恋が絡むってより、恋をしたから全部動いたみたいな。ある意味はた迷惑な未直の初恋物語は、お約束的楽しさをいっそ満喫、という感じですね。テレビドラマ的な、チープな楽しさを味わってもらえればいいなと思います。

それから、今回もお世話になりました友人Rさん、さまざまな角度からの突っこみ&ご意見感謝です。坂井さんも冬乃もどうもありがとう。そしてサイトアップ時『長編で読みたい』とリクエストしてくれた読者さまにも大感謝です。

初稿を読んでくれた友人曰く「このお兄ちゃんはいっそ、未直の担任か、カウンセラーの先生にやられちゃえばいいと思うよ！」と清々しく言ってくれました。それもいいね（笑）。

それから、はじめてお仕事ご一緒させていただきましたタカツキノボル先生、イラストのイメージもありまして、このネタで是非、という提案をさせて頂くことができました。進行上、いろいろご迷惑をおかけしたと思います。ご多忙の最中、お手数をおかけしましたが、すばらしくイメージぴったりの明義と未直、ありがとうございました！　カラーもステキですがラフも本当に緻密で、細やかなお仕事に感服しました。ゲラの間もずっと眺めてました（笑）。

また……この本の最終稿執筆中、不注意から腕を怪我いたしまして、スケジュールの都合等を調整して頂く羽目になった担当さま、その節はご心配とご迷惑をおかけしました。途中の進行でいろいろと励まして頂いたため、最後まで走り切れました、ありがとうございました。

怪我をしてあらためて痛感しましたが、ほんとに身体は大事ですね。まだまだ書きたい話もたくさんあるので、いろいろ気をつけようと思います。

さて紙面もそろそろ尽きてまいりました。ちょこまかとあちこちでお仕事しております、どこかで見かけたら、手に取って頂けると嬉しいです。

それまで皆様、お健やかにお過ごしくださいませ。

一途でいじらしい未直君と
ぶっきらぼうな三田村さんとの
組み合わせにメロメロです。
素敵なお話にご一緒できて良かったです！

10月某日　タカツキノボル

ダリア文庫をお買い上げいただきましてありがとうございます。
この本を読んでのご意見・ご感想・ファンレターをお待ちしております。

〈あて先〉
〒173-8561　東京都板橋区弥生町78-3
(株)フロンティアワークス　ダリア編集部
感想係、または「崎谷はるひ先生」「タカツキノボル先生」係

❋初出一覧❋

不埒なモンタージュ……書き下ろし
好きにさせないで………個人サイト掲載作より再録

不埒なモンタージュ

2006年11月20日　第一刷発行
2012年 4月20日　第五刷発行

著者　崎谷はるひ

©HARUHI SAKIYA 2006

発行者　藤井春彦

発行所　株式会社フロンティアワークス
〒173-8561　東京都板橋区弥生町78-3
営業　TEL 03-3972-0346　FAX 03-3972-0344
編集　TEL 03-3972-1445

印刷所　株式会社粂川印刷

本書のコピー、スキャン、デジタル化等の無断複製、転載、放送などは著作権法上での例外を除き禁じられています。本書を代行業者の第三者に依頼してスキャンやデジタル化することは、たとえ個人や家庭内での利用であっても著作権法上認められておりません。定価はカバーに表示してあります。乱丁・落丁本はお取り替えいたします。